DRACHENBERG
NORDWALD
FESTWIESE
SÜDWALD

ERIN HUNTER

PANDA KINGDOM

REISSENDE FLUT

Aus dem Englischen von
Petra Knese

SCHNEIDERBUCH

1. Auflage 2022
Deutsche Erstausgabe

Originaltitel: »Bamboo Kingdom: Creatures of the Flood«
Erschienen bei Harper, an imprint of HarperCollins *Publishers*, UK

Gesetzt aus der Stempel Garamond
von GGP Media GmbH, Pößneck
Druck und Bindung: GGP Media GmbH, Pößneck
Printed in Germany · ISBN 978-3-505-15025-8

www.schneiderbuch.de
Facebook: facebook.de/schneiderbuch
Instagram: @schneiderbuchverlag

Klimaneutral
Druckprodukt
ClimatePartner.com/15109-2009-1001

MIX
Papier
FSC FSC® C014496

Danksagung

Besonderen Dank an Rosie Best

Und einen besonderen Dank auch an CCPPG.
Eure Ideen haben uns inspiriert, und überhaupt hätte es
Panda Kingdom ohne euch nicht gegeben.

Für Zhong Jianto, Xu Wei und Wolffeather,
für all eure Hilfe und Gastfreundschaft.
Und für große Mädchen, die gerne auf Bäume klettern.

Prolog

Orchidee Hochbaum krallte sich mit den Tatzen im schlüpfrigen Hang fest und zog sich hoch. Der Regen hatte ihr dichtes Fell bis auf die Haut durchnässt, und sie hätte sich gerne geschüttelt, aber das konnte sie nicht riskieren. Wenn sie jetzt den Halt verlor …

»Orchidee!«, knurrte Wurzel. »Vorsicht!«

Gerade noch rechtzeitig schaute sie auf. Im Sturzregen hatte sich ein dickes Bambusbüschel gelöst und kam nun krachend auf sie zugerast. Orchidee warf sich brüllend zur Seite. Und der Bambus schien zurückzubrüllen, als er direkt an ihrem Ohr vorbei durch die Luft peitschte. Orchidee rutschte ein Stück ab, bekam aber sogleich den Stamm eines gut verankerten Baums zu fassen und sah hinab. Auf dem Weg ins Tal kam das Bambusbüschel ihrem Gefährten gefährlich nah, doch Wurzel hatte schon vorsorglich seine Richtung geändert. Das Büschel schoss über die Felskante in den angeschwollenen Fluss und wurde von der heftigen Strömung sofort unter Wasser gezogen.

Orchidee klettete sich an den Stamm und verschnaufte, während sie auf ihren Gefährten wartete, dessen schwarzweißes Fell verklebt war von Schlamm und Blättern. Es goss in Strömen, ihr Nacken war schon klatschnass. Das gesamte Bambusreich schien auf der Flucht vor dem immer gewaltiger werdenden Fluss zu sein. Wo bisher weiches Moos und runde Felsen gewesen waren, auf denen man gemütlich in der Nachmittagssonne liegen konnte, ergossen sich nun schlammige Sturzbäche, und eine Vielzahl von Lebewesen versuchte, dem steigenden Wasser zu entkommen. Ein Stück weiter wollte sich ein Roter Panda mit dreckverkrustetem Schwanz mit letzter Kraft auf einen Baum retten. Orchidee hätte ihm gerne geholfen, aber wie?

Außerdem musste sie an ihre Jungen denken.

»Lange halte ich nicht mehr durch«, keuchte sie, als Wurzel bei ihr angelangt war. »Die Jungen kommen bald. Ich spür's schon.«

»Wir suchen uns ein sicheres Plätzchen«, meinte Wurzel. »Siehst du den Felsvorsprung da oben? Da kommt das Wasser nicht hin. Ist nicht mehr weit.«

Orchidee nickte grimmig, stieß sich kräftig mit den Hinterbeinen ab und suchte mit den Vordertatzen neuerlichen Halt auf dem rutschigen Grund. Hoffentlich hatte Wurzel recht. Im Moment war alles ungewiss. Vielleicht würde der Regen das Bambusreich vollständig wegspülen.

Doch was blieb ihr anderes übrig, als weiterzuklettern? Stück für Stück kämpfte sie sich den aufgeweichten Hang hoch. Dabei hielt sie den Blick starr auf den Felsvorsprung geheftet. Er war so nah, dass sie den festen Boden unter den Tatzen schon förmlich spüren konnte. Vielleicht gab es dort oben ja Schutz, einen kräftigen Baum oder einen überhängenden Felsen, wo sie ihre Jungen zur Welt bringen konnte, ohne dass sie fürchten musste, gleich weggespült zu werden …

»Hey!«, kreischte es über ihr. Als sie aufschaute, konnte sie vor lauter Regen erst nichts sehen. »Schaut mal! Pandas!« Nachdem Orchidee sich die Tropfen aus den Augen geblinzelt hatte, machte sie in den schwankenden Ästen einen Haufen schmuddeliger Gestalten mit langen Schwänzen aus. Goldstumpfnasen, vielleicht zehn – mehr waren von ihrer Horde wahrscheinlich nicht übrig. Ihre seltsamen blauen Gesichter mit den platten Nasen waren wutverzerrt, die scharfen Zähne gebleckt.

»Das ist eure Schuld!«, schrie einer der Affen gegen das Trommeln des Regens an und zeigte mit seinem langen Finger auf die Pandas. »Ihr hättet uns warnen sollen!«

»Wir wussten es doch selbst nicht«, brüllte Orchidee zurück.

»Wo ist eure Drachenzunge?«, wollte ein anderer Affe wissen. Orchidee bekam Angst, als die Goldstumpfnasen begannen herunterzuklettern, langsam erst, aber dann sprangen sie immer schneller von Ast zu Ast, als wäre es ihnen in ihrer Wut egal, ob sie stürzten oder nicht. »Warum hat er uns nicht vor der Flut gewarnt?«

»Sonnenrot kann nichts dafür«, knurrte Wurzel und schob sich schützend vor Orchidee. »Der Große Drache hat ihm nichts davon gesagt.«

Das ist doch gelogen, dachte Orchidee verzweifelt. *Zumindest wissen wir nicht, ob es stimmt. Wo ist Sonnenrot Schattenforst bloß?*

»Samtfuß ist tot«, jammerte ein Affenweibchen. Sie war zu Boden geklettert und stand nun mit peitschendem Schwanz vor ihnen. »Flatterherz auch. So viele sind tot …«

»Und alles bloß, weil ihr Pandas nichts unternommen habt«, knurrte ein anderer Affe. »Ihr habt uns das angetan. Ab jetzt hören wir nie wieder auf irgendeinen Panda! Schnappt sie euch!«

»Renn weg!«, bellte Wurzel, als die Affenbande durch den Schlamm auf sie zugesprungen kam. Orchidee wandte sich dem Felsvorsprung zu und stürmte los. Wenn sie es bis dorthin schaffte, wenn sie dort bloß irgendwo Halt fand, sollten die Affen ruhig kommen – Orchidee würde mit ihnen kurzen Prozess machen.

Als sie sich zu ihrem Gefährten umschaute, erfasste sie Panik: Wurzel folgte ihr nicht.

»Wurzel, komm!«, brüllte sie. Doch Wurzel stellte sich den Affen fauchend in den Weg. Packte den Schwanz eines Angreifers mit den Zähnen und schleuderte ihn mit einer ruckartigen Kopfbewegung ein paar Bärenlängen durch die Luft. Sofort stürzten sich weitere Affen von hinten auf ihn, gruben ihm die Finger ins Fell und in die Ohren, bissen und kratzten. Orchidee wollte gerade umkehren, da rutschte Wurzel weg. Im Fallen versuchte er sich aus der Umklammerung der Affen zu befreien. Alles ging ganz schnell, fühlte sich aber wie eine Ewigkeit an.

Endlich ließ die Meute von ihm ab. Doch Wurzel konnte sich nicht mehr halten, schlitterte den schlammigen Hang hinunter und schoss über die Felskante. Der dumpfe Aufprall war bis nach oben zu hören. Wurzel überschlug sich und wurde in die Fluten katapultiert. Kurz blitzte noch etwas Schwarz-Weißes im Wasser auf, dann war er verschwunden.

Orchidee schrie auf, doch ihr Wehklagen wurde vom Prasseln des Regens verschluckt.

Fast hoffte sie, dass die Affen jetzt auf sie losgehen würden und sie ein paar von ihnen erledigen könnte, bevor sie selbst in den Fluss stürzte, doch die Affen kletterten stumm ganz nach oben in den Baum zurück. Ehe Orchidee es sich versah, war sie allein.

Nicht ganz allein.

War es Wurzels Stimme, die sie aus ihrer Schockstarre aufrüttelte? Oder eine andere? Jedenfalls stimmte es. Allein wäre sie bloß, wenn sie ihre Jungen nicht beschützte. Sie musste es bis zum Felsvorsprung schaffen.

Auch wenn der Anstieg noch so beschwerlich war, sie durfte nicht aufgeben. Das schuldete sie ihrem Gefährten. Und den Jungen.

Als sie sich auf den zerklüfteten Felsvorsprung hievte und endlich festen Grund unter den Tatzen spürte, versagten ihr beinahe die Beine, so sehr zitterten sie. Doch was sie sah, überwältigte sie fast vor Glück: Vor ihr lag der Eingang zu einer Höhle. Sie schien tief ins Herz des Berggipfels zu führen. Mit neuer Energie trabte sie zur Öffnung und schnupperte. Trocken war es da drinnen auch nicht, nichts im Bambusreich war zurzeit trocken, vielleicht würde es auch nie wieder trocken werden, aber sie wäre zumindest geschützt vor dem peitschenden Regen. Warm auch. Und sicher.

Rasch lief sie hinein, immer weiter, bis es so schummrig wurde, dass sie nur noch wenig sehen konnte. Die blank gewetzten Felsen unter den Tatzen beruhigten sie. Dies war ein geeigneter Ort, um ihre Jungen zur Welt zu bringen.

Doch …

Aus der Tiefe der Höhle nahm sie einen Geruch wahr. Ihr sträubte sich das Fell. Blut und Fleischfetzen.

Das war die Höhle eines Raubtiers.

Plötzlich wurde es noch dunkler. Orchidee fuhr herum. Irgendetwas stand im Höhleneingang. Etwas, das größer war als ein Panda. Etwas, das kaum noch das fahle Licht von draußen hereinließ.

Orchidee ging in Lauerstellung und bleckte die Zähne. Sie würde ihre Jungen beschützen, ganz gleich, was da vor der Höhle stand. Nachdem sich ihre Augen an das Dämmerlicht gewöhnt hatten, wurde ihr allerdings klar, dass sie so ein Wesen noch nie gesehen hatte. Es war riesengroß mit gewaltigen Tatzen und einem langen Schwanz, jedoch weder so rundlich wie ein Bär, noch hatte es das dichte Fell eines Leoparden. Dieses Tier hatte einen geschmeidigen, glatten Pelz. Zwei große grüne Augen leuchteten in einem schwarz-orange gestreiften Gesicht.

Das Tier betrat die Höhle.

1. Kapitel

Blättchen rollte sich auf den Bauch, reckte die Vordertatzen und harkte mit den Krallen durch die dünne Erdschicht, bevor sie sich wieder auf den Rücken legte und gemächlich die Augen öffnete. Der Himmel über ihr war von einem fahlen, blassen Grau. Wolkenlos. Mehr als einen hohen Baumwipfel am Rande ihres Sichtfelds konnte sie nicht ausmachen. Blättchen kam es vor, als könnte sie direkt in den Himmel purzeln.

Ihr knurrte der Magen.

Nach dem ersten Mahl kann ich noch lange genug in den Himmel starren, dachte sie, gähnte herzhaft und drehte sich zurück auf den Bauch. Sie stemmte sich hoch, tapste zu dem großen Baum mit der knorrigen Rinde, um sich daran kräftig Nacken und Ohren zu schubbern.

Weil die Nordhänge so spärlich bewaldet waren, sah sie, wie sich Tante Pflaume und die anderen Rankforsts von ihren gemütlichen Laubhaufen erhoben, von den flachen Felsen kletterten und sich zu den dünnen Bambushalmen begaben, die zwischen den Bäumen in die Höhe ragten.

Blättchen schüttelte sich und trabte zu der Stelle, wo sie gestern Abend grüne Blätter sprießen gesehen hatte. Und tatsächlich, alle paar Tatzenschritte konnte sie einige zarte Triebe mit schmalen grünen Blättern pflücken. Doch Blättchen nahm nicht alle, sondern ließ noch welche stehen.

Gieriges Junges jetzt, hungriges Junges später, predigte Tante Pflaume immer, und da hatte sie recht.

Mit den Stängeln in der Pfote eilte Blättchen zur großen Lichtung, auf der sich die anderen Rankforst-Pandas schon versammelt hatten. Ein jeder saß in gebührendem Abstand zu den anderen mit dem Rücken zu einem Baum.

»Komm schon, Blättchen.« Tante Pflaume gähnte. »Der Große Drache wartet nicht auf dich.«

Das war auch so einer ihrer Lieblingssprüche. Blättchen grinste und setzte sich zu Klein-Bambusrohr und seiner Mutter Hyazinthe. Bambusrohr robbte auf dem Bauch zu dem kleinen Haufen Sprösslingen vor ihnen, doch Hyazinthe schob ihn sanft beiseite.

»Noch ist es nicht so weit, Kleiner«, sagte sie. Bambusrohr quiekte enttäuscht, was Blättchen ihm gut nachempfinden konnte. Der Bambus in ihrer Tatze roch auch köstlich, doch kein Panda durfte vor dem Segen anfangen.

Tante Pflaume rieb ihren Pelz am Baumstamm, räusperte sich und hielt die Bambustriebe hoch. »Oh, Großer Drache, zum Mahl des Silberlichts verbeugen sich deine Pandas vor dir. Aller Bambus, alle Weisheit kommt von dir. Großer Drache, wir danken dir dafür.«

Blättchen verbeugte sich wie alle anderen Pandas auf der Lichtung; Klein-Bambusrohr senkte die Schnauze so tief, dass er mit der Nase den Waldboden berührte. Nach einem Moment der Stille blickten alle auf, und im Nu war die Lichtung von fröhlichem Knabbern und Knuspern erfüllt. Blättchen hielt sich die Stängel vor die Nase und sog den frischen, kühlen Duft ein, bevor sie die Blätter abrupfte, zu einem Bündel fasste und in die schmackhaften grünen Spitzen biss. Hyazinthe löste die äußere harte Schale von den Halmen und reichte Klein-Bambusrohr das weichere Grün, das er mit Appetit verputzte.

»Der Große Drache könnte mit seinen Gaben ruhig etwas spendabler sein«, knurrte einer der älteren Pandas mit vollem Maul.

»Und du könntest ein wenig dankbarer sein, Wacholder Rankforst.« Pflaume funkelte ihn über ein Büschel grüner Blätter hinweg an.

»Wacholder *Flachteich*«, murmelte Wacholder.

»Den flachen Teich gibt es nicht mehr, Wacholder«, meinte Hyazinthe behutsam. »Wir sind jetzt alle Rankforsts.«

»Wenn du kein Rankforst sein willst, dann solltest du *Reißender Strom* oder *Flutwasser* heißen«, warf Gras mit einem höhnischen Blick aufs Flussufer ein. Schnaubend kam Wacholder auf die Tatzen und kehrte den anderen den Rücken zu. Dann ließ er sich auf der anderen Seite des Baums nieder und zerkaute dort die hölzernen Halme seines ersten Mahls.

Blättchen fand es gemein von Gras. Wacholder war zwar

ein schrulliger, alter Panda, aber irgendwie konnte sie es ihm nicht verdenken. Musste schlimm sein, wenn man sein Zuhause von einem Tag auf den anderen verlor, weil der Fluss einfach alles verschlang. Blättchen konnte es sich schwer vorstellen, denn für sie hatte es immer nur den Rankforst mit seinen schlanken, hohen Bäumen und dem spärlichen Bambus gegeben.

»Ihr lebt doch alle noch in der Vergangenheit.« Gras rollte sich auf den Rücken und leckte sich das Maul. »Neunmal am Tag danken wir dem Großen Drachen für unser Fressen, aber warum? Seit der Flut haben wir nicht einmal so viel wie eine drachenförmige Wolke zu Gesicht bekommen! Wacholder hat recht, der Drache hat uns verlassen.«

»So habe ich das nicht gesagt«, knurrte Wacholder, ohne sich umzudrehen.

Blättchen war nicht die Einzige, die erwartungsvoll zu Pflaume schaute. So halbwegs rechnete sie damit, dass ihre Tante mit Gras schimpfte, doch sie schüttelte bloß den Kopf.

»So funktioniert das nicht, Gras«, sagte Pflaume ruhig. »Der Drache kann uns gar nicht verlassen. Der Große Drache *ist* das Bambusreich. Solange es Pandas und Bambus gibt, wacht der Drache über uns.« Dann hielt sie einen langen Halm hoch, als wäre die Sache damit besiegelt. Eine Weile herrschte Stille, die nur von knirschendem, krachendem Kauen durchbrochen wurde.

»Könnt ihr euch noch an den Sommer vor der Flut erinnern, als Wacholders Teich ausgetrocknet ist?«, fragte

Holzapfel und pulte sich mit einer langen schwarzen Kralle eine Bambussprosse aus den Zähnen. »Da hat uns Drachenzunge alle gewarnt. Und du hattest ausreichend Zeit, einen tieferen Teich zu finden, weißt du noch, Wacholder?«

Wieder grunzte Wacholder bloß, doch Hyazinthe schmunzelte und schob Klein-Bambusrohr ein paar Blätter hin. »Und erinnert ihr euch noch an die Sandfüchse?«, fragte sie. »Knorreiche Klammshorst musste ihnen die Botschaft überbringen und dafür bis hoch hinauf ins Weißkammgebirge klettern. Konnte sie gerade noch rechtzeitig vor der Lawine warnen.«

»War es nicht ein Schneesturm?« Gras klang längst nicht mehr so zynisch, auch ihre Gesichtszüge hatten sich entspannt.

»Nein, es war eine Lawine«, brummte Immergrün und schubberte sich mit den Schultern an der Baumrinde. »*Vorsicht vor der weißen Welle* lautete die Botschaft. Ich habe es noch genau im Kopf.«

Blättchen rollte sich auf den Rücken und ließ sich mit den letzten Bissen ihres Mahls Zeit. Wenn die älteren Pandas erst einmal auf die Vergangenheit zu sprechen kamen, konnte sich das ewig hinziehen. Die würden auch noch in Erinnerungen schwelgen, wenn es Zeit fürs Goldlichtmahl und das Mahl der steigenden Sonne war.

Ihre Tante hatte recht, der Große Drache wachte noch immer über sie. Blättchen glaubte es von ganzem Herzen. Doch wenn sie die Geschichten von der Zeit vor der Flut hörte, als der Fluss noch friedlich in seinem Bett geflossen war, der Bambus üppig gewachsen war und so viel Nahrung und Platz vorhanden gewesen waren, dass jeder Panda sein eigenes Territorium gehabt hatte, fragte sie sich schon, warum das nicht mehr so war.

Wie alle anderen Pandas auch hatte Knorreiche Klammshorst die Warnung für die Sandfüchse am heiligen Ort seines Territoriums empfangen. So hatte es damals funktioniert, hatte ihre Tante ihr erklärt: Die Drachenzunge bekam die Botschaft des Großen Drachen und gab sie an die übrigen Pandas weiter, die sie ihrerseits im Bambusreich verbreiteten. Die Pandas waren etwas Besonderes: Sie waren die auserwählten Boten des Drachen gewesen.

Doch von der Flut hatte keiner gewusst, bis es zu spät gewesen war. Warum hatte das Warnsystem versagt? Hatte der Große Drache keine Botschaft gesandt, oder hatte die Drachenzunge die Warnung ignoriert?

»Was wohl mit der Drachenzunge passiert ist?« Blättchen erwartete keine konkrete Antwort darauf, denn niemand wusste, was aus Sonnenrot Schattenforst geworden war.

»Das ist ja wohl offensichtlich«, antwortete Immergrün mit einem tiefen Seufzer. »Es ist jetzt ein Jahr her, und wir müssen der Wahrheit ins Gesicht sehen: Drachenzunge Sonnenrot ist bei der Flut ums Leben gekommen.«

Blättchen erwartete, dass ihm jemand widersprechen würde, doch zu ihrer Bestürzung tat das keiner. Nicht einmal Tante Pflaume. Sie ließ bloß traurig den Kopf hängen.

»Einmal bin ich ihm begegnet«, sagte Hyazinthe. »Ich war noch ein Junges, aber ich werde nie vergessen, dass er mich wie einen ausgewachsenen Panda behandelt hat. Eines Tages würde ich die Zeichen auch sehen, meinte er, dann könnte ich vielleicht die Ausbreitung einer Krankheit verhindern, ein Nest retten oder … Er hat mir das Gefühl gegeben, dass in mir eine Heldin steckt.«

»Keine Drachenzunge war so weise wie er«, sagte Pflaume leise.

»Aber wenn Sonnenrot tot ist, warum wurde dann keine neue Drachenzunge erwählt?«, fragte Gras. »Es sei denn, der Drache ist so erzürnt, dass er sich von uns abgewandt hat.«

Pflaume schüttelte den Kopf. »Wir dürfen die Hoffnung nicht aufgeben. Wenn die Zeit reif ist, wird uns der Drache eine neue Drachenzunge schicken.«

Darauf folgte eine trübsinnige Stille. Blättchen vermutete, dass alle Rankforst-Pandas das Gleiche dachten: *Wie lange sollen wir denn noch warten?*

Blättchen stand auf und schüttelte sich kräftig. Nachdem das Mahl vorbei war, hatte sie keine Lust, noch länger über der Vergangenheit zu brüten.

»Ich gehe mal Flitzer suchen«, verkündete sie.

»Falls du zum Mahl des Goldlichts nicht zurück bist –«, setzte Tante Pflaume an.

»Spreche ich den Segen, keine Sorge.« Blättchen stupste ihre Tante zum Abschied noch mal mit der Nase.

Kaum hatte sie die Lichtung verlassen, fiel ihr eine Riesenlast von den Schultern. Dann gab es eben keine Drachenzunge. Na wenn schon! So schlecht war das Leben trotzdem nicht. Immerhin hatte sie Tante Pflaume, und Freunde hatte sie auch.

Nachdem sie eine Weile gelaufen war, erreichte sie Goldblatt, das Territorium der Roten Pandas. Hier wuchs kaum noch Bambus, dafür gediehen die Bäume besser.

Blättchen schnupperte an den Bäumen, ob sie Flitzers Duft ausmachen konnte, doch da hörte sie schon die Stimmen ihrer Freunde über sich. Sie schaute auf. Zwischen den schwankenden Ästen blitzten rot-schwarze Gestalten auf, bevor sie lachend wieder im Laub verschwanden.

»Flitzer!«, rief Blättchen. Eine der roten Gestalten ließ sich von einem Ast hängen, der Kopf baumelte zur einen, der Schwanz zur anderen Seite herunter.

»Blättchen! Komm rauf!«, rief Flitzer Kletterweit. Neben ihm tauchten zwei weitere rote Pandagesichter in der Baumkrone auf.

»Hallo, Blättchen!«

»Komm hoch zu uns, Blättchen!«

Blättchen grinste und schnüffelte am nächsten Baum. Der sollte geeignet sein. Weil sie so viel größer war als ihre roten Pandafreunde, musste sie darauf achten, wohin sie ihre Tatzen setzte, doch wenn Blättchen Rankforst erst einmal am Klettern war, konnte es kein Panda im ganzen Nordwald mit ihr aufnehmen. Rasch fand sie Halt, grub ihre Krallen in die

Borke und begann mit dem Aufstieg. Sie zog sich auf einen Ast und hangelte sich mithilfe eines Knubbels zum nächsten. In null Komma nichts hatte sie den Waldboden unter sich gelassen und hing in der schwankenden Krone, in der es weniger kletterfesten Pandas schon längst angst und bange geworden wäre. Das erste Sonnenlicht schimmerte durchs Laub und ließ die Welt um sie in Grün und Gold erstrahlen.

»Auf zu Großvater Ginkgo! Wer zuerst oben ist«, rief Springer Kletterweit, gerade als sich Blättchen auf den Ast hievte, auf dem die Roten Pandas saßen. »Bereit?«

Mampfer Klammfest schüttelte den Kopf. »Das ist unfair. Blättchen hat sich gerade erst den ganzen Baum hochgemüht, während du auf deinem Hintern gesessen und Eicheln gefuttert hast!«

»So habt ihr zwei wenigstens eine Chance! Stimmt's, Blättchen?« Flitzer machte auf der Stelle kehrt und tänzelte geschickt über den dicken Ast.

»Genau!«, keuchte Blättchen. »Bereit, wenn ihr es seid!«

»Los!«, quiekte Springer. Kichernd schossen er und Mampfer davon.

Flitzer und Blättchen grinsten sich an.

»Die holen wir uns!« Flitzer schlug mit dem Schwanz und jagte los, Blättchen hinterher. Natürlich konnte sie nicht so schnell über die Äste rennen oder so weit springen wie ihre roten Pandafreunde, doch das machte nichts. Die anderen beiden hatten sich nämlich viel zu hastig auf einen zu kurzen Ast gestürzt und würden umdrehen müssen, während

Blättchens überlegtere Herangehensweise immer zum Ziel führte.

Großvater Ginkgo war der höchste Baum im Nordwald und überragte alle anderen Wipfel wie eine strahlende Sonne. Blättchen hielt sich an die dicksten Äste, klammerte sich in Nähe des Stamms fest und arbeitete sich so immer höher. Einmal wäre sie fast abgerutscht, als sie ihre Hintertatze aus Versehen in ein Astloch setzte, in dem ein Eichelhäher sein Nest gebaut hatte. Der Vogel hackte kreischend nach ihr. Erschrocken rutschte Blättchen ein Stück am Stamm hinab. Als sie einen Blick nach unten riskierte, sah sie, wie tief es abwärts ging … doch sie grub die Krallen in die Rinde und stoppte die Talfahrt.

»Tut mir leid!«, rief sie dem Eichelhäher zu, als sie wieder hochkletterte. Diesmal sah sie sich vor, und der Eichelhäher schimpfte bloß und plusterte sein rauchgraues Gefieder auf.

Das letzte Stück bis zur Krone war die kniffligste Kletterstrecke im gesamten Wald, doch Blättchen hatte es schon mehrfach geschafft, aber mit jedem Mal kam ihr Großvater Ginkgo noch größer und kräftiger vor. Sie wusste genau, über welche Äste sie ganz nach oben gelangte. Flitzer war immer direkt neben ihr, klammerte sich an Zweige, die unter ihren Tatzen sofort zerbrochen wären. Auch die anderen beiden Roten Pandas hatten mittlerweile aufgeholt. Blättchen stemmte sich erneut hoch und ließ sich dann triumphierend in der höchsten Astgabel nieder. Da verschnaufte sie einen Moment und blickte über die goldenen Blätter hinweg.

Ringsherum erstreckte sich der Nordwald, Gebiete mit kräftigerem Bewuchs wurden von schütteren Stellen wie der Rankforst-Lichtung mit ihren spärlichen Bambusbüscheln durchbrochen. Jenseits des Waldes lag das Tal mit dem Fluss, der so breit war, dass kein Wesen hinüberschwimmen konnte. Wegen der schnellen Strömung bildeten sich kleine, kabbelige Wellen, die in der aufgehenden Sonne schillernden Schlangen oder gar Drachen glichen.

Hinter dem Fluss begann der Südwald. Die Hänge waren dort ebenso steil, doch während im Nordwald alles eher spärlich wuchs und grau wirkte, schien alles jenseits des Flusses grün und saftig zu sein. Wenn Blättchen nur genau genug hinschaute, meinte sie riesige Bambusbüschel zu erkennen, die nicht einmal der hungrigste Panda alle vertilgen könnte.

Beim Gedanken an Bambus knurrte ihr der Magen, und sie leckte sich das Maul. Die Sonne ging gerade auf, und es war Zeit für das Goldlichtmahl. Auch ohne Bambus durfte sie kein Mahl verpassen, also schaute sie sich nach etwas Essbarem um. In den Zweigen hingen kleine gelbliche Früchte, die waren zwar nicht so schmackhaft wie Bambus, aber in der Not würden sie es auch tun. Blättchen pflückte eine der mirabellenähnlichen Früchte, hielt sie in den Pfoten und neigte den Kopf.

»Großer Drache, zum Goldlichtmahl verbeuge ich mich vor dir. Aller Bambus … ähm, diese stinkige gelbe Frucht, und alle Kraft kommt von dir.«

Die Roten Pandas saßen mit wippenden Schwänzen um sie herum, während sie in das weiche Fruchtfleisch biss, das in seiner Mitte einen knackigen Kern enthielt. Kein Vergleich zu Bambus, aber Hauptsache etwas zu fressen.

»Scharrer meinte, der Fluss hätte sich nach dem letzten Regen etwas beruhigt«, sagte Springer, nachdem Blättchen sich mit den Früchten den Bauch vollgeschlagen hatte.

»Im Ernst?« Blättchen spitzte die Ohren und schaute hinüber zum glitzernden Wasser. Von hier sah es immer noch nach gefährlichen Stromschnellen aus, aber vielleicht, ganz vielleicht wäre es ja eine gute Gelegenheit …

»Na ja … Scharrer ist ein ziemlicher Schwätzer«, entgegnete Flitzer. »Wahrscheinlich bildet er sich das bloß ein.«

»Irgendwann packen wir's«, sagte Blättchen entschlossen. »Vielleicht nicht heute, doch irgendwann schaffen wir es auf die andere Seite. Daran glaube ich ganz fest.«

»Hat weniger mit Glauben als mit Schwimmen zu tun.« Springer hing kopfüber von einem Ast. »Kannst du denn schwimmen?«

»Klar!«, schnaubte Blättchen. *Nicht … super*, fügte sie in Gedanken hinzu. *Nicht so, wie ich klettern kann. Aber wir finden einen Weg!*

»Meinst du, dass sie auf der anderen Seite sind?« In Flitzers Stimme schwang ein Hauch von Skepsis mit. »Deine Mutter und dein Zwilling?«

Blättchen starrte so lange hinüber zum Südwald, bis die dunkelgrünen Stämme vor ihren Augen verschwammen.

»Ja«, antwortete sie. »So hat mir das Tante Pflaume immer erzählt. Ihre Schwester Orchidee kam mit zwei Jungen und bat sie, gut auf mich aufzupassen, und verschwand mit dem anderen. Wo sollen sie denn sonst sein?«

Dass die Roten Pandas darauf keine Antwort gaben, war ihr nur recht. Denn natürlich wusste sie, dass auch die Möglichkeit bestand, dass sie überhaupt nicht im Südwald waren – dass abgesehen von Pflaume ihre gesamte Familie genauso verschwunden war wie Sonnenrot Schattenforst.

Doch solange jenseits des schillernden Wassers ein ganzer Wald lag, wollte sie sich damit nicht abfinden.

»Eines Tages überqueren wir den Fluss, Flitzer. Und dann finde ich meine Familie wieder!«

2. Kapitel

»Ich bin so satt, ich bekomme keinen Bissen mehr runter!« Regen streckte die Vordertatzen von sich und gähnte wohlig. Dann lehnte sie sich gegen die dicken, baumhohen Bambushalme, die unter ihrem Gewicht ächzend nachgaben und ihr so eine bequeme Rückenstütze boten. Als ihr Blick nach oben wanderte, lugte da ein Seitentrieb mit frischen, hellgrünen Blättern hervor, genau in Tatzenweite. *Einer geht noch*, dachte sie und krallte ihn sich.

Doch bevor sie ihn fressen konnte, wurde er ihr entrissen.

»He!«, knurrte sie, als die andere Pandabärin ihre Schultern als Trittstein benutzte, um über sie hinweg zu einem etwas höher gelegenen Felsvorsprung zu steigen. Fauchend kletterte Regen hinterher.

Blüte, die andere Pandabärin, wollte sich die Blätter gerade ins Maul schieben, als Regen auf dem Felsvorsprung erschien und sich den Halm mit den Zähnen schnappte. »Grrr! Das ist meiner!«, stieß sie zwischen zusammengebissenen Zähnen hervor. »Such dir deinen eigenen Bambus.«

»Da hast du dich aber geschnitten«, säuselte Blüte. »Ich bin älter als du. Der Halm gehört mir und der Felsen auch. Kletter du mal schön wieder runter zu den anderen Jungen. Unten am Hang gibt es noch massig Bambus.«

Regen knurrte. Massig Bambus gab es überall, bloß darum ging es nicht. Es knackte, als sie am Halm zerrte.

»Regen hat recht, sie hat den Trieb gepflückt«, ertönte eine Stimme. Kiesel tauchte in einer Astgabel über ihnen auf. »Ich hab gesehen, wie du ihn ihr weggenommen hast.«

Blütes Lächeln erstarb, und sie krallte die Tatzen noch fester um den Halm. Regen fauchte und zerrte erneut daran. Es knackte und der Halm brach entzwei. Dabei verlor Regen den Halt, rutschte unelegant vom Felsen und landete mit einem Rums im Laub. Doch als sie wieder auf die Tatzen kam, schnaufte sie zufrieden. An ihrem Teil des Halms hingen all die saftigen Blätter, während für Blüte nur der holzige Strunk blieb.

»Wie respektlos!«, versetzte Blüte.

»Ja, du hast recht«, gab Regen zurück. »Vor dir habe ich auch kein bisschen Respekt!«

»Regen!«, meldete sich eine forsche Stimme von hinten. Regen drehte sich langsam um. Ihre Mutter Pfingstrose. »Entschuldige dich bei Blüte.«

»Mach ich nicht«, murmelte Regen. »Sie ist eine Diebin. Bloß weil sie älter ist, bildet sie sich ein–«

»Regen!« In Pfingstroses Stimme hatte sich ein warnendes Knurren gemischt. »Entschuldige dich.«

Regen ließ die Schultern hängen und schaute zu Blüte, die ihr oben auf dem Felsvorsprung den Rücken zugedreht hatte, als wäre sie tief gekränkt, sich jedoch immer wieder verstohlen über die Schulter umsah. Regen verzog verärgert die Schnauze und richtete sich auf.

»Tut mir leid, Blüte«, sagte sie laut und deutlich. Dann stopfte sie sich grinsend die schmackhaften grünen Blätter ins Maul, kaute und sah Blüte dabei unverwandt in die Augen, so lange, bis sie die Leckerei vollständig vertilgt hatte. Blüte ließ sich wutschnaubend auf den Bauch fallen. Hinter sich hörte Regen, wie Pfingstrose und Kiesel seufzten.

»Kommt mal mit mir, ihr zwei«, sagte Pfingstrose. Mit ihrem besten Freund im Schlepptau trabte Regen selbstzufrieden hinter ihrer Mutter her.

Sie liefen über den viel begangenen Pfad, der sich in sanften Windungen zum Fluss hinunterschlängelte. Schneller wäre es gegangen, wenn sie einen steileren Abstieg genommen hätten, doch da hätte man sich immer wieder an Bambusbüscheln oder Bäumen festhalten müssen, sonst purzelte man eher, als dass man kletterte. Regen tat noch alles vom Sturz eben weh, deshalb folgte sie brav ihrer Mutter.

»Was habe ich dir gesagt, Regen?«, fragte ihre Mutter, als sie durch eine mit Efeu bewachsene Steinspalte traten.

»Dass ich nicht bis zur Mitte des Flusses hinausschwimmen soll«, antwortete sie. »Und nicht mit offenem Mund einschlafen.«

Pfingstrose schüttelte den Kopf. »Das Leben ist viel leichter, wenn du dich mit den anderen verträgst.«

»Tue ich ja«, sagte Regen. »Mit Kiesel komme ich gut aus. Und mit Horizont. Und den Jungen.«

Als sie an die Stelle mit dem umgestürzten Baum kamen, wo der Weg abflachte, ließ sich Pfingstrose auf dem Stamm nieder und kratzte sich mit der Tatze hinterm Ohr. »Auf Glücksberg leben über zwanzig Pandas, Regen. Früher ... Mach mal kurz Platz, Kiesel. Ja, so ist gut.«

Eine Pandabärin kam des Weges. Und als wollte die alte Nebel Glücksberg Pfingstroses Argument untermauern, streifte sie Regen mit ihrem schütteren Pelz, und Kiesel musste sogar ins Gebüsch tauchen, um nicht umgerannt zu werden.

»Freudiges Mahl der langen Strahlen, Pfingstrose«, krächzte Nebel im Vorbeigehen.

»Wünsch ich dir auch.« Pfingstrose verneigte sich leicht und wartete, bis die alte Bärin weiter den Hang hinaufgestiegen war, bevor sie ihre Standpauke fortsetzte. »So war es nicht immer. Pandas wie Blüte sind es nicht gewohnt zu teilen, früher wäre ihr tagelang kein anderer Panda über den Weg gelaufen.«

»Na ja, nun hatte sie ja schon mein Leben lang Zeit, sich daran zu gewöhnen«, meinte Regen schmollend.

»Und du hattest ein Leben lang Zeit, dich an sie zu gewöhnen.« Pfingstrose seufzte. »Nicht mehr lange bis zum Mahl der sinkenden Sonne. Habt ihr zwei nicht noch etwas zu erledigen? Ich bin überzeugt, dass eure Nester vor dem steigenden Mond noch etwas frisches Schilf vertragen könnten.«

Ihre Mutter wollte bloß das Thema wechseln, doch das freute Regen eher, denn damit hatte sie am Ende doch recht behalten.

»Komm«, sagte Kiesel. »Lass uns die Jungen holen und Schilf sammeln.«

»Seid aber zum Mahl zurück.« Pfingstrose legte sich auf den Stamm und schloss die Augen.

Regen schnaubte und machte sich mit Kiesel weiter an den Abstieg. Nebeneinander liefen sie den ausgetretenen Pfad durchs Unterholz, bis sie auf eine kleine geschützte Lichtung kamen, wo Horizont und Morgenrot zusammensaßen. Die beiden Freundinnen verstanden sich prächtig, ohne sich gegenseitig den Bambus zu stehlen. Ihre Jungen Frosch und Tanne kugelten zu ihren Tatzen herum. Frosch war der Ältere, doch er ließ Tanne beim Spielen immer gewinnen.

Die beiden Jungen begleiteten Regen und Kiesel nur zu gerne hinunter zum Fluss und hüpften glücklich vor ihnen her, bis Regen plötzlich schlitternd zum Stehen kam. »Wartet!« Sie sank auf den Bauch. Frosch und Tanne machten kehrt und kamen zurückgerannt, ihre dunklen Augen weit aufgerissen. »Ich … ich … ich habe … eine Vision!«

Regen rollte sich auf den Rücken, starrte in den Himmel und klappte das Maul auf.

»Was ist denn?«, jaulte Frosch.

»Was siehst du?« Tanne wollte ihr auf den Bauch klettern, doch Regen scheuchte sie beiseite.

»Still! Der Große Drache spricht! Oh, Großer Meister …«

Die Jungen kauerten sich vor sie hin, die Spannung stand ihnen ins Gesicht geschrieben. Aus den Augenwinkeln sah sie Kiesel, der sich in einiger Entfernung niedergelassen hatte, doch sie schenkte ihm keine Beachtung.

»Der Drache sagt … er sagt … ich darf nicht zum Fluss laufen! Schlimmes geschieht, wenn ich heute zum Fluss gehe. Und Kiesel darf auch nicht gehen. Der Drache will, dass ihr beide das Schilf allein pflückt!«

Regen ließ alle Glieder erschlaffen, rollte sich auf die Seite und schloss einen Moment keuchend die Augen. Dann erhob sie sich wankend und sah die Jungen besorgt an.

»Kann ich euch das Schilf wirklich allein holen lassen? Seid ihr dafür auch groß und stark genug? Vielleicht sollte ich die Warnung des Drachen in den Wind schlagen …«

»Nein!« Tanne schrie regelrecht. »Frosch und ich schaffen das schon. Wir sind groß und stark. Stimmt's?«

»Wir holen richtig viele Halme.« Frosch sprang auf. »Der Drache wird mächtig stolz auf uns sein!«

»Bestimmt«, sagte Regen sanft. Und schon stoben die beiden Jungen davon, als würden zwei flauschige Steine den Hang hinunterkugeln.

Regen sah sich mit einem breiten Grinsen zu Kiesel um. Kiesel verdrehte die Augen, gluckste aber dennoch amüsiert.

»Frosch ist bald zu alt dafür«, meinte er. »Früher oder

später durchschaut er dich, dann musst du deine Aufgaben wieder selbst erledigen.«

»Nee«, antwortete Regen. »Bis dahin hat Eibenholz ihr Junges, dann kann ich das an der Nase herumführen.«

»Sind die Pandas schon so tief gesunken?«, höhnte es. Über ihr im Baum hing eine große Goldstumpfnase mit dem Schwanz an einem Zweig und schwang hin und her. Der Affe zupfte sich am Ohr, durch das sich ein fieser Riss zog, und musterte sie spöttisch.

»Hau ab, du Stinkmaul«, gab Regen zurück.

Der Affe ließ sich nicht beirren. Er pflückte eine Frucht vom Baum, roch daran und schleuderte sie fort. »Hat nicht einst das ganze Bambusreich zu euch Pandas aufgeschaut? Wart ihr nicht mal wichtig? Schade, dass der Große Drache nicht mehr mit euch spricht. Was habt ihr bloß verbrochen, um ihn so zu verärgern? Auch egal. Auf euch hört eh keiner mehr, Fleckenfratze!«

»Und auf euch hat noch nie jemand gehört, Blaufratze«, gab Regen zurück. »Wen kümmert es schon, was so ein blöder Affe denkt? Ich gehe jetzt im Fluss baden. Kommst du?«, fragte sie Kiesel.

»Klar!«, antwortete Kiesel. Damit kehrten sie dem Affen den Rücken und verschwanden im Unterholz. Obwohl sie ihn noch hinter sich lachen hörten, drehten sie sich nicht um.

Nachdem sie etliche Bäume zwischen sich und dem lästigen Plagegeist gelassen hatten, gelangten sie zu einem hohen Felsen. Unter ihnen lag der Fluss mit seiner schnellen

Strömung. Beim Anblick des glitzernden Wassers im Licht der langen Strahlen kribbelte Regen der Pelz, und sie bekam Lust, sich in die Fluten zu stürzen. Gerade wollte sie Kiesel einen Wettlauf zum Fluss vorschlagen, als sie sein Gesicht sah. Kiesel schaute auch aufs Wasser, doch sein Blick war nachdenklich und auch ein wenig traurig.

»Was hast du?«, fragte sie.

»Der Affe hat irgendwie recht.« Kiesel seufzte. »Alles war besser, als wir noch eine Drachenzunge hatten. Alle Tiere im Bambusreich haben zu uns aufgeschaut. Wir hatten eine Aufgabe.«

»Wäre sicher schön, den Affen und all den anderen zu sagen, was sie zu tun haben«, stimmte Regen zu. »Aber das ist doch nicht echt, Kiesel! Ich meine, die Geschichte vom Großen Drachen, der vom Berg steigt und einem von uns erzählt, was passiert. Das gibt's doch gar nicht.«

Kiesel legte den Kopf schief. »Du glaubst nicht an den Großen Drachen?«

Regen reckte die Vordertatzen, bis es im Rücken wohlig knackte. »Weiß nicht. Vielleicht. Jedenfalls kommen wir im Moment auch ganz gut ohne Drachenzunge aus. Es gibt reichlich Bambus und leichtgläubige Junge, die einem die Arbeit abnehmen. Was braucht man mehr? Das Sprachrohr für irgendeinen mächtigen Himmelsdrachen zu sein, wäre mir viel zu anstrengend.«

Kiesel war noch immer in Gedanken versunken. Regen stupste ihn mit der Nase an.

»Wen interessiert es, ob es eine Drachenzunge gibt oder nicht! Hauptsache Frosch hält mich dafür. Wer zuletzt am Fluss ist, ist ein Stinko-Ginkgo!«

Damit konnte sie Kiesel endlich ein Lachen entlocken. Regen hüpfte vom Felsen und sprang in großen Sätzen den Hang hinunter, dicht gefolgt vom Trommeln der Tatzen ihres Freundes.

Regen stürmte durch das Gewirr aus Steinen und Wurzeln am Ufer und stürzte sich fröhlich schnaubend in den Fluss. Kühl und frisch umspülte das Wasser ihre Schnauze. Mit einem lauten Platschen landete Kiesel hinter ihr im Flachen und ruderte mit den Tatzen.

Ihre Mutter hatte recht, es war gefährlich, zu weit hinauszuschwimmen.

Doch das war nicht immer so gewesen. Pfingstrose hatte ihr oft erzählt, wie es früher im Bambusreich zugegangen war, bevor der Fluss so angeschwollen war, dass all die flachen Hügel überflutet worden waren und nun unter Wasser lagen. Ganze Territorien waren verschwunden. Als der Regen kam, waren die Pandas auf die höchsten Wipfel geklettert, um den Wassermassen zu entkommen. Dort hatten sie dann festgesessen oder waren um ihr Leben geschwommen und wurden von der reißenden Strömung unter Wasser gezogen.

Doch das lag jetzt ein Jahr zurück. Regen war mit dem Fluss aufgewachsen, so, wie er jetzt war, sie kannte jeden Strudel, jede Untiefe wie ihr eigenes Fell. An manchen Stellen bestanden die Ufer aus glatten, abgeschliffenen Kieseln, dann wieder ragten Bäume und Felsen aus dem Wasser. Wenn Regen sich vorsah, konnte sie problemlos darum herumschwimmen, ohne in die gefährlichen Strömungen in der Mitte des Flusses zu geraten.

Regen holte tief Luft und tauchte.

Unter Wasser offenbarte sich ihr eine fremde Welt. Steine und Wurzeln waren mit weichen grünen Algen überzogen, zwischen denen winzige, glitzernde Fische und Schildkröten mit glänzenden Perlmuttpanzern lebten.

Hier unten war es ruhig, aber auch ein wenig unheimlich. Das Wasser war ganz klar, doch ohne Gerüche und Geräusche fühlte es sich ein wenig unwirklich an. Mit ihren großen Tatzen bewegte Regen sich unter Wasser voran, stieß mit der Nase an Zweige, die aus dem schlammigen Flussbett ragten. Sie bemerkte über sich einen Schwarm Karpfen, die im Licht der Sonne golden und orangefarben schillerten.

Regen tauchte auf, um nach Luft zu schnappen. Am Ufer entdeckte sie Kiesel, der von einem Felsen besorgt beobachtete, wie sie immer weiter hinaustrieb. Sie schnaubte verächtlich. Seine Sorge war völlig unnötig. Sie war die beste Schwimmerin in Glücksberg und wusste genau, wie weit sie sich vorwagen konnte, ohne von der Strömung mitgerissen zu werden. Wieder tauchte sie unter und schwamm in kräftigen Stößen zurück, um kurz darauf neben Kiesels Felsen aufzutauchen.

»Hast du dir Sorgen gemacht?« Regen hielt sich mit den Vordertatzen am Felsen fest. Doch Kiesel hatte sich inzwischen zum Ufer umgedreht und hielt die Nase in den Wind. Um sein Maul zuckte es.

Regen schnupperte auch, doch sie hatte bloß den Geruch von Fluss, Fisch und feuchtem Moos in der Nase. Bevor sie Kiesel fragen konnte, was er gewittert hatte, hörte sie Pandastimmen, erst eine und dann weitere. Wahrscheinlich Horizont, Morgenrot und Frosch.

»Ein neuer Panda!«, hörte sie einen von ihnen sagen.

»Ein neuer Panda?«, wiederholte Regen. Das musste sie wohl falsch verstanden haben. Für Eibenholz' Junges war es noch zu früh, und andere Pandas gab es hier in der Gegend nicht.

»Los, komm, gehen wir der Sache mal auf den Grund!« Kiesel sprang vom Felsen ins flache Wasser, und gemeinsam platschten sie an Land. Es war nicht weiter schwer, die Quelle des Tumults ausfindig zu machen, denn als sie den Berg erklommen, hatten sich sämtliche Glücksberg-Pandas auf dem flachen Felsvorsprung versammelt, von dem aus man den Pandapfad im Blick hatte.

»Was ist denn los?«, fragte Regen ihre Mutter. Pfingstrose sah sie überrascht an.

»Witterst du's nicht? Da nähert sich ein Fremder. Ein wenig vertraut riecht er schon … Aber auf jeden Fall ist es kein Panda vom Glücksberg.«

Regen schnupperte erneut, doch es war schwierig, einen Einzelnen herauszuriechen, während sich die übrigen Pandas um sie drängten und aufgeregt von einer Tatze auf die andere traten. Kaum war es ihr gelungen, sich bis nach vorne durchzudrängeln, tauchte eine Gestalt zwischen den Bäumen auf.

Groß, schwarz-weiß und mit flauschigem Pelz: eindeutig ein Pandamännchen. Das Fell war vom Alter schon etwas schütter, und über den Hinterleib zog sich eine lange Narbe. Doch die Beine waren kräftig wie Baumstämme. Um die Augen hatte er ungewöhnlich große schwarze Flecken. Als er den Pfad erreichte, blieb er stehen und sah blinzelnd zu ihnen hinauf. Glücklich strahlte er sie an.

»Meine lieben Pandas«, sagte er, »endlich habe ich euch gefunden.«

Regen konnte damit überhaupt nichts anfangen, aber unter den älteren Pandas erhoben sich Freudenrufe, erst leise und dann immer lauter.

»Ist das etwa Sonnenrot?«

»Das ist er!«

»Sonnenrot Schattenforst!«

Regen blieb allein auf dem Felsvorsprung zurück und setzte sich hin, während die anderen Pandas den Hang hinunterstürzten, um den Neuankömmling zu begrüßen.

»Du bist am Leben! Du bist zu uns zurückgekehrt!«

»Drachenzunge ist zurück!«

3. Kapitel

Geist Winterjunges bewegte sich lautlos über die offenen Schneefelder des Weißkammgebirges. Vor ihm huschten seine Wurfgefährten Frost und Schneesturm wie schlanke, gesprenkelte Schatten von Fels zu Fels, blieben hin und wieder stehen, um zu wittern oder ihre Schnauze in ein Loch im Boden zu stecken. Geist schnupperte auch, doch in dem eisigen Wind konnte er keine Beute riechen.

Er sah sich zu Schauer um und wartete, bis sie ihn eingeholt hatte. Schauer war die Jüngste aus dem Wurf, ihr Fell war weniger dicht und ihre Läufe kürzer, sodass sie immer wieder einen Spurt einlegen musste.

»Haben sie schon was entdeckt?«, flüsterte sie und schüttelte sich den Schnee von den Schnurrhaaren. Ihr getüpfelter Kopf reichte Geist knapp bis zur Schulter.

»Noch nicht«, antwortete er.

»Vielleicht finden wir ja zuerst was!«, meinte Schauer fröhlich. Sie schloss die Augen. »Schneekatze, zeig uns deine Spuren!«

Schauer öffnete die Augen wieder und sah sich um, als erwartete sie tatsächlich, Spuren im Schnee zu sehen, die sie zu einem Bau mit schmackhafter Beute führen würden.

»Lass uns zu den anderen aufschließen«, schlug Geist vor. Schauer nickte, und gemeinsam liefen sie durch den Schnee. Geist machte schwere, langsame Schritte, und Schauer musste immer wieder Verschnaufpausen einlegen, so passte ihr Tempo trotz des Größenunterschieds gut zusammen.

Schneesturm und Frost waren im Windschatten eines großen Felsens stehengeblieben. Schneesturm blickte sich zu ihnen um, sie hatte die Ohren aufgestellt und peitschte mit dem Schwanz. Sie war fündig geworden!

Warte auf uns, dachte Geist. *Wir sollen doch alle zusammen jagen …*

Er legte einen Spurt ein, doch Schneesturm und Frost hatten sich schon davongestohlen und waren hinter dem Felsen verschwunden.

»Mutter hat doch gesagt, sie sollen nicht … so weit vorlaufen«, keuchte Schauer.

Geist nickte. Winter hatte ihnen nicht ohne Grund aufgetragen, zusammenzubleiben, denn sie mussten alle jagen können, wenn sie je den Sprung über den Gähnenden Schlund schaffen, erwachsen werden und den Bau der Mutter verlassen sollten.

Er schaute zu den Bergen im Norden, deren Gipfel sich schemenhaft gegen das Schneegestöber abzeichneten. Vor ein paar Nächten hatte sich wieder eine Lawine gelöst. In ihrem Bau waren sie zwar in Sicherheit gewesen, doch sie hatten gehört, wie die Schneemassen zu Tal gedonnert waren. Ein Wunder, dass im Weißkammgebirge überhaupt noch Beutetiere lebten, doch wahrscheinlich ging es denen nicht anders als ihm und den übrigen Schneeleoparden: Sie hingen an ihrem Zuhause und wollten es nicht verlassen.

Geist und Schauer eilten um den Felsen herum und stießen auf Schneesturm und Frost. Schneesturm schnippte mit dem Schwanz.

»Schaut mal!«, fauchte sie. »Seht ihr's?«

Angestrengt blickte Geist in den Schnee. Da. Neben einem grauen Felshaufen, halb von einer Wehe verdeckt, blitzte etwas Braunes auf. Die Ohren eines Schneehasen. Ein besonders großes und kräftiges Exemplar.

»Pirschen wir uns bis zum Felshaufen und stürzen uns von oben drauf.« Schon war Frost losgelaufen, schlich so tief über den Boden geduckt, dass er eine stäubende Schneewolke hinter sich herzog. Geist wollte es ihm gleichtun, doch mit seinen breiten Schultern und stämmigen Beinen fiel ihm das Schleichen schwer. Deshalb begnügte er sich damit, die Pfoten ganz leise und vorsichtig aufzusetzen. Zum Glück verschluckte der Schnee alle Geräusche.

Schauer war so schnell sie konnte losgerannt, doch ihre flinken Geschwister hatten sie längst eingeholt und waren schon in großem Bogen um den Felshaufen herum und machten sich nun auf leisen Sohlen an den Aufstieg. Weder hörte noch sah der Hase sie kommen. Dann sprangen sie, erst Schneesturm, dann Frost, und begruben den Hasen unter sich. Doch der war erstaunlich wehrhaft, zappelte und trat um sich. Mit seinem muskulösen Hinterlauf verpasste er Frost einen so kräftigen Kinnhaken, dass er rückwärts segelte.

»Grrr! Willst du wohl stillhalten, du kleiner – Geist, komm und hilf mir!«, knurrte Schneesturm, die Zähne in das sich windende braune Fellknäuel verbissen. Mit gesenktem Kopf stürmte Geist los. Was ihm an Schnelligkeit und Verstohlenheit fehlte, machte er durch Kraft wett. Er drückte den Hasen mit der Pranke zu Boden und tötete ihn mit einem schnellen, kräftigen Biss in den Nacken, so wie Winter es ihm beigebracht hatte.

»Wir haben es geschafft!«, keuchte Schauer, die endlich zu ihnen aufgeschlossen hatte. Geist entging nicht, dass sich Schneesturm und Frost ansahen. Hoffentlich sagten sie nichts Gemeines zu ihrer Schwester. Schauer wäre sicher imstande, ihre eigene Beute zu erlegen, wenn sie ihr mal den Vortritt ließen und nicht immer gleich losstürmten.

»Lasst uns fressen!« Frost leckte sich das Maul. »Wenn wir was fangen, sollen wir's fressen, hat Mutter gesagt.«

Schneesturm stieg auf die Hinterbeine und tat, als wollte sie Frosts Ohren mit den Pfoten bearbeiten. »Noch nicht, du Dummerchen. Erst müssen wir der Schneekatze danken.«

Schauer drängte sich zwischen sie und begann zu treteln. »Schneekatze, wir danken dir für die Beute.«

Und dann stimmten die anderen drei Leoparden mit ein: »Mögest du im Schnee deine Spuren für uns hinterlassen, sodass wir ihnen folgen können.«

Daraufhin stürzten sich Schneesturm, Frost und Schauer auf den Hasen und hauten kräftig rein. Geist war auch ausgehungert. Oft mussten sie mehrere Tage ohne Beute auskommen. Allein schon beim Gedanken an Fressen knurrte ihm der Magen. Er zerrte am Hasen und schlang das zähe Fleisch gierig hinunter.

Eine Weile war nichts anderes zu hören als das Schmatzen und Schnurren vier hungriger Jungen, und selbst diese Geräusche wurden vom Schnee gedämmt.

Plötzlich erklang ohrenbetäubendes Jaulen. Geist fuhr herum, wirbelte Schnee auf, und vor ihm traten zwei gefleckte Gestalten hinter einem Felsen vor. Zwei weitere Leopardenjunge, ein wenig jünger als Geist und seine Wurfgeschwister. Geist ließ die Schultern sinken, als er sie erkannte.

»Schau mal, Graupel«, sagte der eine. »Die wunderlichen Winterjungen.«

Geist stieß ein kollerndes Knurren aus, als Flink und Graupel Eiskaltjunges auf sie zutappten.

»Das ist nicht euer Territorium«, fauchte Frost und fuhr sich mit der Zunge übers Maul. »Verschwindet, sonst helfen wir nach.«

»Oh! Hetzt ihr sonst euren wunderlichen Bruder auf uns?« Flink legte den Kopf schief. »Oder eure schwächliche kleine Schwester?«

Schauer stakste mit gebleckten Zähnen auf sie zu. »Wagt es nur!«

»Ist Geist überhaupt da?«, miaute Graupel, sah sich in gespielter Verwirrung um und warf Geist dabei immer wieder einen gemeinen Blick zu. »Wo ist denn der dicke Weißpelz?«

Geist versuchte, Graupels Sticheleien zu überhören, doch er fühlte sich zunehmend unwohl und trat unbehaglich mit seinen reinweißen Pfoten im Schnee. Da war doch nichts dabei, dass er größer war als seine Wurfgefährten und dass er keine Flecken hatte – bloß Graupel und Flink schienen das anders zu sehen.

»Jetzt reicht es aber.« Schneesturm war mit einem Satz über Geist hinweggesprungen und baute sich drohend vor den Eindringlingen auf. »Dafür bezahlt ihr.«

Geist und Frost eilten ihr zu Hilfe. Geist riss das Maul auf und ließ ein lautes Knurren ertönen, das sich zu einem Brüllen steigerte und Graupel und Flink erschaudern ließ. Und dann stimmten Schneesturm und Frost in das Gebrüll ein und marschierten mit ihm auf die Eiskaltjungen zu.

Geist verspürte ein wohliges Gefühl, als er mit seinen Wurfgefährten die fremden Jungen zum Rückzug trieb.

»Wollt ihr etwa nicht kämpfen?«, fragte Schauer.

»Ihr seid ja vielleicht Feiglinge!«, rief Frost.

»Habt ihr etwa Angst vor ein paar Wunderlingen?« Geist setzte ihnen nach und schnappte nach Flink, ließ die Zähne nur ein paar Pfotenlängen vor ihrer Nase zusammenschlagen. Wimmernd ergriff sie mit ihrem Bruder Graupel die Flucht und jagte mit ihm über das Schneefeld davon.

»Lasst euch hier ja nicht wieder blicken!«, rief Schauer ihnen noch hinterher.

Schneesturm schüttelte den Kopf. »Was für Idioten!«

»Wenn sie unseren Hasen wollten, warum haben sie sich denn so groß angekündigt? Sie hätte sich anschleichen sollen … so!« Frost pirschte sich an Geist heran.

Geist duckte sich einen Augenblick zu spät weg, sodass Frost zwar auf dem Rücken im Schnee landete, die Pfoten aber noch um seinen Hals geschlungen hatte. Frost zog ihn zu sich herunter und biss ihm spielerisch ins Ohr.

Geist bäumte sich im Spaß auf. »Dann hätten wir sie genau da, wo wir sie haben wollen!« Er tat, als würde er Frosts ungeschützten Bauch mit den Pfoten bearbeiten. Dabei gab er gut acht, dass er ihn nicht berührte, denn im Gegensatz zu den anderen konnte Geist die Krallen nicht einziehen, aber Winter hatte ihm beigebracht, wie er mit seinen Wurfgeschwistern spielen konnte, ohne sie zu verletzen, und Frost zuckte nicht einmal, als die schwarzen Klauen über ihm durch die Luft zischten.

»Genau, vier gegen zwei!« Schauer stürzte sich auf Schneesturms Schwanz. Schneesturm jaulte auf in gespielter Pein und verpasste ihrer Schwester einen Hieb. Schauer ließ sich theatralisch auf den Rücken fallen, alle viere weit von sich gestreckt, und Schneesturm setzte zum »Todesbiss« an, vergrub die Nase im weichen Fell unter Schauers Kinn, die gluckste und prustete.

Während Geist mit seinen Wurfgefährten im Schnee tollte, breitete sich trotz seiner eiskalten Pfoten und des frostigen Windes eine wohlige Wärme in ihm aus. Er und Schauer waren vielleicht nicht die geschicktesten Jäger, aber wenn es darauf ankam, hielten die Winterjungen in jedem Fall zusammen.

4. Kapitel

Regen nahm die Bambushalme ins Maul und machte sich auf den Weg zur Festwiese. Dabei passte sie auf, dass sie sich mit den langen Halmen nicht im Unterholz verfing, während sie zwischen Ginkgos und Kiefern über moosbedeckte Felsen den Hang hinaufkletterte.

Ihr lief schon das Wasser im Maul zusammen, doch sie unterließ es, klammheimlich ein paar Sprossen zu verdrücken, wie sie es an anderen Tagen vielleicht getan hätte. Kiesel trabte hinter ihr, blieb immer wieder stehen, um sich nach frischen Trieben umzusehen.

Für das Mahl des Schwindelichts wurde in ganz Glücksberg Bambus gesammelt. Es würde mehr als genug für jeden Panda geben. Auch wenn es keiner ausdrücklich gesagt hatte, war klar, dass es ein Festmahl werden würde. Sonnenrot Schattenforst war zurück.

Regen und Kiesel stießen auf Pfingstrose, die aus einer klaren Quelle trank, die wie ein winziger, glitzernder Wasserfall zwischen zwei Felsen hervorsprudelte. Pfingstrose hielt die Schnauze hinein und schüttelte sich anschließend, sodass die Tropfen durch die Luft flogen. Als sie Regen entdeckte, leckte sie ihr liebevoll übers Ohr.

»Es ist so schön«, meinte sie. »Alles fühlt sich so neu an. Spürt ihr's auch? Schaut mal da.« Mit der Nase deutete sie auf ein kleines Bambusbüschel, dessen junge Triebe sich durchs Moos schoben. »Seit Sonnenrot wieder da ist, schießen überall neue Triebe. Als würde … als würde der gesamte Südwald seine Rückkehr feiern.«

Regen nickte, weil sie ihre Mutter gerne so glücklich sah, aber überzeugt war sie nicht. Immer wieder wuchs Bambus an ungewöhnlichen Orten in die Höhe, darin konnte sie kein Zeichen erkennen. Andererseits hatte sie es auch nicht für möglich gehalten, dass es eine Drachenzunge gab oder je geben würde, und nun gab es sie doch.

Wahrscheinlich ist alles möglich.

»Von jetzt an wird alles besser«, sagte Pfingstrose. »Wir werden wieder mit dem Großen Drachen in Verbindung stehen. Mit seiner Hilfe wird wieder alles normal, so wie vor der Flut.«

»Nicht … nicht ganz«, warf Kiesel leise ein.

Traurig sah Pfingstrose ihn an und rieb ihm sanft mit der Schnauze über die Wange. »Da hast du recht. Manche Dinge lassen sich nicht wieder in Ordnung bringen.«

Regen sah betreten zu Boden. Wie gerne hätte sie Kiesel getröstet, doch was sie auch sagte oder tat, es würde ihm seinen großen Bruder nicht zurückgeben. Im Gegensatz zu ihr war Kiesel alt genug, um sich an die Flut zu erinnern, und diese Erinnerungen waren schmerzhaft.

»Auf zur Festwiese.« Kiesel schüttelte sich einmal kräftig. »Sonst verpassen wir noch den Segen!«

»Richtig!«, sagte Pfingstrose sanft und lief voraus.

Die Festwiese lag in einer Senke weit oben auf einem der steilen Berge im Südwald. Es war eine weite Grasfläche, umgeben von Bäumen und Felsen. Regen ließ ihre Bambushalme in der Mitte fallen, nahm für sich eine kleine Portion und machte es sich damit in einer tief gelegenen Astgabel bequem, während sich der Festplatz füllte. Die Glücksberg-Pandas strömten aus den verschiedensten Richtungen herbei und ließen sich überall verteilt im weichen Gras oder auf den Felsen nieder.

Von ihrem Ausguck ließ Regen den Blick übers Bambusreich schweifen. Die Sonne ging über der Flussmündung unter, eine Hälfte des Tals versank in schwarzen Schatten, während die andere in goldfarbenem Licht erstrahlte.

Der Südwald bestand aus einer Kette bewaldeter Gipfel, die sich immer höher gen Himmel auftürmten, bis sie schließlich in den Wolken verschwanden. Im Norden rauschte der Fluss, an dessen anderem Ufer die kargen, schroffen Berge des Nordwalds lagen, und dahinter erhob sich das Weißkammgebirge wie ein bleiches Ebenbild des Südwalds.

Die Welt ist so groß. Vielleicht gibt es da draußen ja doch irgendwo einen Drachen.

Als sie Sonnenrot Schattenforst zusammen mit der alten Nebel den Berg heraufklettern sah, meldete sich ihr schlechtes Gewissen. Obwohl Sonnenrots Rückkehr bei den anderen eine große Freude ausgelöst hatte, war sie zunächst wenig begeistert davon. Zum einen konnte sie jetzt die Jungen nicht mehr austricksen, und zum anderen musste sie Kiesel gegenüber womöglich eingestehen, dass sie sich geirrt hatte. Auch wenn sie sich dabei ziemlich kleinlich vorkam, setzte ihr das zu.

Dennoch beugte sie sich interessiert vor, als Sonnenrot sich eine Tatze voll Bambus vom Haufen nahm, sich mitten in die Senke pflanzte und wartete, bis sich alle um ihn herum gesetzt hatten. Was er wohl erzählen würde? Wo war er bloß die ganze Zeit gewesen?

Stille senkte sich über den Festplatz. Normalerweise sprach einer der ältesten Pandas den Segen, entweder Nebel oder Bö. Doch jetzt hielten sich beide zurück. Sonnenrot schwieg eine Weile höflich, bis klar war, dass alle auf ihn warteten. Dann streckte er das Bambusbüschel in die Höhe.

»Oh, Großer Drache, zum Mahl des Schwindelichts verbeugen sich deine Pandas vor dir. Aller Bambus, alle Güte kommt von dir. Großer Drache, wir danken dir dafür.«

Sonst erfüllte das Krachen und Kauen des splitternden Bambus die Festwiese kaum, dass das letzte Wort gefallen war, aber nun traute sich keiner so recht anzufangen. Selbst Regen zögerte, bevor sie die grünen Blätter vors Maul brachte und sie langsam vom Stängel zerrte.

»Los, fresst schon«, brummte Sonnenrot belustigt. »Der Drache will euch nicht hungern sehen.«

Daraufhin ging die Mampferei los, wobei es Regen vorkam, als würden die Pandas ihren Bambus leiser als sonst kauen.

»Drachenzunge, du spannst uns ganz schön auf die Folter«, sagte Horizont und zerteilte einen Halm für Tanne. »Willst du uns nicht endlich deine Geschichte erzählen?«

»Ja, bitte, Drachenzunge«, schloss sich Lorbeer an. Weitere Pandas nickten zustimmend mit vollem Maul. Azalee beugte sich so weit vor, dass sie fast von ihrem Felsen gefallen wäre.

»Da muss ich mich wohl auf das Wesentliche beschränken, sonst sitzen wir noch nächstes Frühjahr hier«, antwortete Sonnenrot und hielt einen Moment inne.

Der gesamte Festplatz schien den Atem anzuhalten.

»Ich sollte wohl vor der Flut beginnen, doch bevor der Regen kam und die Berge bebten, war eigentlich alles wie immer. Als es losging, bin ich gerade mit meinem Bruder Dämmerung spazieren gegangen. Das taten wir manchmal, auch wenn sein Territorium ziemlich weit entfernt lag. Plötzlich bebte das Weißkammgebirge vor unseren Augen, und wir sahen, wie eine weiße Welle den Hang hinunter in den Fluss rollte. Der Himmel wurde schwarz und öffnete alle Schleusen. Dann trat der Fluss über die Ufer und erwischte uns. Mein Bruder wurde mir entrissen und …«, betrübt ließ Sonnenrot den Kopf hängen.

»Mein armer Bruder. Dämmerung wurde vom Fluss davongespült und ertrank.«

Seufzer hallten über die Wiese, viele Pandas unterbrachen ihr Mahl und schauten betrübt zu Boden. Regen linste zu Kiesel hinüber. Mit feuchten Augen blickte er zu Sonnenrot, der Bambus in seinem Schoß war vergessen. Natürlich hatten etliche von ihnen Freunde und Familienangehörige verloren, doch Sonnenrots Geschichte war Kiesels so schrecklich ähnlich …

Sonnenrot schloss einen Moment lang die Augen.

»Ich wurde auch von den Fluten mitgerissen, aber ich bin nicht ertrunken, sondern wurde weit, weit weg von hier an Land gespült. Ich wusste weder, wo ich war, noch, was passiert war, nur dass ihr und das ganze Bambusreich in Gefahr sein musstet. Deshalb bin ich aufgebrochen, um zu euch zurückzukehren. Viele Abenteuer und Prüfungen lagen vor mir …« Dann schob er sich ein großes Büschel Bambusblätter ins Maul. Kaum hatte er sie hinuntergeschlungen, eilte ein Panda zu ihm, um ihm den grünsten Halm vom Haufen anzubieten. Dankend nahm Sonnenrot ihn entgegen und kaute eine Weile gedankenverloren.

»Wisst ihr, es hat eine Menge Tiere gegeben, die von der Flut betroffen waren und uns dafür die Schuld geben. *Mir* die Schuld geben. Sie wollen nicht verstehen, dass ich selbst davon überrascht wurde. Hinter jeder Wegbiegung hat man mir aufgelauert: Leoparden, eine Herde Takine und sogar ein Krähenschwarm. Alle wollten sie mich von euch fernhalten.

Der Leopard hat mir ein Andenken verpasst.« Sonnenrot zeigte ihnen die lange, blasse Narbe über seinem Hinterteil. »Zum Glück hat der Große Drache mir die Kraft gegeben, mich zur Wehr zu setzen und zu entkommen.«

Nachdem Sonnenrot die nächste Portion Bambus verdrückt hatte, schickten sich mehrere Pandas an, ihn mit Nachschub zu versorgen, doch Kiesel kam ihnen zuvor, er flog förmlich in die Mitte der Senke.

»Danke, junger …?«, fragte Sonnenrot und legte den Kopf schief.

»Oh! K–Kiesel, Drachenzunge«, keuchte er.

»Danke, Kiesel.«

Regen konnte sich das Kichern nicht verkneifen, als Kiesel auf seinen Platz zurückhastete. Auch wenn Sonnenrot mit seiner fast tödlich endenden Leopardengeschichte ziemlich beeindruckend war, fand sie es doch albern, dass Kiesel sich wie ein Junges gebärdete, bloß weil er ihn beim Namen nannte.

Sonnenrot fuhr mit seinen Erzählungen fort, berichtete von halsbrecherischen Kletterpartien über verschneite Gipfel, von Kämpfen mit kleinen, aber boshaften Pallaskatzen tief im Wald und den unzähligen Mahlen, die er in seinem unermüdlichen Bestreben, nach Glücksberg zurückzukommen, verpasst hatte. Die versammelten Pandas hielten im richtigen Moment den Atem an, und einige vergaßen sogar ihren Bambus, so sehr zogen sie die dramatischen Schilderungen in den Bann.

Regen knabberte nachdenklich weiter.

Wie seltsam alles war! Beim Mahl der langen Strahlen hatte sie noch Drachenzunge gespielt, um den Jungen eine Freude zu machen – na ja, und sich selbst, aber die Jungen hatten auf jeden Fall auch Spaß an ihren »Visionen« gehabt. Und jetzt war auf einmal die echte Drachenzunge aufgetaucht. Gab es dann auch einen Drachen? Doch wenn der Drache existierte und Sonnenrot mit ihm in besonderer Verbindung stand, warum hatte ausgerechnet er dann keinen Schimmer von der bevorstehenden Flut gehabt?

Natürlich hatte dieser dämliche Affe mit der blauen Fratze nicht in allem recht, bloß …

»So, nun habe ich aber genug von mir geredet«, meinte Sonnenrot. »Mehr als genug! Hauptsache, ich bin wieder zu Hause.«

»Ganz richtig!«, riefen einige Pandas im Chor, andere grölten zustimmend und trommelten mit den Tatzen auf den Boden.

Sonnenrot hielt eine Pfote hoch und alle verstummten. Überrascht blinzelte Regen, bevor sie sich ihren letzten Bambusstängel einverleibte. Wer das Geschnatter der Glücksberg-Pandas mit einer einzigen Geste unterbinden konnte, musste schon sehr viel Macht haben.

»Zu Hause bei meinen geliebten Pandas«, sagte Sonnenrot wieder. »Und wie ich sehe, habt auch ihr gelitten. Teilt euren Schmerz mit mir. Wie habt ihr die Flut erlebt? Ich möchte von jedem von euch wissen, wie er überlebt und was er verloren hat. So können unsere Wunden gemeinsam heilen.«

Regen seufzte. Darauf hatte sie nun so gar keine Lust. Sie hätte das Schwindelicht gerne anders verbracht. Schließlich war sie damals gerade erst auf die Welt gekommen. Was hatte sie schon groß zu erzählen? *Ich wurde geboren. Es war nass. Später bin ich getrocknet.*

Ihr würde nichts anderes übrig bleiben, als zuzuhören, während die Glücksberg-Pandas ihre tragischen Geschichten zum Besten gaben. Unbehaglich rutschte sie auf ihrem Ast herum und sah sich zu den anderen um, die auf einmal alle ganz betroffen wirkten. Vielleicht hatte Sonnenrot ja recht und es täte allen gut. Dafür würde sie natürlich stillsitzen.

Zypresse ergriff als Erster das Wort. Er tappte an den Rand seines Felsens und suchte die Blicke der anderen.

»Ähm … ich war in meinem Territorium weiter oben in den Bergen, als es losging. Die Erde bebte. Ich wurde von den herabstürzenden Steinen fast erschlagen, dann begann es zu regnen …«

Irgendwann kam Zypresse auf seinen Sturz zu sprechen, bei dem er sich die Tatze gebrochen hatte, und wie er nach den Regenfällen nach Glücksberg gelangt war, wo die anderen Bären ihm geholfen hatten, wieder zu Kräften zu kommen.

»Und was ist mit deiner Familie? Deinen Freunden?«, fragte Sonnenrot.

»Ich hatte nur meine ältere Schwester Zitrus. Die habe ich seither nicht mehr gesehen. Ich … ich habe eigentlich angenommen, sie wäre tot«, meinte Zypresse. »Aber nachdem du uns jetzt gefunden hast … vielleicht …«

»Danke, dass du uns deine Geschichte erzählt hast, Zypresse«, sagte Sonnenrot. »Wer möchte als Nächstes?«

Ein Panda nach dem anderen trat vor, um zu erzählen, außer Regen, Frosch und Tanne, die noch zu jung waren. Die Geschichten hatten viel miteinander gemein: Stürze von schlüpfrigen Hängen, gefährliche Kletterpartien, Zusammenstöße mit panischen Tieren und Fieber, das sich in einigen Fällen als tödlich erwiesen hatte. Traurig lauschte Regen den Erzählungen von verschollenen Eltern und toten Jungen. Kiesel und seine Mutter berichteten gemeinsam von Steins Tod in der schlimmen Flut.

Als Pfingstrose an der Reihe war, hielt Regen den Atem an. Ihre Mutter hatte bisher nie darüber gesprochen.

»Ich war schwanger«, Pfingstrose räusperte sich, »und mein Gefährte … kam ums Leben.« Regen versetzte es einen schmerzhaften Stich. Da sie ihren Vater nie kennengelernt hatte, hatte sie ihn auch nicht richtig vermisst, doch dass ihre Mutter noch immer unter dem Verlust litt, machte sie traurig. »Und nach der Flut kam meine wunderschöne Regen zu mir«, fügte Pfingstrose hinzu und sah voller Stolz hoch zu ihr in den Baum. »Gesund und munter.«

Sonnenrot schüttelte den Kopf. »Es muss so schwer für dich gewesen sein.« Er sah Regen an. »Die junge Generation ist ein echter Segen. Gab es außer dir noch andere, die Junge erwarteten?«

»Eine oder zwei«, antwortete Pfingstrose. »Ganz genau weiß ich es nur von einer Pandabärin, deren Territorium direkt an meines grenzte. Sie ist verschwunden. Ihr Gefährte wurde tot ans Ufer gespült.«

»Aber sie könnte ja noch irgendwo da draußen am Leben sein«, meinte Sonnenrot nachdenklich. »Und ihr Junges oder ihre Jungen auch. Wäre es nicht wunderbar, wenn wir sie finden würden? Wenn wir alle unsere verlorenen Familienmitglieder wiederfinden würden?«

Alle nickten ernst. Auch Regen, doch sie verspürte ein unbehagliches Kribbeln im Nacken. Natürlich hoffte sie auch, dass die Freundin ihrer Mutter und deren Junges noch am Leben waren, aber war es eine gute Idee, die Glückberg-Pandas glauben zu machen, ihre verschollenen Freunde könnten noch am Leben sein? Und was war mit all jenen, die wussten, dass ihre geliebten Verwandten nie wieder zurückkommen würden? Was war mit Kiesel?

In der Mitte des Festplatzes lagen nur noch ein paar trockene Halme. Regen wäre gerne vom Baum geklettert, um sich vor dem Mahl des steigenden Mondes noch irgendwo gemütlich aufs Ohr zu hauen. Doch die anderen Pandas schienen noch auf irgendetwas zu warten, deshalb blieb sie, wo sie war.

»Drachenzunge«, fragte Bö, »kannst du noch mit dem Drachen sprechen? Hat er einen Rat für uns?«

»Bitte«, schaltete sich Horizont unter dem zustimmenden Gemurmel der anderen Pandas ein, »hast du eine Prophezeiung für uns?«

Sonnenrot lehnte sich zurück und schloss langsam die Augen. Regen beugte sich so weit vor, dass sie mit den Pfoten abrutschte und um ein Haar vom Baum gefallen wäre. War das wirklich wahr? Würde sie gleich erleben, wie Drachenzunge eine Vision bekam?

Ohne die Augen zu öffnen, setzte Sonnenrot die Tatzen vor sich auf den Boden und grub seine Krallen in die Erde. Dann verharrte er reglos, atmete kaum, als wäre er in Stein gemeißelt. Einige der Pandas, die um ihn herumsaßen, bissen sich vor Spannung auf die Klauen, andere kratzten sich den Bauch.

Regen konnte den Blick nicht vom Gesicht des alten Pandas lösen. Als er die Augen wieder aufschlug, geschah das so abrupt, dass sie erschrak. Bildete sie sich das nur ein oder lag da wirklich ein ungewöhnliches Funkeln in Sonnenrots Augen? Auf jeden Fall schaute er sich groß um.

Als er dann die linke Vordertatze hob, glitzerte es, und zum Vorschein kam ein winziger, vollkommen runder Stein.

Nebel schrie auf. »Der Sehende Stein«, flüsterte sie. »Trotz allem … hast du ihn bewahrt!«

Regen warf Pfingstrose einen fragenden Blick zu. Die stellte sich auf die Hinterbeine und zischelte leise: »Die Drachenzunge führt den Sehenden Stein mit sich. Das war schon immer so. Der Sehende Stein ist sehr alt und sehr mächtig und stammt aus der Höhle des Großen Drachen!«

Wo ist denn diese Höhle? Doch bevor Regen ihre Mutter fragen konnte, hatte Sonnenrot schon wieder das Wort ergriffen und hielt den Stein hoch.

»Der Sehende Stein hat mir den Willen des Großen Drachen verraten.« Sonnenrot strahlte so sehr, dass sich das Fell um seine Augen kräuselte. »Der Große Drache ist zufrieden. Ihr seid schon auf dem richtigen Pfad. Wenn alle Pandas wiedervereint sind, überwinden wir die reißenden Fluten gemeinsam.«

Etliche schnappten nach Luft. Bö setzte sich so vehement auf sein Hinterteil, dass er beinahe umgefallen wäre.

»Hast du das gehört?«, raunte Zypresse Hyazinthe zu. »Der Drache will, dass wir uns vereinen. Also müssen einige der Vermissten noch da draußen herumirren.«

»Wenn Zitrus noch am Leben ist, finden wir sie«, antwortete Hyazinthe und rieb ihm mit der Nase zärtlich über die Wange.

»Der Große Drache hat wieder gesprochen!« Nebel erhob sich mit zittrigen Beinen. »Danke, Drachenzunge.«

Regen saß auf einem Ast, der weit übers Wasser ragte. Unter ihr im Fluss schillerten die Schuppen eines Karpfens silbern im Mondlicht. Geduldig wartete sie, schlug im richtigen Moment mit der Pranke zu und schnappte sich den zappelnden Fisch. Triumphierend hielt sie ihn einen Augenblick lang hoch, bevor sie ihn wieder ins Wasser springen ließ. »Diesmal hast du Glück gehabt«, rief sie ihm hinterher.

»Heute habe ich keinen Appetit auf Fisch, aber wenn ich wollte, könnte ich dich fressen.«

»Igitt!«, ertönte Kiesels Stimme. Als sie sich umdrehte, trat er aus dem Schatten der Bäume ins Mondlicht.

»Fisch ist gar nicht so übel«, meinte Regen. »Nicht so gut wie Bambus, aber er schmeckt nach Fluss. Das mag ich.«

Kiesel trat ans Ufer. Das Weiß in seinem Fell schien förmlich zu leuchten, als er sich im kabbeligen Wasser betrachtete.

»Ist das nicht unglaublich?« Kiesel sah in den Sternenhimmel.

Regen zögerte. Den Fisch meinte er wahrscheinlich nicht.

»Er ist so weise«, fuhr Kiesel fort. »Hast du die Narbe gesehen? Wie tapfer muss man sein, um einem Leoparden zu entkommen! Und er versteht einen einfach, weißt du? Er hat ja auch einen Bruder …«

Regen warf ihm einen mitfühlenden Blick zu, allerdings sah sie das nicht so einseitig.

Viele von uns haben Familienmitglieder verloren. Da ist er nicht der Einzige, schoss es ihr durch den Kopf, doch sie behielt es für sich. *Bestimmt tut es Kiesel gut, dass jemand so Wichtiges seinen Schmerz teilt.*

Regen sah hinaus aufs Wasser. Das andere Ufer lag in Dunkelheit gehüllt.

»Warum der Drache wohl will, dass wir den Fluss überqueren?«, fragte sie laut.

»Hmm?« Kiesel war mit seinen Gedanken offenbar ganz woanders gewesen.

»Sonnenrot meinte ja, dass wir die reißenden Fluten gemeinsam überwinden sollen. So hat es ihm der Drache gesagt. Aber der Wald auf der anderen Seite wirkt nicht sehr verlockend. Natürlich wäre ich gerne in der Lage rüberzuschwimmen, nur … was bringt das? Und wie? Sollen wir eine große Pandakette über den Fluss bilden? Was ist mit den Jungen? Und Nebel und Bö? Meint er allen Ernstes, dass wir über den Fluss sollen?«

Kiesel schüttelte den Kopf. »Du nimmst das zu wörtlich. Er ist die Drachenzunge. Er weiß, wovon er spricht.«

»Das bezweifle ich ja gar nicht«, meinte Regen, obwohl eine kleine rebellische Stimme in ihr sehr wohl daran zweifelte. »Ich sag ja bloß, dass ich nicht weiß, was –«

Regen verstummte, denn sie glaubte, hinter der Flussbiegung Stimmen zu vernehmen. Kiesel sah sie verständnislos an, doch Regen schwieg, und nun hörte sie wieder jemanden etwas sagen.

»… wie ich gebeten habe?«

War das Sonnenrot?

»Ja, wir haben es problemlos gefunden.«

Dieser Sprecher kam ihr ebenfalls bekannt vor, wobei sie dafür nicht ihre Tatze ins Feuer legen würde. Weder die Stimme noch das darauffolgende Gejohle klang nach einem Panda.

Regen kletterte über den Ast zurück ans Ufer. Mit einem belustigten Kiesel im Schlepptau schlich sie durchs Unterholz und kraxelte auf einen Felsen: Unter ihr auf der

Lichtung stand Sonnenrot und schaute hoch in die Bäume. Zunächst konnte Regen nicht erkennen, mit wem er da sprach, doch als sie sich flach auf den Fels presste, sah sie all die Goldstumpfnasen in den Zweigen. In der Dunkelheit verschmolz ihr helles Fell fast mit den Blättern des Ginkgobaums. Es waren mindestens zehn Affen, vielleicht sogar mehr, die sich da versammelt hatten.

»Gut gemacht, Strammbein«, meinte Sonnenrot. »Dann gib mal her.«

Einer der Affen fiel halb aus dem Baum, fing sich noch gerade mit dem Schwanz an einem unteren Ast, als er Sonnenrot mit großer Geste einen Arm voller Bambus überreichen wollte. Regen kniff die Augen zusammen, um im Dämmerlicht besser sehen zu können: Die Blätter waren hell- und dunkelgrün gestreift, und auch die einzelnen Abschnitte der Halme schienen unterschiedlich gefärbt.

Als Strammbein den Kopf schief legte, erkannte Regen ihn wieder. Es war der große Affe mit dem zerrissenen Ohr, mit dem sie heute Morgen aneinandergeraten war.

Ihr gegenüber hatte er sich feindselig verhalten. Hatte den Gedanken, dass es noch einmal eine Drachenzunge geben würde, ins Lächerliche gezogen und ausgeschlossen, dass jemals wieder irgendjemand auf die Pandas hören würde. Und jetzt besorgte er schon wieder Bambus für Sonnenrot, nachdem der erst vor zwei Mahlen nach Glücksberg zurückgekehrt war?

»Ich brauche bald mehr davon«, meinte Sonnenrot.

»Sei unbesorgt, Drachenzunge«, antwortete Strammbein augenzwinkernd. »Wir sorgen schon für Nachschub. Glückwunsch noch mal.«

Damit schwang sich der Affe zurück auf den Ast, und unter lautem Geschrei verzog sich die Bande in die Baumkronen.

Sonnenrot nahm die Bambusstängel vorsichtig ins Maul, doch statt sie zu fressen, verschwand er damit im Schatten der Bäume.

»Was führt er im Schilde?«, fragte sich Regen laut.

»Im Schilde führen?« Kiesel runzelte die Stirn. »Deine Schauspielerei hat dir wohl den Kopf verdreht. Er hat bloß mit den Affen gesprochen. Das ist doch gut, das ist seine Aufgabe als Drachenzunge.«

»Was ist mit dem Bambus?«, versetzte Regen.

»Er sah lecker aus«, Kiesel zuckte mit den Schultern. »Die Affen haben ihm ein Willkommensgeschenk gemacht.«

»Strammbein etwa?« Regen richtete sich auf und sprach mit verstellter Stimme: »›Wenn du nicht tust, was ich sage, spricht der Drache nie wieder mit dir‹. Meinst du diesen Strammbein?«

»Sonnenrot ist immerhin die Drachenzunge.« Kiesel kam auf die Tatzen und versetzte Regen einen freundschaftlichen Knuff. »Sei nicht neidisch. Wundert es dich wirklich, dass sich die anderen Tiere bei ihm wieder beliebt machen wollen? Wenn Sonnenrot eine bestimmte Bambussorte braucht, wird er schon einen guten Grund dafür haben. Alles, was er tut, dient dem Bambusreich. Dafür ist eine Drachenzunge da.«

»Ja«, meinte Regen und knuffte ihn zurück. »Vielleicht teilt er den besonderen Bambus ja am Mahl des steigenden Mondes mit uns.«

Doch die Worte klangen hohl in ihren Ohren.

Liegt es an mir? Bin ich neidisch? Oder ist hier etwas faul?

5. Kapitel

An diesem Morgen konnte Blättchen die Pandas am anderen Ende der Lichtung kaum sehen, so dicht war der Nebel im Nordwald. Er waberte zwischen den Bäumen hindurch, kroch ihnen ins Fell und, was noch schlimmer war, verbarg die schmächtigen Bambussprösslinge vor ihnen. Was für ein mageres Mahl! Einzig Sturmwind war es gelungen, ein anständiges Büschel frischer Bambussprossen aufzutreiben. Ihr Finderglück hatte sie schon mit Hyazinthe und Klein-Bambusrohr geteilt, die bei ihrer Suche leer ausgegangen waren.

»Oh, Großer Drache, zum Mahl des Silberlichts verbeugen sich deine Pandas vor dir.« Holzapfels Stimme wurde vom Nebel fast verschluckt. »Aller Bambus, alle Weisheit kommt von dir. Großer Drache, wir danken dir dafür.«

Blättchen versuchte ihr Mahl so lange wie möglich auszudehnen, doch es war im Nu verschlungen. Auf der Rankforst-Lichtung breitete sich eine Stille aus, die nichts mit der gefräßigen Stille glücklich mampfender Pandas zu tun hatte.

Wahrscheinlich fragten sich alle dasselbe wie sie: Wenn der Nebel nicht bald aufklarte, würden sie dann zum Mahl des Goldlichts etwas zu fressen finden? Und was war mit dem Mahl der steigenden Sonne? Doch selbst wenn sich der Nebel verzog, der Bambus wuchs so kümmerlich, dass es vielleicht auch für das Mahl des Sonnenhochs und das Mahl der langen Strahlen kaum reichen würde.

»So geht das nicht weiter.« Tante Pflaumes entschlossene Stimme riss Blättchen jäh aus ihren sorgenvollen Gedanken. Andere Pandas fuhren ebenfalls erschrocken zusammen.

Gras schüttelte den Kopf. »Was sollen wir denn machen? Der Drache hat uns verlassen. Sollen wir uns vielleicht in irgendeine Richtung aufmachen und hoffen, dass wir auf einen grüneren Flecken stoßen, bevor wir verhungern …«

Klein-Bambusrohr wimmerte leise. Mit einem bösen Blick auf Gras nahm Hyazinthe ihn in den Arm.

»Wir sind in den Atem des Drachen gehüllt.« Obwohl Pflaume leise sprach, hörten ihr alle gebannt zu. »Der Nebel ist ein Zeichen. Der Drache will, dass wir etwas tun … Ich … ich weiß bloß noch nicht, was. Doch ich halte es nicht länger aus. Wir müssen herausfinden, warum noch keine neue Drachenzunge bestimmt wurde.«

Darauf folgte abermals eine lange Stille.

»Wie denn?«, fragte Wacholder.

Pflaume setzte sich zurück und blickte in den Himmel, als hoffte sie, dass sich der Drache endlich erbarmen und ihnen sagen würde, was zu tun war. Blättchen hielt den Atem an.

Und wenn er es wirklich täte? Wenn er ihnen nur dieses eine Mal ein Zeichen schicken würde …?

Doch es kam kein Zeichen. Pflaume seufzte und blickte in die Runde. »Ich mache mich auf zum Drachenberg. Zur Höhle. Und wenn ich unterwegs keine Botschaft erhalte, trete ich dem Drachen entgegen und frage ihn, wie wir das Verhältnis wieder in Ordnung bringen können.«

Wacholder stieß ein Schnauben aus.

»Oh, Pflaume«, meinte Hyazinthe. »Tu's nicht. Es ist zu weit und viel zu gefährlich.«

»Seit Sonnenrot ist kein Panda mehr dort gewesen«, sagte Holzapfel.

»Ich … Ich glaube, du hast recht.« Wacholder hatte sich erhoben. »Einer von uns muss sich auf den Weg machen. Aber es kann sein, dass wir dich dann nie wiedersehen, Pflaume. Du musst dir ganz sicher sein.«

»Wie soll ich in dieser Situation noch Zweifel haben?« Pflaume warf einen Blick auf die mageren Überreste ihres kläglichen ersten Mahls.

In Blättchen kochten die Gefühle hoch wie in einer heißen Quelle. Sie konnte sich nicht länger im Zaum halten und sprang auf.

»Ich komme mit.« Sie stürmte über die Lichtung zu ihrer Tante. »Zu zweit ist es sicherer. Ich begleite dich, dann suchen wir den Drachen gemeinsam!«

Tante Pflaumes Augen glänzten feucht. »Ach, mein liebes Blättchen. Kommt nicht infrage.«

»Was? Warum denn nicht?« Blättchen ließ sich auf den Hintern plumpsen. »Du darfst nicht allein gehen. Wenn du nun nicht wieder zurückkommst?«

»Genau aus diesem Grund kann ich dich nicht mitnehmen«, meinte Pflaume. »Ich habe Orchidee versprochen, gut auf dich aufzupassen. Da setze ich doch nicht dein Leben aufs Spiel. Ich weiß, was es bedeutet, ein Junges zu verlieren«, fügte sie hinzu. »Mein eigenes Junges Wolke starb, kurz bevor du in meine Obhut kamst. Ich habe dich gesäugt und ich liebe dich wie meine eigene Tochter. Ich könnte es nicht ertragen, wenn dir etwas zustößt. Weder um Orchidees noch um meinetwillen.«

»Mir passiert schon nichts.« Doch Blättchen wusste, dass sie mit ihren Argumenten nicht gegen Tante Pflaumes Kummer ankam. »Ich kann klettern. Ich kann … für dich sorgen.«

»Es rührt mich, dass du mitkommen möchtest. Aber ich schaffe das allein.« Pflaume leckte Blättchen zwischen den Augen. Anschließend stemmte sie die Tatzen entschlossen ins Gras und wandte sich den anderen Pandas zu. »Vor dem Mahl der steigenden Sonne breche ich auf.«

Blättchen sauste mit Bambushalmen im Maul den Waldhang hinunter. Die Sonne war höher gestiegen und hatte den Nebel vertrieben, bloß unten im Tal und hoch oben zwischen den Felsen hielt er sich noch.

Verpasst kann ich sie doch nicht haben. Sie wäre doch nicht einfach so gegangen!

Schlitternd kam sie am Fuß des Hangs zum Stehen. Da stand Pflaume zum Glück noch, umringt von den Rankforst-Pandas, die sich einer nach dem anderen mit einem Nasenstupser oder einem aufmunternden Schultertätscheln verabschiedeten. Als Klein-Bambusrohr an der Reihe war, ließ sich Tante Pflaume auf den Rücken kugeln und breitete spielerisch die Arme aus. Klein-Bambusrohr brüllte mit seinem Stimmchen und sprang ihr auf den Bauch. Pflaume setzte ihn sanft ab und erhob sich.

Blättchen blieb ein wenig abseits stehen, um sich zu fangen. Ein Leben ohne ihre Tante konnte sie sich nicht vorstellen. Aber natürlich hatte Pflaume recht, einer musste sich auf die Suche nach Antworten machen, sonst würde keiner von ihnen lange überleben.

Als Blättchen dazutrat, schaute Pflaume sie an.

»Die habe ich dir für die Reise gesammelt.« Blättchen ließ die Bambusstängel vor ihr fallen.

»Oh, Blättchen.« Pflaume stieß sanft die Stirn gegen ihre. »Deine Mutter wäre so stolz auf dich. Denk dran, immer schön den Segen zu sprechen, selbst wenn das Mahl aus nur einem Blatt besteht. Hör auf die Älteren. Und lass dich von den Roten Pandas nirgends hinlocken, von wo du nicht mehr zurückkommst.«

»Ich werd's mir merken«, meinte Blättchen.

»Wir sehen uns ganz bald wieder. Pass gut auf alle auf«, fügte Pflaume noch hinzu. Blättchen reckte den Hals und sah ihrer Tante nach, die sich mit den Bambusstängeln im

Maul auf die lange Reise machte. Nachdem die Rankforst-Pandas ihr noch gute Wünsche hinterhergerufen hatten, verzogen sie sich einer nach dem anderen, bloß Blättchen blieb, bis ihre Tante hinter den Felsen im spärlich wachsenden Wald verschwunden war.

Trotz Tante Pflaumes Beschwichtigungen war sie sehr traurig. Doch im Moment konnte sie nichts dagegen unternehmen.

Eine Abwechslung täte ihr jetzt gut, deshalb lief sie zum Fluss. Dort wollte sie sich am Wasser auf einen ihrer Lieblingsbäume setzen, vielleicht konnte sie erkennen, was sich auf der anderen Uferseite tat.

Unterwegs hörte sie es im Unterholz rascheln, und dann rief jemand: »Blättchen! Hey, Blättchen! Warte auf mich!«

Flitzer. Blättchen blieb stehen. Kurz darauf hatte ihr Freund sie eingeholt, irgendwie schienen die Roten Pandas mit ihren kurzen Beinen schneller zu sein als ihre viermal größeren Artgenossen.

»Das von deiner Tante habe ich schon gehört.« Flitzer hockte sich neben sie. »Alle Achtung! Die ist echt mutig.«

Blättchen nickte, und schon wurde ihr leichter ums Herz. »Das ist sie wirklich.«

Flitzer grinste. Dann legte er ihr die Vordertatzen auf die Brust. »Ihr geschieht schon nichts.« Blättchen nickte wieder, brachte allerdings keinen Ton heraus. »Komm mit, Blättchen«, Flitzer sprang übermütig herum. »Ich will dir was zeigen. Unten am Fluss. Das musst du sehen!«

Und damit raste er los, senkrecht die Bäume hinauf und über die Felsen, alle paar Augenblicke blieb er stehen und sah sich nach ihr um. Lächelnd eilte Blättchen hinter ihm her. Natürlich wollte er sie bloß ablenken, aber sie musste zugeben, dass es funktionierte. Was hatte sie bloß für ein Glück mit ihrem besten Freund!

Flitzer brachte sie zu einer Stelle am Fluss, wo das Ufer nicht von Felsen und wild wachsenden Bäumen gesäumt wurde, sondern ein flacher Kiesstrand ins Wasser führte. Eine Handvoll Roter Pandas hatte sich schon dort eingefunden. Blättchen entdeckte neben Springer ein paar ältere Pandas, die sie nicht namentlich kannte, und Spritzer Schwimmgut. Spritzer saß auf einem Felsen im Seichten, peitschte mit dem Schwanz und starrte ins Wasser.

»Suchen sie immer noch nach einer Möglichkeit, den Fluss zu überqueren?«, fragte Blättchen. »Trotz der Sache mit Taucher?«

»Jetzt erst recht«, meinte Flitzer und senkte die Stimme: »Spritzer will es ihm zu Ehren tun. Jedenfalls geben wir nicht so schnell auf. Wenn der Große Drache uns nicht hilft, helfen wir uns eben selbst. So handhaben es die Roten Pandas seit jeher.« Stolz blinzelte er sie an. »Und heute ist es vielleicht so weit. Schau nur!«

Er trabte zum Ufer und zeigte mit seiner kleinen schwarzen Vorderpfote übers Wasser. Blättchens Herz machte einen Freudenhüpfer, als sie sah, was er meinte. Ein riesiges Bambusrohr, fast so dick wie Flitzer, war umgestürzt und ragte nun bis weit über die Flussmitte mit ihrer schnellen Strömung.

»Leider reicht es nicht ganz rüber«, meinte Flitzer.

»Aber es würde uns ein gutes Stück voranbringen, vor allem könnten wir so die gefährlichen Passagen überbrücken. Es könnte klappen!« Blättchen hatte sich schon dem felsigen Uferstück genähert, wo der Stamm umgeknickt war, die Wurzeln waren noch fest in der Erde verankert. Flitzer tappte hinterher, und auch Spritzer kam dazu, sprang auf einen der Felsen, um den Bambusstamm von oben zu inspizieren.

Blättchen spürte ein Flattern im Bauch, wie schwingende Zweige im Wind. *Schaffe ich das?* Vorsichtig setzte sie eine Tatze auf das Bambusrohr, dann die nächste. Es knarzte ein wenig, gab aber nicht nach.

»Ich versuch's«, meinte Blättchen. »Falls ich's rüberschaffe, finde ich meine Mutter vielleicht … Ich muss es einfach versuchen.«

»Ich komme mit.« Flitzer drehte sich zu Mampfer um, die verständnisvoll nickte.

»Ich gebe den Kletterweits Bescheid«, sagte sie. »Viel Glück.«

Flitzer reckte den Schwanz zum Abschied in die Höhe und kletterte hinter Blättchen aufs Rohr.

Blättchen sah hinaus in die rauschenden Fluten und atmete ein paarmal tief durch.

Vergiss nicht, du bist ein Panda. Ruhig Blut, sei stark. Du schaffst es!

Sie straffte die Schultern und lief los.

Bei jedem Schritt ächzte und wankte das Rohr ein wenig, aber es schien standzuhalten. Im Grunde war es ja wie Klettern, bloß waagerecht. Sie setzte eine Tatze vor die andere, immer wieder auf der Suche nach Halt auf dem glatten Holm, den Blick geradeaus gerichtet.

»Bist du noch da?«, rief sie Flitzer zu, ohne sich umzudrehen, denn dabei könnte sie die Balance verlieren.

»Bin noch da«, antwortete er.

Anfangs ragte der Stamm zwei Bärenlängen über das Wasser. Durch das Gewicht der beiden Freunde wurde er ein wenig nach unten gedrückt, doch solch ein altes und dickes Bambusrohr hielt eine Menge aus, das wusste Blättchen. Bis etwas über Flussmitte blieben sie trocken, dann wurde das Rohr dünner und kaltes Wasser umspülte ihre Pfoten. Blättchen krallte sich gut fest.

»Weiter kommen wir nicht«, sagte sie. »Den Rest müssten wir schwimmen.«

Das andere Ufer schien ganz nah, sie konnte die weiche, moosige Erde förmlich unter den Tatzen spüren. Bis dorthin zu schwimmen, würde trotzdem nicht einfach werden, aber sie könnte es schaffen, und dann wär's doch sicher nicht allzu schwer, Orchidee und ihr Geschwisterchen zu finden …

Auf einmal gab das Bambusrohr unter ihr nach. K-r-r-r-a-a-a-ck!, hallte es von den Felswänden zu beiden Seiten des Ufers wider. Blättchen grub die Krallen in den Bambus und duckte sich, während das Rohr unter ihr gefährlich schwankte.

»Blättchen!«, keuchte Flitzer. »Es –«

Ihm wurde das Wort abgeschnitten, als er und Blättchen mit dem gesamten Bambusstamm in den Fluss krachten. Wasser stieg ihr in die Nase, Wellen klatschten gegen ihre Flanke, ihr Fell sog sich voll, doch sie klammerte sich mit aller Kraft an dem Rohr fest, das auf dem Fluss auf- und abhüpfte und sich drehte. Kurz gelang es ihr, den Kopf aus dem Wasser zu stecken und zu brüllen.

»Flitzer!« Ängstlich sah sich Blättchen nach ihm um. Hoffentlich war ihr kleiner Freund nicht von der Strömung weggerissen worden. Doch auch Flitzer hatte sich erfolgreich festgekrallt, wenngleich sein roter Pelz und sein gestreifter Schwanz triefnass waren. Nun sah Blättchen auch, dass sich das Bambusrohr vollständig aus der Erde gelöst hatte – sein zerfetztes Wurzelgeflecht ragte in die Luft –, und sie trieben an ihn geklammert flussabwärts. Der Kiesstrand, Spritzer, ja der ganze Rankforst rückten in immer weitere Ferne.

»Wir müssen runter von dem Ding!«, schrie Flitzer.

Bevor Blättchen sich umsehen konnte, schwappte schon die nächste Welle über sie hinweg. Prustend spuckte sie Wasser.

Bei den neun Mahlen!, dachte sie verzweifelt. *Da wäre ein Abenteuer mit Tante Pflaume auf dem Drachenberg noch sicherer gewesen! Dabei habe ich ihr doch versprochen, aufzupassen …*

Doch für Selbstvorwürfe war jetzt keine Zeit. Irgendwo vor ihnen lagen scharfkantige Felsen, die das Flussbett verengten und das Wasser in reißende Stromschnellen verwandelten. Bis dahin mussten Flitzer und sie den Absprung geschafft haben, sonst ...

»Kletter zurück!«, rief sie ihrem Freund zu. »Zurück zum dicken Ende!«

Wendig, wie er war, drehte Flitzer auf der Stelle um und trat schwankend den Rückweg an. Um es ihm gleichzutun, musste Blättchen die Hinterläufe in den Fluss gleiten lassen und sich dann mit den Vorderpfoten am Bambus entlanghangeln, dabei reckte sie die Nase so weit wie möglich aus dem Wasser.

Wenn wir es näher ans Ufer schaffen, können wir vielleicht an Land schwimmen. Das ist unsere einzige Chance!

»Schaut mal her! Pandas! Hier!«, rief es aus der Luft. Blättchen blickte auf und blinzelte sich die Wassertropfen aus den Augen. Am Nordufer flogen zwei kleine Gestalten von Baum zu Baum. Beim Springen breiteten sie Vorder- und Hinterbeine aus, dabei spannte sich die Haut dazwischen wie ein Schirm, und so glitten sie zum nächsten Ast.

Flughörnchen!

»Da kommt eine Wurzel!«, quiekte eines der Flughörnchen. »Los, haltet euch fest!«

Blättchen linste über den Bambusstamm: Hinter der nächsten Flussbiegung ragte ein Geflecht aus Baumwurzeln und Felssteinen ins Wasser.

»Spring, Flitzer«, schrie sie. »Spring!«

Flitzer nahm Anlauf und sprang, dabei glitt er fast wie ein Flughörnchen durch die Luft. Mit den Vorderpfoten bekam er den Wurzelballen zu fassen, schlug einen Salto und landete Hals über Kopf an Land.

Jetzt oder nie, dachte Blättchen. Nachdem sie sich auf den Bambusholm gehievt hatte, drückte sie sich kräftig ab, um möglichst nah an den Wurzelballen heranzuspringen. Sobald ihr klar wurde, wie aussichtslos das war, holte sie tief Luft und tauchte. Unter Wasser öffnete sie die Augen und erkannte vor sich die Wurzeln, die sich auch in die Tiefe erstreckten. Mit energischen Tatzenzügen kämpfte Blättchen gegen die Strömung an. Ihr ging die Luft aus, Panik ergriff sie, doch dann erwischte sie mit den Krallen einen Teil des Geflechts und hangelte sich daran hoch.

Als sie auftauchte, hätte sie Flitzer fast einen Kopfstoß verpasst, denn der hing mit besorgter Miene über dem Wurzelballen. Quiekend machte er einen Rückwärtssatz.

»Blättchen! Du lebst! Du hast es geschafft!« Beherzt packte er ihre Vorderpfote. »Plötzlich warst du weg. Ich dachte schon, du wärst ertrunken!«

Blättchen kraxelte an Land. Sie wusste Flitzers Hilfsversuch zu schätzen, obwohl er viel zu klein war, um sie hochzuziehen.

»Ich hab's geschafft!«, keuchte sie und spuckte Flusswasser aus.

Mit dem Bauch ließ sie sich gegen den Baumstamm sinken, dessen Wurzeln ihnen das Leben gerettet hatten.

»Was seid ihr zwei bloß für Idioten«, rief es aus dem Baum. Als Blättchen aufschaute, hingen die beiden Flughörnchen kopfüber an einem Ast.

»Habt ihr wirklich geglaubt, ihr könntet es ans andere Ufer schaffen?«, fragte eines der Flughörnchen.

»Viel zu weit«, sagte das andere kopfschüttelnd. »Besonders für einen Panda. Nichts für ungut, aber wenn nicht einmal wir hinübergleiten können, wir soll's dann ein dicker Bär wie du schaffen?«

»Findet euch einfach damit ab, im Nordwald zu leben«, meinte das andere und kletterte den Baum hinauf. »Denn hier kommt ihr niemals weg.«

6. Kapitel

Geist trat nervös auf der Stelle, bis sich der Schnee unter seinen Pfoten in einen Eisklumpen verwandelt hatte. Vor ihm klaffte ein gewaltiger Spalt im Fels: der Gähnende Schlund. Wie breit er war! Bis zur gegenüberliegenden Seite passten mindestens zwanzig hintereinander aufgereihte Leoparden hinein. Und was die Tiefe anging ... Die konnte er überhaupt nicht abschätzen. Der Spalt reichte so weit hinab, dass anscheinend nicht einmal der Schnee bis nach unten gelangte. Schneemassen, die der Wind hineintrieb, türmten sich an den zerklüfteten Felswänden auf, doch in der Tiefe blieb alles schwarz.

»Uuuuui!« Schauer rückte näher an ihn heran. »Müssen ... müssen wir da wirklich rüberspringen?«

»Wenn wir so weit sind«, meinte Frost leise.

»Seht mal«, sagte Schneesturm mit einem Zittern in der Stimme. »Da ist eine Säule.«

Anfangs wusste Geist nicht, was sie meinte. Er hatte bloß Augen für den bodenlosen Abgrund zu seinen Pfoten und sah alles verschwommen. Erst jetzt fiel ihm auf, dass in der Mitte der Schlucht eine dicke Felssäule in die Höhe ragte.

»Also ist es in Wirklichkeit nur halb so weit.« Schneesturm richtete sich zu voller Größe auf und reckte den Schwanz in die Luft.

Als sich Frost neben ihm schüttelte, grub Geist erschrocken die Krallen in den Boden, als könnte ihn die plötzliche Bewegung in den schwarzen Schlund katapultieren, obwohl er eine Leopardenlänge von der Felskante entfernt stand.

»Es ist zu weit.« Schauer schüttelte den Kopf. »Das schaffe ich nie.«

»Noch sind wir nicht alt genug.« Frost leckte ihr tröstend über die Wange. »Irgendwann kriegen wir das schon hin.«

Trotz der eisigen Winde lief Geist ein heißer Schauder über den Rücken und ihm kribbelte das Fell. Keiner seiner Wurfgeschwister sprach aus, was wohl alle dachten.

Schauer wäre sicher eines Tages so weit, aber Geist …

»Los, wir üben ein bisschen!« Schneesturm trabte ein Stück weiter zu den Felsblöcken, die wie ein Irrgarten aus den Schneewehen lugten: die Trainingsfelsen. Sie waren unterschiedlich hoch und standen in verschiedenen Abständen zueinander. Für die Jungen waren sie ideal, um Sprünge zu üben, denn falls sie stürzten, landeten sie weich im Schnee. Winter hatte ihnen erzählt, seit es Leoparden im Weißkammgebirge gab – also schon immer –, waren sie als Bewährungsprobe über den Gähnenden Schlund gesprungen, und geübt hatten sie auf den Trainingsfelsen.

Mach dich nicht immer runter. Geist rief sich die Stimme seiner Mutter ins Ohr: *Du kannst dich verbessern. Deshalb übt man ja.*

Schauer kletterte auf einen der niedrigeren Felsblöcke und machte sich sprungbereit. Ihr Schwanz schlug hin und her, während sie die Entfernung zum Nachbarfelsen abmaß.

»Du schaffst es!«, rief Frost ihr aufmunternd zu. Schauer holte tief Luft und sprang. Segelte durch die Luft und landete sicher auf dem Nachbarfels, der eine Leopardenlänge entfernt lag.

»Klasse!«, meinte Schneesturm. »Geht doch! Jetzt versuch's bis zum nächsten. Und nutz den Schwanz fürs Gleichgewicht.«

Während Schneesturm Schauer weiter anfeuerte, schlich Frost zum nächsten Felsen. Von dort aus nahm er einen Felsblock in den Blick, der fast ebenso weit entfernt lag wie die Säule im Gähnenden Schlund von der Felskante. Geist hielt den Atem an, als sein Bruder zum Sprung ansetzte. Konnte er es schaffen? War Frost schon bereit?

Einen Moment lang sah es ganz danach aus, doch dann verfehlte er den Gesteinsbrocken und machte einen Bauchklatscher in den Schnee. Eine riesige Schneewolke stob auf. Als Frost aus der Wolke auftauchte, sich schüttelte und in aller Seelenruhe die Pfoten leckte, als hätte er nie etwas anderes vorgehabt, konnte sich Geist das Lachen kaum verbeißen.

»Jetzt du, Geist!«, rief Schauer stolz vom nächsten Felsen. Sie war aus der Puste, strahlte aber. Indessen wagte sich

Schneesturm schon an einen schwierigen Sprung von einem höheren Felsen heran, nicht so waghalsig wie ihr Bruder Frost, doch immerhin. Ihre Landung war etwas ungelenk, aber mit dem Schwanz stabilisierte sie sich.

Geist sah sich zu seinem eigenen Schwanz um oder versuchte es zumindest. Die Schwänze seiner Wurfgefährten waren dick, lang und buschig und ideal zum Balancieren. Schauers Schwanz war so lang wie ihr gesamter Körper. Doch sein eigener war nach wie vor so kurz und stummelig, dass er sich auf die Seite legen und um die halbe Achse biegen musste, um ihn zu sehen.

Er kletterte auf einen Felsen und versuchte die Entfernung zum nächsten abzuschätzen. Weit war es nicht. Und er war viel größer als Schauer. Hatte längere Läufe und war kräftiger. Es gab keinen Grund, warum er es nicht schaffen sollte.

Er fixierte den Felsen vor sich, spannte die Muskeln an und stieß sich kraftvoll ab.

Einen Augenblick lang kam es ihm vor, als würde er fliegen.

Dann krachte er in den Schnee, schmerzhaft schabten die Vorderkrallen noch über den Felsblock, doch er landete ein ganzes Stück davor.

Hämisches Lachen ließ ihn zusammenzucken. Er kam auf die Pfoten, blies sich den Schnee von der Schnauze, hielt aber die Augen geschlossen. War ja klar, dass ausgerechnet diese beiden es mitansehen mussten. Wenn er einfach die Augen zuließ und reglos hier verharrte, würde ihn der

Schnee irgendwann verschlucken, und er müsste die Jungen von Eiskalt nie wiedersehen und auch nicht über den Gähnenden Schlund springen.

»Haltet die Klappe«, fauchte Schneesturm. Geist öffnete ein Auge. Schneesturm war von ihrem Felsen gesprungen.

»Hast du das gesehen?«, schnurrte Flink. »Hast du gesehen, wie der Idiot gehüpft ist?«

Graupel wälzte sich vor Lachen im Schnee. »Wie kann sich dieses Monstrum nur einbilden, dass es hierhergehört?«

»Und ob Geist hierhergehört.« Auch Frost kam angerannt, als Geist sich aus dem Schnee erhob. Nun standen die drei Geschwister Schulter an Schulter.

»Oh, da habe ich aber Angst«, höhnte Graupel. »Der Idiot kann nicht springen, kann nicht jagen. Ich wette, der kann nicht mal rennen.« Angriffslustig baute er sich vor Geist auf. »Kannst du rennen, du Monstrum?«

»Beachte ihn gar nicht«, murmelte Frost.

Doch Geist hatte die Schnauze voll davon, alles immer nur still über sich ergehen zu lassen.

»Natürlich kann ich«, entgegnete er.

»Willst du's beweisen?« Graupels Schwanz zuckte amüsiert. »Wie wär's mit einem Wettlauf?«

»Geist–«, meinte Schneesturm warnend, doch er fiel ihr ins Wort.

»Gerne.«

»Ooooh«, gurrte Flink. »Von dem Felsen bis hinten zur Kiefer.«

Wortlos trabte Geist bis zu dem Felsen, setzte sich und wartete auf Graupel.

»Du schaffst es, Geist«, rief Schauer, während Graupel durch den Schnee stolzierte und neben ihm Platz nahm.

Vielleicht schaffe ich es ja wirklich, dachte Geist. So weit war es nicht bis zum Baum, und wenn er sich anstrengte, konnte er schnell sein.

»Auf die Plätze, fertig ... los!«, brüllte Flink.

Geist schoss los. Seine Pfoten donnerten über den vereisten Boden, seine starken Beine katapultierten ihn immer rascher vorwärts. Kurz riskierte er einen Blick zu Graupel, der hinter ihm lag und mit dem glatten Untergrund zu kämpfen hatte. Juchzend legte sich Geist noch mehr ins Zeug.

Doch auf halber Strecke begannen seine Kräfte zu erlahmen. Sosehr er sich auch anstrengte, ihm ging die Puste aus, und er konnte das Tempo nicht mehr halten. Graupel holte ihn ein und wetzte an ihm vorbei, dabei schleuderte er ihm eine Packung Schnee ins Gesicht.

»Was ist los mit dir?«, rief er ihm zu. Geist lief weiter, doch die Tatzen wurden immer schwerer, als würden sie im Schnee festkleben. Graupel lachte ihn aus. Ein Wunder, dass er noch den Atem dafür hatte! Dann zog Graupel einen Kreis um ihn, einmal, zweimal, dreimal, bevor er gemächlich zum Baum trottete. Geist ließ den Kopf hängen, doch er würde das Rennen zu Ende laufen, auch wenn er verloren hatte. Keiner sollte sehen, wie erschöpft er war. Keiner sollte ...

Dann blieb er mit der Pfote an etwas Spitzem hängen und stolperte. Um ihn herum geriet die Welt ins Wanken, als hätte sie sich aufgebäumt, um ihn zu Fall zu bringen. Geist stürzte, kugelte in eine Schneewehe, die prompt über ihm zusammenbrach und ihn von den Ohren bis zum Schwanz unter sich begrub.

»Geist!«

Bevor er sich aus eigener Kraft erheben konnte, hörte er eifriges Pfotenscharren, und schon waren seine Wurfgefährten bei ihm. Frost grub ihn aus und Schneesturm schnüffelte ihn besorgt ab.

»Bist du verletzt?«

»Nein«, keuchte Geist. Noch immer war er so außer Atem, dass er Sterne sah, als er aufstand und sich den nassen Schnee vom Pelz schüttelte. »Ich hab nichts.«

»Kann nicht springen, kann nicht laufen, kann nicht mal auf den eigenen Pfoten stehen!«, jaulte Flink. Provozierend sprang sie vor ihm hin und her.

»So ein Monstrum! Kann nicht springen, kann nicht laufen!« Graupel setzte sich unweit von Geist hin und putzte sich demonstrativ.

Obwohl ihm die linke Vorderpfote von dem Sturz noch wehtat, marschierte Geist geradewegs auf Graupel zu und fletschte die Zähne.

»Soll ich dir mal zeigen, was ich kann?«, brüllte er.

Flink ließ das Herumspringen sein und eilte Graupel zu Hilfe, in dessen höhnischem Tonfall eine Spur von Angst zu hören war, als er sagte: »Wir sind nicht auf eurem Territorium. Das Gebiet um den Schlund steht allen Leoparden offen. Es ist unser gutes Recht, hier zu sein.«

»Und es ist unser gutes Recht, euch Angebern die Schnurrhaare ein wenig zu stutzen«, knurrte Schneesturm.

»Wetten, dass ihm das gefällt«, meinte Flink. »Schon wieder kommen ihm seine Wurfgeschwister zu Hilfe.«

»Das hat er gar nicht nötig«, rief Schauer. »Passt bloß auf, sonst beißt er euch entzwei. Seine Zähne sind hart wie Granit.«

Bevor Flink und Graupel darauf reagieren konnten, ertönte ein Gebrüll so laut wie ein Donnerschlag. Alle sechs Leopardenjungen fuhren erschrocken zusammen. Über das Schneefeld kam eine ausgewachsene Leopardin geflogen.

»Mutter!« Graupel verschanzte sich hinter Eiskalt.

»Die wollten das weiße Monstrum auf uns hetzen!«, jaulte Flink.

»Pfoten weg von meinen Jungen!«, fauchte Eiskalt. Mit peitschendem Schwanz lief sie vor ihnen auf und ab und fixierte Geist mit ihren bleichen Augen. Wenngleich er schon fast so groß war wie sie, war sie mit ihren scharfen Zähnen und muskulösen Schultern eine imposante Erscheinung. Ihre riesigen weißen Pfoten hinterließen tiefe Abdrücke im Schnee.

Schneesturm und Frost traten den Rückzug an. Frost forderte Geist und Schauer mit einem Stupser auf, ihnen zu folgen. Unterdessen nahm Eiskalt sie ins Visier, als wären sie Beute, und setzte ihnen Schritt für Schritt nach.

»Vielleicht sollte ich dich mit ein paar Kratzern zurück zu eurer weichherzigen Mutter schicken«, knurrte sie und sah Geist herausfordernd an. »Vielleicht kapiert sie dann, dass du nicht hierhergehörst. Das kleinste Junge zu behalten, ist schlimm genug, aber das weiße Monstrum ... Ich habe ihr gleich gesagt, dass sie sich mit dir bloß Ärger einhandelt. Hätte sie dich mal beizeiten gefressen. Nun muss dich irgendjemand ein für alle Mal aus dem Weißkammgebirge vertreiben –«

»Geist geht nirgendwo hin!« Hinter ihm erklang wütendes Fauchen.

Geist wirbelte herum: Winter. Da stand sie auf einer hohen Schneewehe mit vor Zorn zuckendem Schwanz. Sie sprang über die Köpfe ihrer Jungen hinweg und landete vor Eiskalt, dass die Flocken nur so stoben. Eiskalt brüllte und schüttelte sich den Schnee aus den Augen.

Winter trat auf sie zu. »Geist ist mein Junges, und das hier ist sein Zuhause. Es sind alles meine Jungen, und sie sind zehnmal mehr wert als deine Rüpel.«

»Komm her und sag das noch mal!« Eiskalt war noch damit beschäftigt, sich den Schnee aus den Schnurrhaaren zu putzen.

»Gerne!« Winter sprang. So schnell war Eiskalt nicht darauf gefasst gewesen. Winter rammte sie von der Seite und warf sie um. Eiskalt kugelte durch den Schnee.

»Schnapp sie dir, Mutter!«, jaulte Graupel. Er und Flink hatten sich in sichere Entfernung zurückgezogen.

Geist bekam keinen Ton heraus, verfolgte jedoch gebannt, wie sich Winter und Eiskalt immer wieder ineinander verkeilten, sich lösten, einander umkreisten und ansprangen. Nachdem Eiskalt seiner Mutter einen kräftigen Pfotenhieb ins Gesicht verpasst hatte, warf sie mit Gebrüll den Kopf zurück und hieb die Zähne in Eiskalts Schulter.

Geist blieb die Luft weg. Beim Jagen hatte er seiner Mutter schon oft zugesehen, aber noch nie beim Kampf gegen einen anderen Leoparden.

Eiskalt stieß sie von sich. Winter ging wieder in Lauerstellung, wartete jedoch ab, wie sich die verwundete Leopardin verhalten würde. Eiskalt leckte sich die Wunde und spuckte Blut in den Schnee.

»Du kannst mich ruhig töten«, sagte Eiskalt. »Meine Jungen überleben auch ohne mich.« Geist sah sich um. Flink und Graupel waren zusammengerückt und sahen sie verstört an.

Das sehen die beiden wohl anders.

»Aber … deine brauchen deinen Schutz, das steht fest.« Eiskalt wich zurück. Für sie schien der Kampf beendet.

Winter blieb in Angriffsstellung, bis Eiskalt sich noch weiter zurückgezogen hatte. Dann nickte sie und richtete sich auf. Eiskalt kehrte ihr den Rücken und zog mit Flink und Graupel ab. Winter rührte sich erst von der Stelle, nachdem die drei hinter einer Schneewehe verschwunden waren.

Als hinter ihm ein Fiepen ertönte, drehte Geist sich um. Schauer knurrte.

»Wie mies ist das denn! Tut einfach so, als hätte sie dich mit Absicht gewinnen lassen.« Schauer tappte zu ihrer Mutter und schaute sie fragend an. »Wieso hast du denn nichts gesagt?«

Winters ernste Miene verwandelte sich in ein stolzes Lächeln. Sie leckte Schauer zwischen den Augen.

»Weil wir besser sind als die«, antwortete sie. »Jetzt aber ab nach Hause.«

Während sie durch den tiefen Schnee zurückstapften, tat ihm die Pfote nicht sonderlich weh, doch beim Abstieg zu ihrer Höhle brannte sie immer schlimmer. Die Höhle lag so geschützt in einem schmalen Tal, dass deren Boden zu dieser Jahreszeit noch nicht mit Schnee bedeckt war. Der felsige Grund war uneben, in den Lücken zwischen dem Gestein wuchsen dünne, bleiche Grasbüschel. Eigentlich kam Geist hier immer besser zurecht als im Schnee, aber jetzt versetzte ihm jeder Schritt einen schmerzhaften Stich, und als sie ihr Ziel endlich erreichten, humpelte er stark.

»Dann mal rein mit euch«, meinte Winter sanft. »Und deine Pfote schaue ich mir auch gleich an.«

Drinnen in der Höhle war es warm und kuschlig von den vielen Lagen aus dickem Pelz, den Winter jedes Frühjahr abstreifte. Alle vier Jungen ließen sich ins weiche Nest plumpsen. Schneesturm und Frost rollten sich um Schauer zusammen und leckten sich gegenseitig den Schnee aus dem Fell.

Geist hielt seiner Mutter die Vorderpfote hin und Winter leckte ihm die Wunde.

»Jetzt ich«, meinte Frost schnurrend.

»Ihr kommt alle dran«, versprach Winter mit einem versöhnlichen Zwinkern.

Natürlich konnten sich die Jungen schon selbst putzen, aber wenn Mutter es tat, war es besonders schön. Geist seufzte zufrieden, obwohl ihm die Pfote nach wie vor wehtat und eine Kralle ihm locker vorkam. Hier in der Höhle fühlte er sich einfach am wohlsten. Er wollte ja ein guter Leopard sein und für sich selbst jagen, doch in diesem Moment kam es ihm viel verlockender vor, für immer bei seiner Mutter zu bleiben. Selbst wenn er den Sprung über den Gähnenden Schlund irgendwann doch schaffte.

»Schone die Pfote ein paar Tage«, meinte Winter. »Eine Kralle ist gebrochen. Und hör nicht auf Eiskalt«, fügte sie sanft hinzu. »Sie ist bloß neidisch auf unser Territorium. Außerdem habe ich vier Junge, die meinen Namen in die Welt hinaustragen, und sie bloß zwei. Und wenn die sich selbstständig machen, muss sie um ihr Territorium fürchten, deshalb hat sie auch solche Raufbolde aus ihnen gemacht.«

Geist rollte sich neben Winter zusammen und bettete die Schnauze an ihre Flanke.

»Weiß ich«, meinte er. »Ich wünschte bloß, sie würden mich in Ruhe lassen. Ich weiß ja, dass ich ein Monstrum bin«, sagte er mit leiser Stimme. »Daran brauchen sie mich nicht ständig zu erinnern.«

»Du bist besonders«, entgegnete Winter mit fester Stimme. »Du und Schauer, ihr seid etwas ganz Besonderes. Es war in einer klaren Nacht, da hat euch die Schneekatze hergebracht ...«

Winter schlang den Schwanz um ihn und leckte ihm die Ohren. Geist machte die Augen zu. Am liebsten lauschte er der Geschichte mit geschlossenen Augen, da konnte er sich alles viel besser vorstellen.

»Die Sterne funkelten und der Mond war kreisrund. Er ließ das Weißkammgebirge erstrahlen wie am helllichten Tag. Man konnte über die Felskuppe hinweg auf die Wälder schauen, wo sich die Wipfel der Bäume im Wind wiegten. Die Vögel zwitscherten so laut wie am Morgen. Sonst war es ganz still. Und in dieser wunderschönen Nacht hat mir die Schneekatze meine wunderschönen Jungen gebracht. Als du geboren wurdest, traf dich ein Mondstrahl und färbte dein Fell schneeweiß. Du hast gestrahlt, als würdest du von innen leuchten. In dem Moment wusste ich, dass du etwas ganz Besonderes bist.«

Schauer erhob sich aus dem Nest und tappte nach draußen. Geist wurde beklommen zumute. War sie traurig, weil Winter seine Geschichte erzählte? Schließlich war auch sie anders als dic anderen.

Doch dann kam Schauer zurück. Erst leckte sie ihm über die Nase, dann stellte sie sich auf die Hinterbeine und betupfte seinen Pelz mit dem Matsch an ihrer Pfote, sodass er Flecken hatte, genau wie sie.

»Du bist besonders«, meinte sie. »Aber du bist trotzdem mein Bruder. Du gehörst zu uns, auch wenn die Eiskaltjungen das Gegenteil behaupten.«

Geist lächelte und pustete ihr ins Gesicht. Schauer kicherte wie immer.

Nachdem er sich wieder behaglich an Winter gekuschelt hatte, wünschte er sich insgeheim, dass die Flecken echt wären.

Doch auch mit Flecken würde ich niemals jagen und springen können wie ein normaler Leopard, dachte er. Und Flink und Graupel würden sich auch von den Flecken nicht täuschen lassen.

Die sehen mich als Monstrum.

Ich bin *ein Monstrum.*

7. Kapitel

Die Glücksberg-Pandas lagen faul auf der Festwiese, ließen sich vom weichen Licht der steigenden Sonne bescheinen und genossen die kühle Brise, die durch den Südwald strich. Regen stopfte sich eine große Tatze voll Bambusblätter ins Maul und kaute nachdenklich. Irgendwie musste sie sich schon eingestehen, dass es seit Drachenzunges Rückkehr auf Glücksberg friedlicher zuging. Es gab weniger Streitereien. Selbst die älteren, missmutigen Pandas zeigten sich von ihrer besten Seite.

Nur was hat es mit den Affen auf sich? Und dem gestreiften Bambus?

Während sie das Ende eines Bambusrohrs zerkaute, ließ sie sich noch einmal durch den Kopf gehen, was sie vor dem Mahl des steigenden Mondes aufgeschnappt hatte.

Sonnenrot hatte die besonderen Bambusstängel nicht mit zum Mahl gebracht. Und dagegen gab es natürlich auch nichts einzuwenden. Kein Gesetz untersagte Pandas, zwischen den Mahlzeiten zu fressen oder besonders leckeren Bambus für später aufzubewahren. Das tat jeder ständig.

Warum beruhigt mich das nicht?

Plötzlich warf Sonnenrot seine Bambusstängel mit einer entschlossenen Geste beiseite.

Alle auf der Wiese erstarrten vor Schreck, die Mäuler voller Bambus, Halme halb zum Mund geführt. Die Sprossen, die sich Regen gerade einverleiben wollte, fielen ihr aus der Tatze.

»Ich kann einfach nicht mehr«, seufzte Sonnenrot. »Keinen Bissen bringe ich mehr hinunter.«

Die Pandas rangen im Chor nach Luft. Das Mahl der steigenden Sonne hatte gerade erst begonnen. Dass ein ausgewachsener Panda auf ein Mahl verzichten wollte, war praktisch noch nie da gewesen. Regen rutschte in ihrer Astgabel umher und sah hinunter zu Sonnenrot. Ob er krank war?

»Nicht solange so viele unserer Brüder und Schwestern vermisst werden. Aus ihrer Heimat vertrieben wie ich.«

Die Pandas entspannten sich ein klein wenig. Sahen nicht mehr bestürzt, sondern eher nachdenklich drein.

»Sie brauchen uns, meine Freunde. Und wenn auch nur ein einziger Panda da draußen umherirrt, ohne zu wissen, ob seine Familie noch am Leben ist …«

Zypresse, Kiesel und ein paar andere nickten. Regen biss gedankenverloren von ihrem Bambus ab.

»Regen!«, fauchte jemand.

Pfingstrose, die unter ihr gegen den Stamm gelehnt saß, funkelte sie böse an.

»Was denn?«, flüsterte Regen zurück.

»Es gehört sich nicht, zu fressen, wenn Drachenzunge spricht!«, blaffte ihre Mutter.

Beschämt und verwundert zugleich ließ Regen den Bambus sinken. Zu fressen, während einer sprach, hatte ihr noch nie jemand verboten, doch nun sah ihre Mutter sie an, als wäre das ja wohl selbstverständlich. Irgendwie ärgerte sie das.

»Ich habe mich so verloren gefühlt«, meinte Sonnenrot. »Wenn es nur einen einzigen Panda gibt, dem es genauso ergeht und den wir hier zu uns holen können, damit er sicher und glücklich bei uns leben kann, dann müssen und werden wir das tun. Wir dürfen nicht länger warten. Sobald das Mahl vorbei ist, machen wir uns auf die Suche.«

Die Pandas brüllten vor Begeisterung. Als Sonnenrot seinen Bambusstängel wieder ergriff, fraßen alle weiter, manche schienen es kaum noch abwarten zu können, endlich loszuziehen. Kiesel verschlang seine Blätter in zwei Happen und grinste Regen breit an. Er kletterte hoch zu ihr in den Baum und setzte sich auf den Nachbarast.

»Was, wenn ...«, setzte er an. »Wenn Stein noch am Leben ist? Wenn wir ihn, Zitrus und all die anderen finden?«

So gerne Regen seine Begeisterung geteilt hätte, konnte sie sich beim besten Willen nicht vorstellen, dass Stein noch am Leben war. Schließlich hatte Kiesel gesehen, wie er unter Wasser gezogen und fortgespült worden war.

»Ich brauche vier Freiwillige für die Suche«, verkündete Sonnenrot. Sofort traten Zypresse, Blüte, Ginseng und Lilie vor. »Jeder von euch wird einen Trupp anführen, der in alle vier Himmelsrichtungen aufbrechen wird. Seht euch nach Anzeichen anderer Pandas um, tot oder lebendig. Fragt andere Tiere. Unterwegs müsst ihr eure eigenen Mahle halten. Wenn ihr einem Panda begegnet, bringt ihn mit. Ansonsten bin ich überzeugt, ihr wisst, wann es Zeit ist, umzukehren. Alles klar?«

Die vier Freiwilligen nickten feierlich.

»Und wer wird diese tapferen Anführer begleiten?«, rief Sonnenrot.

Überall entflammten hektische Diskussionen. Horizont tätschelte Tanne und wandte sich dann an Sonnenrot. »Ich begleite meinen Gefährten. Morgenrot kümmert sich so lange um mein Junges.« Damit tappte sie zu Zypresse, der sie dankbar ansah.

»Ich komme mit.«

»Ich komme mit.« Lorbeer und Granit hatten sich gleichzeitig gemeldet. Sonnenrot bat sie vorzutreten.

»Ich auch«, rief Kiesel.

Regens Kopf fuhr herum, und sie sah, wie er vom Baum kletterte und sich zu den Freiwilligen gesellte. Neben den ausgewachsenen Pandas wirkte er so klein, doch er hielt sich wacker und blickte Sonnenrot tapfer in die Augen.

»Kiesel, nicht wahr?«, fragte Sonnenrot. In dem Moment schien Kiesel ein wenig in sich zusammenzusacken.

»Ich begleite ihn«, rief Regen. Vor Eifer fiel sie mehr aus dem Baum, als dass sie kletterte. »Ich gehe mit. Mit Kiesel.«

Kiesel bedankte sich mit einem freundschaftlichen Kopfstupser.

Da eilte Pfingstrose herbei. »Regen! Was denkst du dir bloß?« An die Drachenzunge gewandt sagte sie: »Tut mir leid, Sonnenrot. Sie wissen doch nicht, auf was sie sich einlassen. Die beiden sind doch noch viel zu jung. Wenn Kiesels Mutter noch am Leben wäre, würde sie es genauso sehen, davon bin ich überzeugt.«

»Alt genug, um eine tapfere Entscheidung zu treffen«, meinte Sonnenrot sanft. »Ich bin stolz auf den Nachwuchs. Mach dir keine Sorgen, Pfingstrose. Den beiden geschieht schon nichts.«

»Na schön«, lenkte Pfingstrose ein, »aber seht euch vor. Und haltet euch an die Älteren. Und dass ihr mir auch genügend fresst. Und …« Während ihre Mutter sprach, spürte Regen Sonnenrots neugierigen Blick. Ihr kam es vor, als könnte er ihre Gedanken lesen. Wusste er, dass sie ihm misstraute? Wusste er, dass sie bloß mitging, um Kiesel zu beschützen? Natürlich wollte sie bei der Suche nach seinem Bruder helfen, aber sie war deswegen nicht gerade aus dem Häuschen …

Wenn er sie durchschaute, dann schien es ihm jedenfalls nichts auszumachen. »Also gut. Granit, du begleitest Lilie, ihr geht zusammen mit Zypresse und Horizont hoch in die Berge, da teilt ihr euch dann auf. Lorbeer wandert mit Ginseng am Fluss der aufgehenden Sonne entgegen. Und die zwei jungen Helden gehen mit Blüte Richtung Sonnenuntergang.«

Mist. Regen seufzte. Warum mussten sie ausgerechnet Blüte zugeteilt werden? *Dann hoffe ich, dass wir schleunigst einen verirrten Panda aufspüren …*

Um sie zu ärgern, setzte sich Regen neben Blüte und strahlte sie fröhlich an. Blüte schnaubte und wandte sich empört ab.

»Meine tapferen Pandas, ihr handelt ganz im Sinne des Großen Drachen. Die Mission dient der Sicherheit aller Pandas. Bis ihr zurück seid, denken wir bei jedem Mahl an euch. Möge der Große Drache euch leiten!«

»Unser Ziel ist der Gipfel da«, schnaufte Blüte, nachdem sie Glücksberg hinter sich gelassen hatten. Mit der Schnauze deutete sich auf eine Lücke zwischen den Bäumen. Regen kniff die Augen leicht zusammen. In der Ferne hinter der Flussbiegung erhob sich ein hoher, zerklüfteter Berg, dessen Hänge stark bewaldet waren. »Wehe, ihr zwei haltet mich auf.«

»Bestimmt nicht«, meinte Kiesel. »Vielleicht irrt mein Bruder da irgendwo einsam herum. Außer für die Neun Mahle halte ich für nichts an.«

Damit schien Blüte zufrieden. Regen tappte stumm hinter den beiden her. Immer wieder sah sie hoch zum Gipfel, der ab und zu zwischen den Bäumen in Sicht kam. Am Fuß des Berges hingen Nebelschwaden, und er lag so weit weg, dass seine bewaldeten Hänge bläulich schimmerten und kalt wirkten. Und doch war er selbst von Glücksberg aus zu sehen.

Wenn da oben wirklich Pandas leben, warum haben sie sich denn nicht längst zu uns auf den Weg gemacht?

Und wenn sie es nun gar nicht wollen, warum sollten wir sie zwingen?

Falls da oben niemand ist, ziehen wir dann weiter? Für wie lange? Neun Mahle? Achtzehn? Für immer? Und ist Sonnenrot sauer, wenn wir mit leeren Tatzen zurückkommen?

Je länger sie dem Flusslauf über Hänge und Felsen folgten, desto mehr Bedenken türmten sich in ihrem Kopf auf. Als sie schließlich auf einen kleinen Bambushain stießen, verkündete Blüte, dass es Zeit für das Mahl des Sonnenhochs sei. Die nächsten Büschel beanspruchte sie für sich selbst und schickte Regen und Kiesel weiter, damit sie sich ihre eigenen suchten.

Nachdem sie sich ein wenig von Blüte entfernt hatten, konnte Regen nicht länger an sich halten. Als sie sicher war, dass die selbstsüchtige Blüte sie nicht mehr hören würde, stieß sie ihren besten Freund mit der Schulter an.

»Hey, Kiesel«, meinte sie so beiläufig wie möglich. »Kommt dir diese Mission nicht auch irgendwie … seltsam vor?«

»Seltsam? Wieso?«, fragte Kiesel mit vollem Maul.

»Na ja … wir leben ja jetzt alle zusammen auf Glücksberg. Aber das liegt ja bloß an der Flut, stimmt's? Denn bei uns da oben ist es sicher und es gibt reichlich Bambus. An anderen Stellen besteht nach wie vor Gefahr. So erzählt uns meine Mutter das ja immer.«

»Ja, genau.«

»Bloß reden die älteren Pandas ständig darüber, dass früher alles besser war, als noch jeder sein eigenes Territorium hatte. Wenn so lange nach der Flut da draußen noch Pandas existieren, dann haben sie es ja auch gut ohne uns geschafft … und ist es nicht genau das, was Pandas eigentlich tun? Wieso will Drachenzunge, dass wir sie zu uns holen, wenn wir doch eh kaum noch Platz haben?«

Zu Regens Bestürzung verdüsterte sich Kiesels Miene und er ließ die Bambushalme fallen.

»Ist ja klar, dass du's nicht kapierst«, fuhr er sie an. »Wie auch? Du hast ja niemanden verloren.«

Regen sträubten sich die Nackenhaare. »He. Du vergisst wohl, dass mein Vater auch gestorben ist! Mutter spricht zwar kaum von ihm, und ich war zu klein, um mich zu erinnern, aber du kannst jetzt nicht einfach behaupten, ich hätte niemanden verloren!«

»Tut mir leid.« Kiesel scharrte mit den Krallen über den Boden und hinterließ tiefe Furchen im Laub. »Ich hab's nicht so gemeint. Aber dann ist es doch einmal mehr ein Grund. Wenn du denken würdest, dein Vater wäre noch am Leben, würdest du ihn dann nicht auch suchen wollen? Stein könnte noch hier irgendwo sein. Mir ist klar, dass die Chancen nicht gut stehen, ich bin ja nicht blöd. Aber wie du schon gesagt hast, andere Regionen sind nicht so sicher. Es gibt Unwetter und Steinfälle. Was, wenn da irgendwo Pandas leben, die sich uns gerne anschließen würden und es aus eigener Kraft nicht schaffen, weil sie abgeschnitten sind oder Angst haben?«

»Das verstehe ich ja«, meinte Regen. »Ich denke bloß … Es deutet einfach nichts darauf hin, dass es da draußen noch andere Pandas gibt.«

Abermals schaute Kiesel düster drein. »Glaubst du etwa immer noch, Sonnenrot führt was im Schilde?«, schnaubte er. »Bloß, weil du dich mit allen möglichen Tricks vor deinen Pflichten drückst, heißt das ja nicht, dass jeder Panda so egoistisch ist wie du.«

Ihr blieb vor Schreck das Maul offen stehen. »Ich bin nicht egoistisch!«

»Bist du wohl! Ist ja auch deine Sache, das kannst du halten, wie du willst. Aber hör auf, Drachenzunge irgendwelche Absichten zu unterstellen, bloß weil es dich wurmt, dass du die Jungen nicht mehr belügen kannst.«

»Darum geht's mir doch gar nicht …«, setzte Regen an. Fassungslos sah sie ihren besten Freund an, der ihr ins Gesicht gesagt hatte, dass sie eine egoistische Lügnerin war. Was bildete sich Kiesel nur ein? Kam nicht infrage, dass sie sich vor ihm rechtfertigte. »Wenn du wirklich glaubst, dass hinter allem der Wille des Großen Drachen steht, und nicht findest, dass mit diesem Sonnenrot was nicht stimmt, dann bitte schön. Aber ich garantier dir, da ist was faul.«

»Was willst du dann überhaupt hier?«, knurrte Kiesel. »Wenn du so dagegen bist, warum bist du überhaupt mitgekommen?«

Um auf dich aufzupassen, du Idiot! Aber so aufgebracht, wie sie war, sagte sie es nicht laut.

»Gute Frage«, fauchte sie zurück. »Ich kehre um. Du und Blüte, ihr könnt mit eurer dämlichen Suche allein weitermachen. Melde dich, wenn du gemerkt hast, dass ich recht habe.«

Damit drehte sie sich um, rauschte durch den Bambus und stieß dabei die Halme mit den Schultern beiseite.

»Viel Spaß«, brüllte ihr Kiesel hinterher. »Und du kannst dich dann bei mir entschuldigen, wenn ich mit meinem Bruder zurück bin!«

Unterwegs knurrte Regen kollernd vor sich hin. So war es das Beste. Wenn Kiesel jedes Mal überreagierte, wenn sie Drachenzunge infrage stellte, hätten sie es ohnehin nicht ohne Streit bis zum Gipfel geschafft. *Sollen er und Blüte doch ihre dämliche Mission erfüllen, wenn sie dann nach Hause kommen …*

Stolpernd kam sie zum Stehen und lehnte sich mit der Stirn gegen einen Baumstamm.

Sobald die anderen zurück waren, ob nun mit oder ohne Bruder, würde sie sich bei ihrem Freund entschuldigen. Hätte sie es doch bloß nicht zum Streit kommen lassen.

Regen trabte weiter. Genau wusste sie zwar nicht, wo sie war, doch wenn sie die Böschung hinunterkletterte, würde sie zum Fluss kommen. Im Wasser würde es ihr gleich besser gehen, so war es schon immer gewesen.

Sie stampfte über das weiche Moos, ärgerte sich über sich selbst und auch zunehmend über Sonnenrot Schattenforst.

Im Grunde war er schuld am Streit mit Kiesel. Und sie hatte recht: Irgendwas stimmte mit Sonnenrot nicht. Vielleicht hatte er nur Gutes im Sinn, vielleicht war es keine schlechte Idee, im Bambusreich nach hilfsbedürftigen Pandas zu suchen, dennoch nervte es sie, dass sie als Einzige die naheliegenden Fragen stellte. Es juckte ihr in den Tatzen, als würde ihr ein Käfer zwischen den Ballen stecken. Und die Sache mit Strammbein und dem gestreiften Bambus war auch noch nicht geklärt. Sonnenrot hatte gesagt, er bräuchte noch mehr davon. *Wozu?*

Aber das würde sie schon noch herausfinden, und nichts konnte sie davon abhalten.

Regen eilte den Hang hinunter, bis sie auf einen steil aufragenden Felsen stieß. Dahinter glitzerte der Fluss im Licht des Sonnenhochs. Ihr Magen knurrte und erinnerte sie daran, dass es höchste Zeit für ein Mahl war. Doch das würde sie später nachholen. Die anderen Pandas waren jetzt alle mit Fressen beschäftigt, da konnte sie sich ungestört umsehen.

Erst einmal musste sie sich orientieren, wo sie überhaupt war. Nachdem sie hinüber ans andere Ufer geschaut hatte, wandte sie sich nach links und lief den Hang hinauf, hielt sich aber in Flussnähe. Und tatsächlich, als das Sonnenhoch in die langen Strahlen überging, tat sich vor ihr inmitten hoher Ginkgos eine kleine Lichtung auf. Auf der einen Seite ragte eine zerklüftete Felswand auf. Dort konnte sich ein Panda hervorragend verstecken.

Genau hier hatte sich Sonnenrot mit Strammbein und den anderen Goldstumpfnasen getroffen.

Regen blickte zu den Bäumen hoch. Auf einmal wurde sie argwöhnisch. Baumelte da etwa ein Affenschwanz vom Ast? Raschelte es da zwischen den Blättern? Doch nachdem sie alles intensiv beäugt hatte, beruhigte sie sich damit, dass es bloß eine Efeuranke im Wind gewesen war. Sie war allein.

Nun trat sie auf die Lichtung und schnupperte suchend den Boden ab. Mit ein bisschen Glück hatten die Affen oder Sonnenrot einen Halm des gestreiften Bambus verloren, dann könnte sie ihn genauer begutachten. Sie witterte Pandas: der schwache Hauch alter Spuren von Glücksberg-Pandas, die hier gewesen waren, außerdem eine frische Fährte von Sonnenrot, dessen Geruch ihr nach wie vor fremd war. Und Affen konnte sie auch riechen, den seltsam beißenden Gestank ihrer Lieblingsfrucht.

Doch Bambus gab es hier nirgends. Sie mühte sich sogar einen Ginkgobaum hinauf, falls sich ein Blatt des gestreiften Bambus dorthin verirrt hatte. Nichts.

Missmutig hangelte sie sich wieder zu Boden. Sonnenrot auf die Schliche zu kommen, war schwieriger als gedacht.

Unweit der Lichtung befand sich ein kleiner Wasserfall, wo ein Teil des Wassers in ein natürliches Becken gelenkt wurde. Von dort spritzte feine Gischt auf, in der sich die Sonnenstrahlen brachen und tanzende Lichtflecken auf die umliegenden Felsen warfen.

Nachdem sie ein paar Bambushalme aufgestöbert hatte, machte sie es sich neben dem Wasserfall auf einem flachen Felsen gemütlich. Gerade wollte sie den Segen sprechen, doch dann stockte sie. Warum tat sie das überhaupt? Wenn sie gar nicht so recht an den Großen Drachen glaubte, wieso sollte sie ihm dann für Bambus danken, den sie selbst gesammelt hatte, und für Frieden, den sie im Moment ohnehin nicht empfand?

Als sie sich auch noch Sonnenrot vorstellte, wie er mit hoch erhobenem Bambusrohr den Segen sprach, fiel ihr die Entscheidung leicht. Mit einem Gefühl der Rebellion biss sie in den Bambus und freute sich über die Stille, die nur vom Plätschern des Wassers unterbrochen wurde. Die Gischt legte sich angenehm kühlend auf ihr Fell. Regen schloss die Augen, genoss die frischen grünen Bambussprossen und den feinen, feuchten Dunst.

Irgendwann hatte sie das Gefühl, das Sprudeln würde lauter werden. Und noch lauter. Irritiert öffnete sie die Augen und schaute zum Wasserfall. Rauschte plötzlich mehr Wasser ins Becken? Eigentlich nicht, trotzdem war aus dem Plätschern ein Tosen geworden, als würde der gesamte Fluss die Felsen hinabstürzen. Und die Gischt fühlte sich plötzlich heiß an. Brannte ihr vielleicht bloß die Sonne auf den Pelz? Doch ihr kam es vielmehr vor, als käme das heiße Brodeln aus dem Becken selbst.

Was ist hier los?

Regen beugte sich ein wenig vor, prallte aber sogleich wieder zurück, als ihr eine heiße Dampfwolke ins Gesicht schlug. Diese Wolke hüllte sie ein, so kam es ihr vor, doch im nächsten Moment veränderte sie sich auf merkwürdige Weise, zog sich lang und schlängelte vor ihren Augen durch die Luft, schien fast kompakt zu werden, mit immer klareren Konturen. Das vordere Ende des sich windenden Wesens teilte sich in drei Teile, und alle richteten sich gleichzeitig auf Regen.

Reptilienköpfe!

Aus ihren Nüstern und Ohren quoll Dampf, schillernde Regenbögen überzogen ihre Schnauzen mit einem Schuppenmuster, darüber große wirbelnde Augen. Alle drei Mäuler waren aufgerissen und fauchten Regen mit ihren spitzen Zähnen aus glühend heißem Dampf an.

Vor Schreck schrie Regen auf und fiel rückwärts von ihrem Felsen. Bis sie sich aufgerappelt hatte und wieder hochgeklettert war, war die Luft jedoch abgekühlt und die Dampfwolke wehte sanft im Wind davon. Bloß eine Wolke, ohne Schuppen, Zähne oder sich windende Körper.

Von einem Drachen keine Spur.

Zitternd trat Regen an das Becken und spähte hinein. Dann suchte sie mit den Augen die Bäume ab, doch auch dort war keine Veränderung zu entdecken und nirgendwo sonst ein Störenfried, der sich einen Scherz mit ihr erlaubt haben könnte.

Angst und Schrecken schlugen in Wut um. Entschlossen setzte sie die Tatzen auf den Stein.

»Wer war das? Zeig dich, wenn es dich wirklich gibt!«

Außer dem Gurgeln des kleinen Wasserfalls war nichts zu hören.

»Ich muss wohl eingeschlafen sein«, murmelte sie vor sich hin. »So wird es gewesen sein. Ich habe mich von Sonnenrots dummem Geschwätz anstecken lassen und von einem Drachen geträumt.« Je länger sie darüber nachdachte, desto überzeugter war sie davon. Die Gischt des Wasserfalls sollte plötzlich heiß geworden sein und sich in einen Drachen mit drei Köpfen verwandelt haben? So etwas gab es nicht. Mit einem verächtlichen Schnauben machte sie sich wieder über ihren Bambus her. Sonnenrot hatte ihr mächtig zugesetzt, doch sie würde schon hinter seine Pläne kommen. Koste es, was es wolle.

8. Kapitel

Blättchen hielt sich mit den Tatzen die Augen zu. »Eins, zwei, drei, vier Bambushain … alles muss versteckt sein«, sang sie. »Eins, zwei, drei …«

Während sie das Kichern und Tatzentrappeln ihrer Freunde vernahm, hätte sie am liebsten gelinst. Doch so gerne sie beim Versteckspiel auch gewann, fair zu gewinnen war am allerschönsten. Als sie die anderen nicht mehr hörte, zählte sie noch einmal bis zehn, bevor sie die Augen öffnete.

Im Nordwald war es still. Blättchen lief nicht sofort los, sondern sah sich um und lauschte, ob sich irgendwo etwas regte. Kugel Klammerfest blieb immer gern irgendwo in der Nähe, damit er den Suchenden auslachen konnte, aber es war kein verräterisches Kichern zu hören und es roch auch nicht nach aufgewühlter Erde. Offenbar hatte er sich diesmal ein anderes Versteck ausgedacht.

Blättchen schnupperte den Boden ab und richtete sich dann auf. Es galt nicht als Schummeln, wenn man der Geruchsspur folgte, denn die Fährte zu kaschieren war Teil des Spiels. Flitzer, Kugel, Springer und Mampfer waren alle in dieselbe Richtung gelaufen, Mampfer hatte aber gleich wieder kehrtgemacht. Zuerst würde sie Mampfers Spur folgen.

Während sie durch den Wald tappte, unter Felsen schnupperte und dem Rascheln der Blätter lauschte, musste sie plötzlich wieder an Tante Pflaume denken. Bald war es Zeit fürs Mahl des Schwindelichts. Zwölf Mahle hatte sie schon verpasst. Ob es ihr immer gelungen war, etwas zu fressen zu finden? Wie weit war sie auf dem Weg zum Drachenfelsen wohl schon gekommen? Streifte sie noch durch schützenden Wald oder erklomm sie bereits die kargen Steilhänge am Fuß des Weißkammgebirges? Ob sie fror?

Blättchen versuchte, den Gedanken an ihre Tante abzuschütteln und sich wieder dem Spiel zu widmen. Diese Art der Ablenkung war weit weniger gefährlich als der katastrophale Versuch, den Fluss zu überqueren, aber gleichzeitig auch weniger erfolgreich. Egal, wie sehr sie sich auf die Tatzenspuren im Waldboden oder die Schlupfwinkel unterm Busch konzentrierte, ganz wurde sie die Sorge um ihre Tante nicht los.

Moment mal … Was war das denn für ein merkwürdiger Laubhaufen? Mit dem stimmte was nicht. Hatte er sich etwa bewegt?

Blättchen schlich darauf zu, tat aber unbeteiligt. In gespielter Enttäuschung schnaufte sie und wandte sich ab.

Hinter ihr erklang ein Kichern.

Blättchen fuhr herum und betastete den kichernden Haufen.

»Ich habe Mampfer Klammerfest gefunden!«, verkündete sie. Der Haufen erzitterte. Mampfer schälte sich daraus hervor und schüttelte sich das Laub aus dem Fell.

»Clever gemacht«, rief Mampfer gut gelaunt. »Soll ich dir helfen, die anderen zu finden?«

»Gerne«, antwortete Blättchen. Und gemeinsam zogen sie zurück. Mit der fröhlichen Mampfer an ihrer Seite fiel es ihr leichter, nicht an ihre Tante zu denken. Als sie zu einem Kiefernhain gelangten, hörte Blättchen hoch oben in den Bäumen etwas und blieb wie angewurzelt stehen. Sehen konnte sie durch die dicken Nadeln nichts, aber irgendwas bewegte sich dort.

»Könnte auch ein Vogel sein«, murmelte Mampfer. »Soll ich mal auf den nächsten Baum klettern? Wenn sich da einer irgendwo versteckt, habe ich ihn!«

»Gute Idee«, meinte Blättchen. »Und ich stehe hier unten Schmiere, falls jemand auf die Idee kommen sollte, das Versteck zu wechseln.« Eigentlich war das natürlich gegen die Regeln, aber alle fanden, dass solche Regeln auch mal gebrochen werden durften.

Mampfer huschte einen Stamm empor und verschwand zwischen den Zweigen. Regen gab vor, im Unterholz herumzuschnüffeln, falls der Rote Panda sie von seinem Versteck aus beobachtete.

Da fiel ihr plötzlich etwas ins Auge. Ein Stück vor ihr lugte eine markant gestreifte Schwanzspitze hinter einem Stamm hervor. Blättchen lachte sich ins Fäustchen und pirschte sich an, um sich im richtigen Moment auf den unachtsamen Freund zu stürzen.

Doch als sie näher kam, witterte sie etwas Unerwartetes und blieb stehen.

Blut.

Ihr wurde schlecht. Als sie in weitem Bogen um den Baum lief, kam wie in einem Albtraum nach und nach auch der Rest des Pandas in Sicht: der Schwanz, die Hinterläufe und dann …

Die Vorderläufe und der Kopf lagen in einiger Entfernung. Vom Rumpf waren bloß noch einzelne rote Fetzen übrig.

Blättchen taumelte rückwärts, wandte den Kopf ab und schloss die Augen. Ihr war schwindelig vor Übelkeit und sie konnte eine ganze Weile nicht hinsehen. Irgendwann drehte sich der Wald nicht mehr und sie riskierte einen Blick.

Der Rote Panda war gefressen worden. Aus der Nähe konnte sie jetzt auch Raubtiergeruch ausmachen. Die Erde rings um den Baum roch nach Fell und Aas.

Blättchen fuhr erschrocken zusammen, als es über ihr im Baum raschelte. Ihre Freunde spielten arglos weiter, hatten keine Ahnung, dass eines ihrer Familienmitglieder getötet worden war. Ihr versetzte es einen Stich, als sie Mampfer aus den Wipfeln rufen hörte: »Ich habe Flitzer Kletterweit gefunden!«

Mit Karacho sprangen die beiden vom Baum. Flitzer sammelte sich Nadeln aus dem Pelz.

»Das war vielleicht ein blödes Versteck«, meinte er. »Ich verstecke mich nie wieder in einer Kiefer.«

»Flitzer«, sagte Blättchen leise, doch ihr Freund schien sie nicht zu hören. Dann schluckte sie schwer, entfernte sich ein paar Schritte von dem toten Panda, legte den Kopf in den Nacken und brüllte: »Hört mal auf mit dem Spiel! Da ist was passiert!«

Flitzer und Mampfer kamen angelaufen und blieben abrupt stehen, als sie sahen, wohin Blättchen starrte.

»Beim Großen Drachen!« Mampfer sank zu Boden und hielt sich die Augen zu. Flitzer näherte sich dem toten Panda behutsam. Im Vorbeigehen streifte er Blättchen, was ihr ein wenig Trost spendete.

»Oh nein!«, krächzte er. »Es ist Kratzer.«

Blättchen empfand Mitleid mit ihrem Freund. Kratzer war auch ein Kletterweit, ein entfernterer Verwandter – ein Onkel oder Cousin.

»Ich sag den anderen Bescheid«, meinte Mampfer und verschwand in einem Baum. Flitzer rollte sich zwischen Blättchens Tatzen zusammen und vergrub die Nase unter seinem Schwanz.

»Wer war das wohl?«, fragte er mit erstickter Stimme.

»Keine Ahnung.« Blättchen leckte ihm sanft über den Kopf. »Vielleicht ein Leopard aus den Bergen. Oder ein Braunbär. Genau weiß ich es nicht.«

Sie warteten eine Weile, bis Mampfer mit den Mitgliedern der Kletterweit-Familie und weiteren Roten Pandas zurückkam. Sie versammelten sich um Kratzers Leiche, schnupperten und stießen durchdringende Klagelaute aus.

Flitzers Mutter Sucher eilte herbei, legte tröstend den Schwanz um ihren Sohn. Zweige knackten. Sturmwind und Holzapfel Rankforst tauchten aus dem Unterholz auf.

»Wir haben Schreie gehört«, meinte Sturmwind.

Als Holzapfel den toten Panda sah, setzte sie sich seufzend. »Im Wald treibt sich also ein Raubtier herum?«

»Leoparden«, knurrte Springer, der mit den übrigen Kletterweits gekommen war. »Garantiert.«

»Oder Wölfe.« Raser Kletterweit erschauderte. »Hoch in den Bergen gibt es Wölfe. Und Füchse.«

Sturmwind rückte vorsichtig näher und schnupperte einmal an dem blutigen Leib.

»Ein Leopard oder doch ein Wolf«, sagte sie. »Auf jeden Fall ... groß. Was für Bissspuren!«

Atemlose Stille. Die versammelten Pandas sahen sich besorgt um.

Raser hielt Kratzers leblosen Schwanz in den Tatzen. »Oh, Großer Drache«, wehklagte sie. »Warum hast du uns nur verlassen?«

»Hat er nicht!«, versetzte Blättchen. »Es tut mir so leid mit Kratzer, aber Pflaume ist unterwegs zur Drachenhöhle. Dort wird sie Antworten finden. Ganz sicher.«

Als sie sich nach Unterstützung umsah, mieden selbst Sturmwind und Holzapfel ihren Blick.

Blättchen schluckte enttäuscht. *Oh, Tante Pflaume … deine Mission ist vielleicht noch dringlicher als gedacht.*

»Kletterweits, hört mal her.« Sucher stellte sich auf die Hinterbeine. »Wir können doch nicht aus Angst vor diesem Raubtier die Schuld beim Drachen suchen. Wir werden Totenwache für Kratzer halten, wie wir's immer tun. Kommt jetzt.« Sanft zog sie das weinende Rote Pandaweibchen von Kratzer fort. »Lass ihn los, Raser. Gut so. Raubtiere gehören nun einmal zum Leben dazu. Und Kratzer hatte ein schönes Leben, stimmt's, Raser?«

Raser war offenbar Kratzers Gefährtin gewesen. Mit einem matten Jaulen sackte sie in sich zusammen, ließ sich aber von den übrigen Kletterweits auf den Baum hieven. Von Flitzer wusste Blättchen schon, wie die Totenwache bei den Roten Pandas ablief. Die Sippe stieg in die Baumwipfel, wo sie bis zum Goldlicht saß, die Sterne betrachtete und des Verstorbenen gedachte.

Sturmwind und Holzapfel zogen sich dezent zurück, um der Familie Raum zum Trauern zu geben. Blättchen rieb Flitzer noch einmal über den Kopf und gab ihn dann frei, damit er sich zu den anderen gesellen konnte. Doch er sah sie bloß verschwörerisch an.

»Die Flughörnchen irren sich«, raunte er ihr zu. »Wir müssen einen Weg über den Fluss finden. Wenn sich bei uns im Nordwald ein Raubtier herumtreibt, brauchen wir eine

Alternative.« Zu seiner Mutter sagte er: »Ich bin rechtzeitig zur Totenwache zurück, bloß jetzt muss ich unbedingt noch mal mit Blättchen zum Fluss.«

Sucher nickte finster. »In Ordnung, aber … seht euch vor. Haltet euch von schwimmenden Stämmen fern. Ich mein's ernst!«

Blättchen bekam sofort ein schlechtes Gewissen, weil sie ihrer Familie nichts von ihrem misslungenen Versuch erzählt hatte. Nachdem Flitzer seiner Mutter versprochen hatte, sich auf kein Risiko einzulassen, machten sie sich zum Fluss auf.

In der Zeit zwischen dem Mahl der langen Strahlen und dem der sinkenden Sonne liefen sie das Ufer ab.

»Vielleicht würde es ja damit gehen.« Flitzer stemmte sich mit den Vorderpfoten gegen einen toten Baum, der sich im Schilf verfangen hatte und im Wasser trieb. Der Baum bewegte sich ein wenig. »Wenn wir das Schilf ringsherum wegbeißen, kannst du ihn raus aufs Wasser stoßen. Der trägt uns beide.«

»Aber dann treiben wir bloß wieder flussabwärts«, gab Blättchen zu bedenken. »Wir brauchen was, das ganz hinüberreicht. Gäbe es doch bloß eine so lange Efeuranke …«

»Wollt ihr immer noch über den Fluss?«, keckerte es. Seufzend blickte Blättchen auf. Über ihr auf einem Ast saßen die beiden Flughörnchen.

»Haben wir's euch nicht gesagt?«, fragte das andere. »Ihr hört einfach nicht zu!«

»Dabei waren die Pandas mal so weise«, entgegnete das erste, als wären Blättchen und Flitzer nicht vorhanden. »Was ist bloß geschehen? Bringen sie ihren Jungen nicht mehr bei, die eigene Haut zu retten?«

»He!«, knurrte Flitzer. »Lasst sie in Ruhe. Wenigstens versuchen wir was.«

»Ohne ihre Drachenzunge sind sie anscheinend komplett aufgeschmissen«, meinte das Flughörnchen, ohne auch nur Notiz von Flitzer zu nehmen.

»He!«, bellte er erneut. »Haltet endlich die Klappe, sonst komme ich hoch!«

»Lass uns einfach gehen.« Blättchen verstellte Flitzer den Weg zum Baum. »Wir kommen ein andermal wieder. Du musst doch rechtzeitig zurück sein.« Mit gesenkter Stimme fuhr sie fort: »Mir ist egal, was diese Blödiane sagen. Ich weiß, dass der Drache uns beschützt und wir unser Bestes geben. Und jetzt komm!«

Sie stupste ihn so lange mit der Nase an, bis er sich widerwillig fortschieben ließ.

»Tut mir leid«, meinte Flitzer. »Aber nach der Sache mit Kratzer … sollten wir lieber nach Möglichkeiten suchen, diesem Raubtier zu entkommen, statt uns von diesen Wichten beleidigen zu lassen.«

»Uns geschieht schon nichts«, meinte Blättchen auf dem Rückweg. »Vielleicht ist es hier nur zufällig vorbeigekommen. So ein großes Tier könnte inzwischen schon sonst wo sein.«

»Oder es wollte auch den Fluss überqueren.« Flitzer klang schon fast munter.

Die Munterkeit war allerdings schnell verflogen, als es vor ihnen plötzlich raschelte. Blättchen kribbelte das Fell, doch bevor sie was sagen konnte, stob ein Schwarm rot gefiederter Vögel aus dem Gebüsch: Goldfasane. Wenn sie größer gewesen wären, wäre es den beiden Freunden angst und bange geworden, so wie die Vögel auf sie zugerast kamen. Die gelben Köpfe wackelten auf den rot gestreiften Hälsen, während sie hektisch mit den Flügeln schlugen. Dann teilte sich der Vogelschwarm um Blättchen und Flitzer wie Wasser um einen Felsen und floh mit schrillen Panikrufen.

Ihre Erleichterung, dass es sich nicht um eine Meute Raubtiere gehandelt hatte, währte nur kurz.

Da ist was im Anmarsch!

»Rauf auf den Baum!«, schrie sie Flitzer zu und sauste selbst zum nächstbesten Stamm. Flitzer mit seinen Tippelschritten war direkt hinter ihr. Behände schwang er sich auf die ausladenden Äste, sprang hoch und höher, bis ihn das dichte Laub verbarg. Blättchen kletterte am Stamm hoch, nutzte jede Gelegenheit, sich mit den Tatzen festzuhalten. Dann trug ihr der Wind einen Geruch zu. Blättchen hielt die Luft an und kletterte noch schneller. Es roch nach Tod.

Das Raubtier ist da!

Endlich stieß sie weit oben auf einen tiefen Riss im Stamm, der ihr einen guten Halt bot, sodass sie innehalten und sich umsehen konnte. Dabei machte sie keinen Mucks. Wo

Flitzer mittlerweile steckte, wusste sie nicht. Hoffentlich war er von unten nicht zu sehen …

Da erblickte sie das Raubtier.

Einen Leoparden mit langem Schwanz und dichtem gefleckteм Fell hatte sie schon einmal von Weitem aus dem Weißkammgebirge kommen sehen.

Wenngleich dieses Tier einem Leoparden ähnelte, war es doch auch ganz anders. Es bewegte sich ebenso anmutig, war aber viel größer und geschmeidiger. Während es durch den Wald schlich, zeichneten sich die kräftigen Muskeln unter seinem Fell ab. Statt Tupfen hatte es Streifen, schwarz und so orangerot wie das Halsgefieder der Goldfasane, vielleicht sogar noch leuchtender.

Obwohl es nur so vor Kraft strotzte, bewegte es sich vollkommen lautlos. Mit Entsetzen wurde Blättchen klar, dass sie es allein den Fasanen zu verdanken hatten, dass sie hier oben saßen. Das Tier verströmte zwar einen strengen Geruch, nur hätten sie den viel zu spät wahrgenommen.

Armer Kratzer! Wahrscheinlich hat er nichts geahnt, bis die Bestie zugebissen hat.

Direkt unter ihrem Baum hielt das Tier abrupt inne, eine Vorderpfote in der Luft. Es sah sich nach allen Seiten um, stellte die schwarz geränderten Ohren auf, hob die Schnauze ein wenig und schnupperte. Dabei zitterten die langen weißen Schnurrhaare.

Blättchens Herz pochte wie verrückt. Sie fürchtete, ihr Atem könnte sie verraten.

Kann es auf Bäume klettern?, fragte sie sich ängstlich.

Dann setzte das Tier die Pfote ab und lief weiter. Blättchen hielt so lange die Luft an, bis es zwischen den Bäumen verschwunden war, und selbst danach verharrte sie noch lange Zeit reglos.

Schließlich tauchte Flitzer zwischen den Blättern auf und kletterte zu ihr hoch. Bestürzt sahen sie einander an.

»Niemand ist mehr sicher«, sagte Blättchen irgendwann. »Nicht, wenn dieses Raubtier auf der Jagd ist. Wir müssen etwas unternehmen.«

9. Kapitel

Geist beobachtete eine Herde Schneeziegen, die in den fast senkrecht abfallenden Felsklippen weideten. Ihre großen gebogenen Hörner wippten, während sie das Grünzeug fraßen, das unter einer dünnen Schneeschicht hervorlugte.

Schneeziegen waren so viel größer als der Hase, den Frost und Sturmwind neulich gefangen hatten. Wenn sie eine Ziege rissen, hätten sie tagelang zu fressen.

Irgendwie war Geist seltsam zuversichtlich. Ein Hase war blitzschnell und konnte im Nu im Schnee verschwinden, da hatte er keine Chance, doch bei der Jagd auf diese wolligen Wesen war nicht nur Schnelligkeit, sondern auch Kraft gefragt. Seine Wurfgefährten könnten den gefährlichen Hörnern sicher ausweichen, aber er wäre derjenige, der das Tier zu Boden ringen könnte.

Alle vier Winterjungen kauerten hinter einem hoch aufragenden Felsen, achteten sorgsam auf die Windrichtung und beobachteten die Ziegen mit hungrigen Blicken.

Und so könnte ich Eiskalt und ihren dämlichen Jungen zeigen, dass ich hierhergehöre! Einerseits wusste Geist natürlich, dass er sie einfach ignorieren sollte, doch andererseits hatte er den innigen Wunsch, den dicksten Ziegenbock der Herde in Winters Höhle zu schleifen. Damit würde er allen beweisen, dass er als Leopard genauso viel taugte wie die anderen.

Doch sich auf das stärkste Tier zu stürzen, wäre nicht schlau.

»Die da«, flüsterte er. »Seht ihr die, die ganz unten am Hang die Blätter vom Dornenstrauch frisst?«

Im Vergleich zu den anderen war diese Ziege dürr, dennoch würde sie ein gutes Mahl für eine Leopardenfamilie abgeben. Sie wirkte schon ein wenig älter, in dem spärlichen Rückenfell hatten sich Blätter und Zweige verfangen. Und ihre Läufe zitterten ein wenig, als sie sich auf dem Steilhang drehte, um besser an den Busch zu kommen. Jetzt hatte die Ziege ihnen den Rücken zugewandt.

Geist hatte Winters Stimme im Ohr.

Wenn sich eine gute Gelegenheit bietet, darf man nicht zu lange zögern.

Ich muss zuschlagen. *Jetzt oder nie.*

Geist schoss so wild hinter dem Felsen hervor, dass er Steine aufwirbelte.

»Was zur Schneekatze … Geist, warte!«, fauchte Schneesturm, doch zu spät. Schon war er losgeprescht, die Ziege fest im Blick. Er musste es schaffen, bevor …

Doch es war weiter als gedacht und die Steine hatten ordentlich Krach gemacht. Die Ziege drehte sich um, sah ihn kommen und stieß einen Warnpfiff aus.

»Bei den Zähnen der Schneekatze«, knurrte Frost. Dann stürmten auch die drei anderen Jungen aus dem Versteck und rannten ihm nach.

Geist hatte bloß Augen für die ältliche Ziege. Noch konnte er es schaffen …

Als sich die Ziege auf die Hinterbeine stellte und eilig abwandte, wurde Geist klar, dass er sich in ihr getäuscht hatte. Vielleicht war sie alt, aber nicht so gebrechlich, wie es den Anschein hatte. In großen, gleichmäßigen Sätzen sprang sie davon, während Geist sein Tempo verlangsamen musste und sich über die tückischen Felsen quälte. Frost, Schneesturm und Schauer zischten an ihm vorbei, doch die Ziegenherde hatte sich längst zerstreut, blökte ihre Angst in den Himmel und warnte sämtliche Beute im Umkreis. Spatzen stoben von einem Baum auf und flatterten wild schimpfend durch die Luft.

Schneesturm schoss über den unebenen Fels, schnappte nach dem Lauf einer Ziege und verfehlte ihn um Haaresbreite. Und dann waren sie fort. Nicht nur für Geist, auch für seine Leopardengeschwister waren die Klippen zu steil, um die Herde zu verfolgen.

»Geist!«, jaulte Frost und kam stolpernd zum Stehen. »Was sollte das?«

»Ich dachte, ich könnte sie kriegen«, murmelte er. »Mutter sagt doch immer, man soll sich draufstürzen.«

Frost verdrehte die Augen. »Ja, aber sie meinte doch …«

Weiter sprach er nicht, seufzte bloß und trat mit den Pfoten auf der Stelle.

Geist wurde eiskalt. Er wusste genau, was sein Bruder hatte sagen wollen.

Uns hat sie gemeint, nicht dich. Der Rat ist für normale Jungen. Du vermasselst doch sowieso alles.

Geist fragte auch nicht weiter nach, denn im Grunde wussten sie es ja beide. Dann machte er kehrt, trottete den Berg hinauf und hoffte wider besseres Wissen, dass es weiter oben noch Beute gab, die nicht von dem Geblöke der Ziegen verscheucht worden war.

»Geist«, rief Schneesturm. »Das bringt doch nichts. Lass uns nach Hause gehen. Die Herde wird eine ganze Weile nicht zurückkommen. Schon in Ordnung«, fügte sie noch hinzu. Geist verzog die Schnauze und versenkte die Krallen in den Felsspalten.

Gar nichts war in Ordnung. Er würde nie lernen, richtig zu jagen. Wenn er nicht verhungern wollte, müsste er für immer bei Winter leben und sich von ihr durchfüttern lassen.

Aber Schneesturm wollte ja bloß nett sein. Wortlos machte er kehrt und folgte den anderen nach Hause.

»Geist, komm wieder rein«, miaute Schauer. Als er sich umdrehte, sah Geist ihre zarte Silhouette vor dem Höhleneingang. Die anderen Jungen schlummerten friedlich mit Winter im Bau, doch Geist hatte noch einmal frische Luft schnappen wollen und sich allein nach draußen gesetzt. Es hatte so stark zu schneien begonnen, dass die Flocken selbst bis vor den geschützten Eingang der Höhle trieben. Am Himmel ballten sich die Wolken, irgendwo dahinter ging die Sonne unter. Vor den Felsen türmte sich der Schnee, Erde und Bäume lagen unter einer weißen Decke verborgen.

»Ohne dich ist es nicht so schön kuschlig warm«, jammerte sie. Natürlich stimmte das nicht, Schauer merkte, dass er traurig war, und wollte nicht, dass er allein da draußen blieb.

»Noch ein Weilchen«, meinte er. »Bin gleich da.«

»Bitte, komm. Es ist doch so kalt«, knurrte sie besorgt.

»Ich friere nicht. Geh wieder schlafen.« Geist gab sich alle Mühe, sie zu beruhigen.

Nach kurzem Zögern verschwand Schauer in der Höhle.

Im ersten Moment war Geist erleichtert, dass er seine Ruhe hatte, aber schon bald kamen die Ängste zurück und drohten, ihn zu verschlingen.

Was soll ich bloß tun? Wie kann ich mich verbessern?

Ihm graute davor, dass die Antwort lauten könnte: *Nichts, du kannst alles nur noch schlimmer machen.* Am liebsten wollte er sich nie mehr vom Fleck bewegen, denn wenn er ganz still hier sitzen blieb, konnte er seinen Wurfgefährten nichts mehr vermasseln.

Plötzlich wurde es windstill, der Schnee rieselte immer langsamer, bis keine Flocke mehr fiel. Am Himmel waberten übermächtig graue Schneewolken. Hin und wieder rissen sie auseinander und gaben für einen Moment den Blick auf das dunkle Firmament mit seinen funkelnden Sternen frei.

Geist wartete, bis er einen einzelnen besonders leuchtenden Stern ins Auge gefasst hatte, und sagte leise: »Schneekatze, steh mir bei. Ich möchte so gerne ein guter Leopard sein. Bitte hilf mir!«

Auf einmal spürte er einen warmen Hauch, als würde ihm ein Riese in den Nacken atmen. Er fuhr herum, doch da war nichts. Trotzdem strömte weiter milde Luft herbei, die sich wie ein schützender Schwanz um ihn legte – so hatte Winter ihn früher gewärmt, als er noch ein winziges Junges gewesen war. Dann begann der Schnee zu leuchten, erst schwach und dann immer heller. Geist blinzelte verwundert. Verlor er jetzt den Verstand? Fragend schaute er in den Himmel. In dem Moment teilten sich die Wolken und er sah die Sterne. Ihr Licht brachte die Eiskristalle auf dem Boden zum Glitzern. Es war so schön, dass Geist die Spuren im Schnee nicht sofort bemerkte. Sie führten von dem Felsen, auf dem er saß, in Richtung des kleinen Hains weiter unten am Hang. Die Abdrücke waren dunkel und zeichneten sich deutlich gegen das Weiß ab, als wäre ein Riesenwesen über die Felsen gelaufen und hätte mit seinen Pfoten den Schnee geschmolzen. Zögernd folgte Geist der Fährte, die tatsächlich zum Hain führte, dort jedoch endete …

Als die Wolkendecke dieses Mal aufbrach, kam der Mond zum Vorschein und ließ die Schneelandschaft in seinem gewöhnlich hellen, klaren Licht erstrahlen.

Jetzt waren die Spuren alle verschwunden.

»*Was?*« Geist stürmte zu einer Stelle, an der er gerade eben noch Abdrücke gesehen hatte. Nichts. Der Schnee war unberührt.

Geists Herz pochte immer schneller.

»Schneekatze«, hauchte er. »Mögest du im Schnee deine Spuren hinterlassen, dass wir ihnen folgen können. Das sagen wir doch immer. Und … und nun hast du's wirklich getan!«

Lang sah er hinunter zu dem Hain, prägte sich ein, wo die Fährte geendet hatte, dann stürmte er in die Höhle.

»Mutter.« Geist schlitterte über den Höhlenboden. »Da ist was passiert. Was ganz, ganz Besonderes!«

»Geist, was meinst du?«, fragte Winter. »Ich bin froh, dass du endlich rein–«

»Du musst kommen. Ihr müsst alle kommen. Die Schneekatze hat mir ein Zeichen geschickt!«

Schneesturm und Frost hoben die Köpfe und schauten ihn schlaftrunken an.

»Dir … Was?« Schneesturm erhob sich und schüttelte sich von den Ohren bis zur Schwanzspitze. »Die Schneekatze hat was?«

»Ich habe ihre Spuren im Schnee gesehen«, keuchte Geist. »Worum wir sie immer bitten! Erst war da nichts, nur frisch gefallener Schnee, dann habe ich ihren Atem im Nacken gespürt und habe Spuren entdeckt, die den Hang hinunterführten. Wir müssen ihnen folgen!«

Frost und Schneesturm blickten erst Geist, dann sich und dann Winter an.

»Wow«, flüsterte Schauer. »Zeig sie mir!«

Geist verspürte ein warmes Kribbeln, fast genauso wie zuvor, als ihn die Schneekatze in ihren warmen Atem gehüllt hatte. Schauer verstand ihn. Er führte sie nach draußen. Mit großen, glänzenden Augen blickte sie sich um.

»Ich sehe nichts«, sagte sie enttäuscht.

»Nein, die Abdrücke sind verschwunden, als der Mond herauskam«, antwortete Geist. »Aber ich weiß genau, wohin sie geführt haben.«

»Komm schon, Geist.« Schneesturm trat mit Frost und Winter im Gefolge aus der Höhle. »Da draußen ist nichts, und da war auch nie was. Vielleicht bist du eingenickt. Oder das Mondlicht hat dir einen Streich gespielt.«

Sofort hatte Geist den Impuls, in sich zusammenzusinken, doch dann richtete er sich auf. »Ist mir egal, was du denkst. Ich habe die Spuren gesehen, und ich gehe da jetzt hin.«

»Wir gehen alle«, erklärte Winter bestimmt. Schneesturm sah sie flehend an, während Frost nur vollkommen verwirrt schien. Doch Winter ließ sich nicht beirren: »Wir vertrauen Geist, stimmt's? Also folgen wir den Spuren der Schneekatze.«

Geist blinzelte seine Mutter dankbar an und lief los. In schnellem Tempo rannte er durch den Schnee, Schauer dicht hinter ihm.

Es fühlte sich gut an, einmal die Führung zu übernehmen, nur war er sich nicht sicher, wohin genau er die Familie führte.

Schauer sah erwartungsvoll drein, während seine anderen beiden Wurfgeschwister skeptisch blickten. *Bitte, Schneekatze, lass mich jetzt nicht im Stich …*

Als sie sich dem Hain näherten, wurde er langsamer und blieb schließlich stehen. Irgendwas hielt ihn davon ab, direkt in das Wäldchen zu stürmen. Außer Dunkelheit und dem Geruch von Kiefernnadeln war nichts auszumachen. Dennoch führte er seine Familie zu einer geschützten Stelle hinter ein paar Büschen und gab ihnen zu verstehen, dass sie dort warten sollten. Auch er legte sich auf die Lauer und beobachtete angestrengt den Hain, dabei schlug ihm das Herz bis zum Hals.

Was, wenn wir nun zu spät gekommen sind? Hätte ich sofort loslaufen und nicht erst die anderen holen sollen?

Eine gefühlte Ewigkeit lang geschah nichts. Schneesturm und Frost warteten eine Weile fügsam, doch irgendwann legte Frost ihm liebevoll die Schnauze auf die Schulter und meinte: »Hast du da wirklich was gesehen? Hast du dir das nicht vielleicht bloß eingebildet?«

»N–nein«, flüsterte Geist. »Es war zwar wie ein Traum, aber ich war wach dabei. Es war real!«

Ob ich die Zeichen falsch gedeutet habe? Vielleicht hätte ich direkt ins Wäldchen laufen sollen. Vielleicht …

Plötzlich knisterten Kiefernnadeln, und der Duft eines aufgebrochenen Kiefernzapfens lag in der Luft …

Beute!

Geist linste zwischen den Zweigen der Büsche hindurch. Aus dem Schatten der Bäume löste sich ein Reh und trat ins Mondlicht. Es sah sich wachsam um, die Ohren gespitzt, die riesigen dunklen Augen weit aufgerissen. Dann kehrte es den Leoparden den Rücken zu und begann zu äsen.

Frost und Schneesturm blieb vor Staunen das Maul offen stehen. Schauer trat aufgeregt von einer Pfote auf die andere.

»Kannst du's fangen?«, hauchte sie Geist zu.

Geist belauerte das Reh. Genau wie die Schneeziege ahnte es nichts von ihrer Anwesenheit. Dann schaute er zu seiner Mutter, die ihn genau beobachtete, dabei aber auch die Beute im Blick behielt.

»Das schaffe ich nicht«, meinte Geist. »Aber du bestimmt, oder, Mutter?«

Winter drückte ihre Stirn gegen seine. »Guter Junge«, raunte sie so leise, dass es außer ihm wohl keiner hörte. »Ich hab dich lieb.« Dann wandte sie sich den anderen zu. »Ihr bleibt hier.« Ohne zu zögern trat sie aus der Deckung, bewegte sich schnell und vollkommen lautlos. Geist und seine Wurfgeschwister kauerten zusammen hinter den Büschen und beobachteten, wie sich Winter an das Reh anpirschte, den Bauch fast am Boden, die Läufe sprungbereit. Sobald sie nah genug war, sprang sie. Das Reh ahnte nichts, bis es auf den Boden gedrückt wurde und mit den spindeldürren Läufen zappelte, während Winter ihm die Fangzähne tief in den Hals grub.

Geist sprang auf und rannte zu ihr, gefolgt von seinen Geschwistern.

»Geist.« Winter sah ihn an. Ihre Schnauze schimmerte im Mondlicht vom Blut des Rehs tiefrot. »Komm her. Es ist dein Riss.«

Geist beugte sich über das matt strampelnde Reh und biss mit aller Kraft zu. Sofort erschlaffte es.

»Ein richtiges Festmahl!« Glücklich beschnupperte Schauer das Reh von oben bis unten. »Gut gemacht, Geist!«

Winter senkte den Kopf. »Lasst uns alle gemeinsam den Segen sprechen.«

»Schneekatze, wir danken dir für die Beute«, riefen die vier Leopardenjungen im Chor. »Mögest du im Schnee deine Spuren hinterlassen, sodass wir ihnen folgen können.«

»Und danke, dass du deine Spuren für Geist hinterlassen hast«, fügte Schauer noch hinzu.

»Tut mir leid, dass wir dir nicht geglaubt haben«, miaute Schneesturm. »Aber, weißt du … das gibt es eigentlich nicht.« Schneesturm wirkte nach wie vor ungläubig. »Die Schneekatze zeigt uns ja nicht in echt den Weg, das ist ja nur so ein Spruch.«

»Heute Nacht war es Wirklichkeit«, meinte Winter leise. »Ich wusste schon immer, dass Geist etwas ganz Besonderes ist. Offenbar weiß es die Schneekatze auch. Lasst uns jetzt fressen! Was wir nicht schaffen, nehmen wir mit in die Höhle.«

»Reste! Juhu!«, miaute Schauer. Dann stellte sie sich auf die Hinterbeine und versenkte die Zähne so ulkig in die Beute, dass Geist vor Lachen losprustete.

Im Mondschein fraß er mit seiner Familie, füllte den leeren Bauch mit nährendem, warmem Fleisch.

Die Schneekatze hatte ihm gezeigt, wo sein Platz war: Hier in den Bergen, jagend mit seiner Mutter.

Er war so glücklich wie noch nie.

10. Kapitel

»Gleich hab ich dich«, murmelte Regen und beobachtete die quirligen Karpfen im Fluss. Wenn sie vollkommen reglos im Wasser stand, vergaßen die Fische, dass sie ein Panda war, und hielten sie für einen flaumigen, schwarz-weißen Felsen. Besonders klug waren Karpfen nicht. Eigentlich seltsam, denn sie waren die Lieblingstiere des Großen Drachen. Fing man einen, versprach es Glück für eine ganze Saison.

Regen redete sich ein, dass sie gar nicht auf der Hut war, sondern sich bloß die Zeit mit den Karpfen vertrieb. Aber vielleicht war es ja kein bloßer Zufall, dass sie sich eine flache Stelle am Fluss ausgesucht hatte, die in einiger Entfernung vom Wasserfall lag. Denn sie wollte ihn nicht hören. Ihr Traum war so plastisch gewesen, dass sie bei seinem anhaltend fröhlichen Plätschern sofort wieder das Röhren des Drachen im Ohr hatte.

»Warum habe ich überhaupt von einem dreiköpfigen Drachen geträumt?«, fragte sie den Karpfenschwarm, der immer näher kam. »Kiesel würde darin bestimmt eine Botschaft vom Großen Drachen sehen. Nur wozu die drei Köpfe? Schwachsinn. War bestimmt ein Hirngespinst.«

Ein paar Herzschläge lang stand sie reglos und lauschte dem sanften Rauschen des Flusses, dem geschäftigen Zwitschern der Vögel und dem Treiben der anderen kleinen Waldwesen.

Nun waren die Karpfen fast direkt vor ihr. Ganz langsam beugte sie sich hinunter, als wäre sie noch immer ein pelziger Felsen, und tauchte im richtigen Moment los. Der Schwarm stob auseinander, doch Regen war schnell und hatte sich ihr Opfer längst ausgesucht: ein fettes goldenes Exemplar mit weißem Schuppenmuster. Sie ließ es nicht aus den Augen, schwamm ein, zwei, drei Züge, bis es in Bissweite war. Dann schnappte sie zu und tauchte triumphierend mit dem zappelnden Fisch auf.

»Nicht schlecht«, sagte jemand.

Regen fuhr herum.

Sonnenrot Schattenforst saß am Ufer und beobachtete sie.

»Ähm, danke.« Regen hatte eigentlich vorgehabt, den Fisch zu fressen, doch vor den Augen der Drachenzunge kam es ihr falsch vor, zumal kein Mahl anstand.

Glück gehabt, Fischi, dachte sie und entließ ihn ins Wasser. Einmal noch blitzten seine goldfarbenen Schuppen auf, dann war er verschwunden.

»Ich bin beeindruckt, aber auch enttäuscht, dass du die Suchmannschaft so früh verlassen hast«, meinte Sonnenrot.

Regen sträubte sich das Fell, und sie stapfte demonstrativ langsam ans Ufer. Sonnenrot sollte sich ja nicht einbilden, sie beeile sich seinetwegen, an Land zu kommen.

»Woher weißt du, wann ich gegangen bin?«, fragte sie. Und da ihr gerade der Schalk im Nacken saß, fragte sie: »Für eine solche Kleinigkeit hast du doch nicht etwa den Sehenden Stein bemüht?« Regen hievte sich auf einen flachen Felsen, setzte sich und kratzte sich lässig den Bauch.

Zu ihrer Überraschung lachte Sonnenrot. »Gut gekontert. Du bist clever. Nein, mit dem Sehenden Stein hat's nichts zu tun. Ich weiß es von Kiesel.«

»Er ist zurück?« Regen setzte sich auf. »Schon?«

»Oh ja. Seine Suchmannschaft war als erste wieder da.«

»Wie kommt das?« Regen runzelte die Stirn. »Er und Blüte waren doch voller Elan. Warum sind sie denn so früh zurück?«

»Weil sie Erfolg hatten«, antwortete Sonnenrot mit einem selbstgefälligen Grinsen.

Da staunte Regen nicht schlecht. »Aber sie haben doch nicht … Haben sie etwa Stein gefunden?«

»Nein.« Sonnenrot wurde mit einem Schlag wieder ernst. »Nein, Kiesels Bruder wird noch immer vermisst. Doch sie haben ein Junges entdeckt, jünger noch als du, das allein im Wald umherirrte. Seine Mutter ist vor Kurzem gestorben, und das arme Ding musste sich ganz allein durchschlagen. Aber das tut im Moment nichts zur Sache«, sagte er und sah sie leicht belustigt an. »Ich bin deinetwegen hier. Kiesel hat mir erzählt, was passiert ist. Er meinte, ich würde dich wohl hier finden.«

Regen schnaubte verärgert. Musste Kiesel ihm auch noch verraten, wo sie gerne fischte? Nachdem der Wasserfall nun schon wegfiel, würde sie bald gar keinen Ort am Fluss mehr haben, an dem sie sich gerne aufhielt.

»Ich verstehe, warum du dich freiwillig gemeldet hast«, meinte Sonnenrot. »Du wolltest deinem Freund helfen. Das ist wirklich bewundernswert. Weißt du eigentlich, wie mutig du da warst, Regen?«

Regen legte die Stirn in Falten. Warum gingen ihr Sonnenrots Komplimente nur so gegen den Strich?

Vielleicht brauchst du dich gar nicht so aufregen, sagte eine Stimme in ihrem Kopf, die sehr nach Kiesel klang. *Vielleicht will er einfach nur nett sein.*

»Und ich verstehe auch, warum du die Mission vorzeitig abgebrochen hast«, fuhr Sonnenrot fort.

»Ach ja?« Hatte Kiesel alles bis ins kleinste Detail ausgeplaudert? Wusste er, dass sie ihm misstraute und auch Zweifel am Großen Drachen hatte?

»Du lässt dir nicht gerne etwas vorschreiben«, meinte Sonnenrot. »Bestimmt hat es dir nicht gefallen, Blütes Anweisungen zu folgen. Du bist eben nicht für die Zusammenarbeit in einer Gruppe gemacht.«

»… Oh.« Da hatte er nicht so ganz unrecht.

»Früher wärst du sicher prima zurechtgekommen. Jeder lebte für sich in seinem Territorium, und man sah sich nur, wenn man wollte. Doch diese Zeiten sind vorbei. Nun heißt es zusammenarbeiten! Der Große Drache hat mir gezeigt, dass darin unsere Zukunft liegt. Also.« Sonnenrot stand auf, lief zum Ufer und tauchte die Vorderpfoten ins Wasser. »Als mir zu Ohren kam, dass du gerne schwimmst, hatte ich eine Idee. Und jetzt habe ich mich ja selbst überzeugen können, wie sicher du dich durchs Wasser bewegst. Ich habe eine Sondermission für dich. Als ich davon sprach, dass wir uns mit allen Pandas wiedervereinen sollen, meinte ich auch die aus dem Nordwald. Vielleicht gibt es dort ebenfalls Pandas, die unsere Hilfe brauchen. Wir müssen einen Weg zu ihnen finden. Und wenn es einen Panda gibt, der den Fluss bezwingen kann, dann du.«

»Du schmeichelst mir, damit ich tue, was du willst«, entgegnete Regen glattweg. Gelassen sah Sonnenrot sie an.

»Funktioniert es?«, fragte er mit einem Lächeln. »Dabei ist es die Wahrheit. Du bist die Beste für diese Aufgabe. Und wir müssen alle verschollenen Pandas aufspüren, nicht bloß die, die uns einfach so über den Weg laufen.«

»Keiner kann den Fluss überqueren.« Regen blickte über den reißenden Strom hinüber zum Nordwald. »Sonst hätte es schon längst jemand getan.«

Der Karpfen war wieder da. Er schwamm an die Oberfläche und knabberte an einem Algenbüschel. Munter glitt er durchs Wasser, ohne die beiden Pandas am Ufer zu bemerken. *Wenn Sonnenrot etwas im Schilde führt, ist das meine Chance, es herauszufinden.*

Regen wandte sich wieder Sonnenrot zu. »Aber ich versuche es trotzdem. Ich suche für dich einen Weg über den Fluss.«

Sonnenrot verbeugte sich tief. »Danke, Regen. So machst du hoffentlich die Erfahrung, wie erfüllend es sein kann, sich für die Gemeinschaft einzusetzen. Man muss nur seinen richtigen Platz finden. Der Große Drache wird dir den Weg weisen.« Damit verschwand er im Wald.

Gedankenverloren trommelte Regen mit den Krallen auf dem Felsen herum.

Worauf habe ich mich da bloß eingelassen?

Als Regen fürs Mahl des Schwindelichts auf die Festwiese zurückkehrte, hatten sich Pfingstrose, Morgenrot und Azalee um ein kleines mageres schwarz-weißes Fellbündel geschart. Das Junge fraß einen halben Bambushalm, rollte sich zwischen Azalee und Morgenrot zusammen und fiel in einen unruhigen Schlaf.

»Er heißt Ahorn«, erklärte ihr Pfingstrose. »Schau nur, wie schwach er ist! Kiesel und Blüte haben ihn gerade noch rechtzeitig entdeckt.«

Dass Regen den Suchtrupp vorzeitig verlassen hatte, ließ sie unerwähnt, doch so, wie sie die Namen der anderen beiden aussprach, war klar, dass sie Bescheid wusste. Regen schämte sich, dass sie ihrer Mutter nicht gleich alles gestanden hatte. Was Sonnenrot Schattenforst von ihr dachte, war ihr herzlich egal, aber die wortlose Enttäuschung ihrer Mutter schmerzte wie ein Dornenstich.

Als sie Kiesel mit Nebel und Bö am anderen Ende der Wiese entdeckte, rannte sie zu ihm.

»Hey, Kiesel«, rief sie. Als er sich zu ihr umdrehte, wirkte er ziemlich erschöpft. »I–ich hab gehört, ihr habt dem Jungen das Leben gerettet. Erzähl doch mal.«

Regen hoffte, ihr Freund würde es als Entschuldigung nehmen, doch Kiesels Blick verfinsterte sich.

»Siehst du, es ist nicht bloß eine dumme Masche. Da draußen gibt es wirklich Pandas, die unsere Hilfe brauchen.«

Regen warf einen Blick über die Lichtung, wo der kleine, knochige Ahorn nun friedlich schnarchte.

»Weiß ich doch … das war blöd von mir. Tut … mir leid.«

Kiesel sah sie skeptisch an, und sie wand sich innerlich vor Scham. Dabei tat es ihr wirklich aufrichtig leid. Was konnte sie denn dafür, dass ihre Entschuldigung klang, als würde man einen Berg durch einen Bambushalm quetschen.

»Entschuldigung angenommen«, antwortete Kiesel steif.

»Und ich hoffe, dass wir auch Stein finden«, fügte Regen hinzu. »Das ist mein voller Ernst. Und es tut mir leid, wenn ich den Eindruck erweckt habe, dass er mir egal ist.«

Kiesel nickte. »Danke.«

Und damit wandte er sich um und ließ sie stehen. Regen sah ihm bestürzt nach.

Ich habe mich doch entschuldigt. Und es so gemeint. Warum ist er immer noch sauer?

Regen lag in ihrem Nest aus Schilf und Moos und schaute hinauf zu den funkelnden Sternen, die immer wieder hinter dunklen Wolkenfetzen verschwanden.

Alle Pandas schliefen in Nestern entlang desselben Hangs, die so weit voneinander entfernt lagen, dass sie sich nicht unterhalten mussten, aber konnten. Regens Schlafplatz befand sich auf einem kleinen, mit Gras bewachsenen Felsvorsprung, gerade groß genug, damit ein Panda bequem darauf liegen konnte. Durch die Bäume sah man den Fluss. Normalerweise lag Regen für ihr Leben gerne in ihrem Nest, betrachtete die Sterne und lauschte dem fernen Rauschen des Wassers. Doch heute war es nicht richtig gemütlich. Ob ihr Frosch und Tanne Kiefernnadeln ins Nest gelegt hatten, um sich dafür zu rächen, dass sie sich als Drachenzunge ausgegeben hatte? Doch als sie herumschnüffelte, fand sie nichts.

Kiesels Nest lag bloß ein Stück den Hang hinab, unter einem überhängenden Felsen. Wenn sie nicht schlafen konnte oder wenn es regnete, stattete sie ihm gerne einen Besuch ab. Doch im Moment ging das ja schlecht.

Bevor Sonnenrot zurückkam, habe ich geschlafen wie ein Stein. Ich habe mir keine seltsamen Gedanken über irgendwelche Affen gemacht. Ich hatte keine verrückten Träume von Drachen aus Dampf. Und Kiesel hat auch noch mit mir gesprochen.

Das sanfte Schnarchen der Glücksberg-Pandas hallte über den Hang. Offenbar hatten die anderen keine Schlafprobleme.

Doch plötzlich drangen von weiter oben andere Laute an ihr Ohr. Ein krächzender, quäkender Singsang.

»Großer, starker Panda«, spöttelte da jemand. »Großer, tapferer Panda.«

Regen sprang auf.

Strammbein! Ganz sicher. Und das darauffolgende Gejohle konnte sie unverkennbar dieser nervigen Affenbande zuordnen. *Was hecken die nun wieder aus?*

Regen machte sich möglichst leise an den Aufstieg, kletterte über Felsen und suchte sich einen Weg zwischen Bäumen hindurch, ohne über einen schlafenden Panda zu stolpern. Schon bald sah sie, dass der Radau aus einem Hain mit niedrigen Bäumen kam, deren Äste sich wie im Sturm bogen, obwohl es windstill war.

»Wo ist denn deine Mama, großer, tapferer Panda?«, fauchte Strammbein. Regen brach es fast das Herz, als ein schwaches Stimmchen ertönte.

»Sie ist g–gestorben. Bei einem Steinschlag.«

War das Ahorn?

Regen kroch näher heran, bis sie zwischen die Bäume spähen konnte. Die Affen sprangen von Ast zu Ast, waren in ständiger Bewegung, mal landeten sie am Boden, mal schaukelten sie am Schwanz hängend wild hin und her. Und in ihrer Mitte eingeschlossen saß zitternd das kleine Junge, das Kiesel und Blüte gerettet hatten.

»Und da warst du mutterseelenallein.« Strammbein landete direkt vor Ahorn und bohrte ihm seinen langen, ledrigen Finger in die knochige Brust. Der Affe lachte keckernd. Regen spürte eine unbändige Wut in sich aufsteigen. »Oder doch nicht? Was ist mit deinen Geschwistern?«

»Ich … ich hab keine Geschwister«, stammelte Ahorn.

»Hast du wohl. Du hast noch zwei Geschwister. Stimmt's?« Mit jedem Wort versetzte Strammbein ihm einen Stoß.

»Nein«, jaulte Ahorn. »Bitte lasst mich gehen! Ich habe keine Geschwister! Bitte, ich will meine Mami …« Unter Wehklagen sackte er in sich zusammen. Da hielt Regen es nicht länger aus. Sie brach durchs Unterholz, stürmte die Lichtung, stieß einen Affen beiseite und scheuchte den Rest auf. Schimpfend und kreischend stoben sie auseinander.

»Wer ist das?«

»Dummer, dicker Panda, kümmere dich um deinen eigenen Kram!«

Regen senkte den Kopf und rammte ihn Strammbein in den Bauch, sodass er hintenüberfiel.

»Lasst Ahorn in Frieden, ihr fiesen Schläger!« Regen knurrte und fletschte die Zähne. »Was wollt ihr von ihm?«

»Das geht dich gar nichts an«, höhnte Strammbein. Er rappelte sich auf, sprang in einen Baum und ließ sich außer Reichweite von Regens Krallen kopfüber von einem Ast baumeln.

»Ahorn, komm hinter mich«, befahl Regen. Wimmernd versteckte sich das Junge hinter ihrem Rücken und schmiegte sich an ihre Flanken.

»Wir sind noch nicht fertig mit ihm.« Nun zeigte auch Strammbein seine Zähne, die im Vergleich zu Regens winzig waren, dafür aber rasiermesserscharf.

»Und ob ihr das seid!«, dröhnte es. Regen wirbelte herum. Sonnenrot kam angedonnert, das Gesicht wutverzerrt. »Wie könnt ihr es wagen, in unser Territorium einzudringen und eines unserer Jungen so zu behandeln? Du da«, sagte er zu Strammbein, »wenn du ihr Anführer bist, nimm deine Meute und verzieh dich!«

Wenn du ihr Anführer bist …

Als sich Sonnenrot drohend vor Strammbein aufbaute, blinzelte der ihm bloß amüsiert zu. Wo waren die Aggression und der Hohn, den er Regen gegenüber an den Tag gelegt hatte?

Die beiden kennen sich. Das ist ein … abgekartetes Spiel.

Doch sie sollte Sonnenrot nicht wissen lassen, dass sie ihn durchschaute. Und während Sonnenrot den Affen anknurrte, von dem er genau wusste, dass er Strammbein hieß, trat Regen mit dem kleinen Ahorn den Rückzug an.

»Lasst uns abhauen«, brüllte Strammbein, und die Affen trollten sich.

»Zum Glück hast du ihn rechtzeitig gefunden«, sagte Sonnenrot, nachdem auch der letzte goldfarbene Pelz verschwunden war. Er beugte sich über Ahorn. »Mein armer Kleiner, alles in Ordnung?«

Ahorn brachte keinen Ton heraus. Er presste sich nur noch enger an Regen und nickte steif.

»Komm jetzt«, meinte Sonnenrot. »Wir beschützen dich.«

Mit ein bisschen Überredung brachte er Ahorn dazu, sich in Bewegung zu setzen. Sie liefen den Hang hinunter zu den Nestern. Regen ließ sie vorgehen, hielt sich aber dicht hinter ihnen, bis sie das Nest erreichten, in dem Morgenrot mit Frosch und Tanne eingerollt schlief. Lieber behielt sie den mageren Ahorn im Blick, bis er bei guten, normalen Pandas in Sicherheit war. Sonnenrot half Ahorn ins Nest und verabschiedete sich dann von ihm und Regen. Regen tat so, als würde sie sich in ihr Nest zurückziehen, kletterte aber auf einen Baum, um Sonnenrot zu beobachten, der sich ins Moos schlafen legte.

Das stinkt zum Himmel.

Sonnenrot war ein Lügner, und jetzt hatte sie den Beweis dafür, auch wenn es außer ihr kein Panda wusste. Doch was bezweckte er damit?

Ich behalte dich im Auge, Sonnenrot Schattenforst.

11. Kapitel

Blättchen hielt sich mit den Tatzen an einem dicken Ast fest und streckte sich. In Rücken und Nacken knirschte und knackte es, so verspannt war sie von der eisigen Nacht im Ginkgo. Dehnen tat zwar gut, aber trotzdem schmerzte alles.

Grunzen und Schnauben drang von den benachbarten Ästen, Blätter wackelten und wippten. Rings um Blättchen herum regten sich Pandas nach einer unbequemen Nacht auf den Bäumen.

Doch immerhin waren sie alle noch am Leben. Die Rankforst-Pandas hatten die Nacht überstanden. Im fahlen Morgenlicht sahen die Bäume aus, als hätten sie riesige, flauschige schwarz-weiße und rote Früchte bekommen. Die Roten Pandas – die Schwimmguts, die Klammerfests, die Springhochs, die Heilherzen und all die anderen – hatten sich zu den Großen Pandas in die Bäume gesellt. Später, nach ihrer Totenwache, waren auch die Kletterweits zu ihnen gestoßen. Flitzer war zu Blättchen auf den Baum geklettert, hatte sich über ihr zusammengerollt und seinen langen, puscheligen

Schwanz wärmend um sie beide gelegt. Im Silberlicht war Blättchen dann aufgewacht.

Keiner von ihnen war dem orangeroten Schleicher zum Opfer gefallen.

Tiger.

Blättchen schauderte. Wacholder hatte es ihnen erklärt, er hatte sich an alte Geschichten von einem Wesen erinnert, auf das die Beschreibung zutraf. Das Raubtier war ein Tiger.

Flitzers Schwanz kitzelte sie in der Nase.

»Bist du wach?«, flüsterte sie.

»Hmm.« Flitzer blinzelte. »Jetzt schon.«

»Tut mir leid, aber ich muss aufstehen. Es ist Zeit fürs erste Mahl.«

»Schon gut.« Flitzer stemmte sich steifbeinig auf die Tatzen und kletterte zur nächsten Astgabel, damit sich Blättchen erheben konnte.

»Was ist denn?« Unter ihr regte sich ein Roter Panda.

»Zeit fürs Silberlichtmahl«, meinte Flitzer. »Die Großen Pandas müssen fressen.«

»Um diese Zeit?« Der Rote Panda schaute verschlafen zu Blättchen hoch. »Es dämmert ja nicht einmal!«

»Nein, das wäre dann das Mahl des Goldlichts«, antwortete Blättchen.

»Wie viele Mahlzeiten gibt es denn?«

»Neun.«

Deprimiert sah der Rote Panda sie an, dann suchte er Flitzers Blick, der bestätigend nickte. Daraufhin rollte sich der

Rote Panda wieder auf seinem Ast zusammen und schlug den Schwanz übers Gesicht.

Blättchen seufzte. Natürlich störte das Mahl den Schlaf der Roten Pandas, aber das ließ sich nicht ändern. Ohne Mahl ging es nicht. Unvorstellbar! Nichts konnte die Pandas von ihren neun Mahlen abhalten, nicht einmal ein Tiger.

Doch als sie den Boden absuchte, kamen ihr Zweifel. Viel Bambus gab es in diesem Waldstück nicht, noch weniger als im Rankforst, wo die Ausbeute schon spärlich genug war. Wenn sie keinen Bambus fanden, müssten sie sich mit den Früchten des Ginkgobaums begnügen, das wäre dann ein wirklich blöder Start in einen schwierigen Tag …

»Ich sehe welchen!«, kreischte jemand. Blättchen schämte sich ganz fürchterlich, als rund um sie die Roten Pandas knurrend aus dem Schlaf schreckten. Dennoch folgte sie der Stimme. Natürlich war es Klein-Bambusrohr. Als Blättchen bis zu ihm in den Baum geklettert war, wies ihn Hyazinthe schon sanft zurecht, dass er in Gegenwart ihrer Freunde, den Roten Pandas, leiser sein musste.

»Hast du wirklich Bambus entdeckt?«, fragte Blättchen. Klein-Bambusrohr nickte mit fest zusammengepresstem Mund und deutete mit der Tatze geradeaus. Blättchen war erleichtert, als sie den Bambus auch sah. Es war zwar bloß ein einziges Rohr, dafür wuchs es aber sehr kräftig und oben ragte ein ganzes Büschel Blätter heraus. Jeder Rankforst-Panda würde zumindest einen guten Bissen bekommen.

Nur gab es dabei ein Problem: Der Bambus stand so weit vom Baum entfernt, dass man die Blätter nicht von oben abpflücken konnte.

»Einer von uns wird ihn holen müssen«, meinte Hyazinthe leise. »Und das heißt runter auf den Boden.«

Wo sich der Tiger herumtreiben könnte. Wer auch immer ginge, wäre auch beim schwierigen Aufstieg auf den Baum in Gefahr, vor allem, weil dabei noch ein langes Bambusrohr festgehalten werden musste.

»Ich mach's«, meinte Blättchen. »Ich kann von uns allen am besten klettern. Ich komme am schnellsten den Baum wieder rauf. Gar kein Problem.« Doch so ganz wohl war ihr bei der Sache nicht. »Passt du auf, dass keiner kommt?«

Hyazinthe blickte sie besorgt an, nickte aber.

Blättchen kletterte los. So lange wie möglich nutzte sie die Bäume, obwohl manche Äste unter ihrem Gewicht schon gefährlich ins Schwanken gerieten. Angespannt horchte sie nach dem Tiger. Witterte. Nichts. Doch sie dachte daran zurück, wie geschmeidig und lautlos das Tier durch den Wald geschlichen war. Bloß weil er sich nicht zu erkennen gab, hieß das nicht, dass er nicht irgendwo dort lauerte.

Sobald sie den Waldboden erreicht hatte, rannte sie zum Bambus und nahm das Rohr ins Maul.

Lautlos war es nicht zu schaffen. Jetzt war eben Schnelligkeit gefragt.

Blättchen biss so fest zu wie schon seit vielen Mahlen nicht mehr, und das Krachen des Bambusrohrs hallte durch den Wald. In der Stille des Silberlichts war es laut genug, um den Drachen in seiner Höhle zu wecken.

Nachdem sie das Bambusrohr vom Boden gelöst hatte, stellte sie nur kurz sicher, dass sie den schweren Stamm auch gut im Maul hatte, dann eilte sie mit dem Rohr im Schlepptau zurück zum nächsten Baum und machte sich an den Aufstieg.

»Ja!«, bellte Klein-Bambusrohr aufgeregt, bevor seine Mutter ihn wieder zum Schweigen brachte. Blättchen kletterte, bis sie einen stabilen Ast erreicht hatte, dann zerrte sie das Bambusrohr hoch und klemmte es mit dem dicken Ende in einen Spalt, damit sie loslassen konnte. Anschließend sah sie nach unten.

Vom Tiger keine Spur.

»Das war wirklich mutig.« Wacholder kam auf sie zugeklettert. »Pflaume wäre stolz auf dich gewesen. Sprich du doch bitte den Segen.«

Blättchen lächelte stolz, wenngleich sie beim Gedanken an Pflaume traurig wurde.

Sie ist ganz allein unterwegs, während ein Tiger da draußen sein Unwesen treibt. Ob sie es überhaupt bis in die Berge geschafft hat?

Doch solchen düsteren Gedanken wollte sie sich nicht hingeben. Sie musste daran glauben, dass es ihrer Tante gut ging.

Die Pandas versammelten sich um sie, und Blättchen hielt das Rohr fest, während sich alle Blätter abrupften.

»Oh, Großer Drache, zum Mahl des Silberlichts verbeugen

sich deine Pandas vor dir. Aller Bambus, alle Weisheit kommt von dir. Großer Drache, wir danken dir dafür.«

Geräuschvoll mampften sie, und auch wenn jeder bloß eine knappe Tatze voller Blätter bekam, fand Blättchen, dass sie nach all der Mühsal besonders frisch und lecker schmeckten. Anschließend sagte Holzapfel: »Viele Nächte stehe ich nicht so durch.« Als er den Kopf hängen ließ, knackte es laut in seinem Nacken.

»Nicht alle von uns sind solch gute Kletterer und Baumschläfer wie du, Blättchen«, pflichtete ihm Hyazinthe bei. »Ich hatte solche Angst, dass Klein-Bambusrohr hinunterfällt, dass ich die halbe Nacht lang kein Auge zugetan habe.«

»Wir wissen wohl alle, was zu tun ist«, meinte Gras. »In Rankforst sind wir nicht mehr sicher, wir müssen uns ein neues Territorium suchen.«

»Es muss doch einen Ort mit ausreichend Bambus geben, der nicht von Tigern heimgesucht wird«, stimmte Sturmwind zu.

Für immer fort aus Rankforst? Blättchen starrte zu Boden, während sie den Gedanken sacken ließ. Gras und Sturmwind hatten sicher recht, andererseits konnte sie sich nicht vorstellen, ihr Zuhause zu verlassen. Wohin sollten sie gehen?

»Wir kommen mit«, rief jemand. Über ihr in den Bäumen saßen Sucher Kletterweit, Spritzer Schwimmgut, Jäger Springhoch und weitere Rote Pandas, die Blättchen nicht kannte. »Wir haben es während Kratzers Totenwache besprochen«, meinte Sucher. »Zusammen sind wir besser dran.

Wenn es drauf ankommt, seid ihr furchtlose Kämpfer, und wir sind schnell und leichtfüßig, können euch Augen und Ohren sein, falls der Tiger wieder auftaucht.«

»Dann ist es beschlossene Sache«, sagte Wacholder. »Wir suchen uns gemeinsam ein neues Territorium.«

»Moment mal!«, stieß Blättchen hervor. »Was ist denn mit Pflaume? Wir können Rankforst doch nicht ohne sie verlassen! Wie soll sie uns sonst finden, wenn sie zurückkommt? Oder sie kommt zurück, und statt uns erwartet sie … dieses Ding.« Schaudernd verstummte Blättchen, denn das wollte sie sich lieber nicht vorstellen.

»Du hast recht«, sagte Sturmwind beschwichtigend. »Erst müssen wir Pflaume finden, bevor wir uns irgendwo niederlassen.«

»Dann … lasst uns alle zusammen nach Norden aufbrechen«, meinte Hyazinthe. »Da gabeln wir dann Pflaume auf, und wer weiß, vielleicht wartet ja weiter oben in den Bergen ein neues Zuhause auf uns.«

Das hoffte Blättchen auch. Geräuschvoll zermalmte sie das Bambusrohr, während sie zuhörte, wie sich die Roten und die Rankforst-Pandas ihr ideales Territorium ausmalten. Blättchen konnte sich kein Bild davon machen. Rankforst war das einzige Zuhause, das sie kannte. Ob sie sich dann für immer vom Großvater Ginkgo, dem Flussufer und der Rankforst-Lichtung verabschieden musste?

Großer Drache, mach, dass wir Tante Pflaume recht bald finden. Ich brauche sie nämlich …

»Halt, stopp.« Wanderer Springhoch reckte den Schwanz in die Höhe. Alle Pandas blieben auf ihr Zeichen stehen, schnupperten und spitzten die Ohren. Rote Pandas eilten voraus, manche auf dem Boden, andere in den Bäumen.

Sie waren gut vorangekommen. Die Roten Pandas schwärmten immer wieder als Späher aus, blieben aber nah genug, damit die Großen Pandas sie im Ernstfall noch beschützen könnten. So kundschafteten sie die kürzesten oder bequemsten Wege über die Hänge aus, sodass sich die anderen für eine Route entscheiden konnten.

Schon erklommen sie die Berghänge des Nordwalds, wo Blättchen noch nie im Leben gewesen war. Über sanfte Hügelketten waren sie gewandert. Überall wuchs der Bambus so spärlich wie zu Hause, für ein mageres Mahl auf der Durchreise genügte es, doch zum Bleiben hätte es nicht gereicht. Nach wie vor hing ein schwacher Raubtiergeruch in der Luft, und jedes Mal, wenn er ihnen in die Nase stieg, liefen sie ein kleines bisschen schneller.

»Gut«, sagte Wanderer. »Die Luft ist rein. Weiter.«

»Schon fast Zeit fürs Mahl der langen Strahlen«, meinte Sturmwind. »Am nächsten Bambushain machen wir Rast.«

Wanderer seufzte. Auch wenn sie nichts weiter sagte, konnte Blättchen ihr *Schon wieder?* förmlich hören. Die Roten Pandas fraßen, was immer sie fanden, wann immer sie es fanden, ohne Versammlung oder irgendein Ritual, von daher mussten sie sich auf der Reise erst noch an die Gewohnheiten der Großen Pandas gewöhnen. Ein schlechtes Gewissen hatte Blättchen deshalb nicht, schließlich waren die neun Mahle wichtig. Damit zeigten sie dem Großen Drachen, dass sie nach wie vor auf ihn hörten. Freilich konnten die Roten Pandas das nicht nachvollziehen, aber das war nicht weiter schlimm.

Für das Mahl der langen Strahlen machten sie auf dem Gipfel eines Hügels Rast. Nach Süden fiel der Hang schroff ab, Blättchen setzte sich an die Felskante und schaute hinunter. Da schlängelte sich der Fluss glitzernd dahin, und da lag auch der Rankforst, den sie für immer hinter sich gelassen hatten.

Flitzer setzte sich zu ihr und gähnte herzhaft.

»Seltsam, oder?«, fragte er.

»Und wie«, antwortete Blättchen. Nachdenklich zerbiss sie ihren Bambushalm. »Ich muss immerzu an unsere Namen denken. Ich bin nicht mehr Blättchen Rankforst. Wer werde ich sein, wenn wir irgendwann am Ziel sind? Ob ich mich je daran gewöhne, wenn man mich … vielleicht Blättchen Steilhang nennt? Oder Grünspalte? Oder Dingsbums? Und wie nenne ich mich jetzt? Solange wir unterwegs sind, bin ich … Blättchen Nirgendwo.«

»Das ist das Gute an unseren Namen.« Flitzer rollte sich auf dem Rücken herum und streckte sich. »Kann irgendwas sein, was man macht. Oder nicht macht. Man kann sich den Namen selbst ausdenken, ja, sich sogar einer neuen Familie anschließen, wenn einem die alte nicht gefällt. Hey, warum nennst du dich nicht einfach Blättchen Kletterweit? Wobei die anderen Roten Pandas euch wohl eher einen Namen wie Rasteviel geben würden«, meinte er kichernd. Blättchen stimmte in sein Lachen mit ein, bis sie wieder ganz still wurden.

»Ich habe immer geglaubt, wenn ich den Rankforst einmal verlassen sollte, dann, um den Fluss zu überqueren«, sagte sie schließlich. »Um bei meiner Mutter und meinem Zwilling zu sein. Jetzt laufen wir in die entgegengesetzte Richtung. Also werde ich wohl nie auf die andere Seite kommen.«

»Sag niemals nie.« Flitzer richtete sich auf und schaute nach Norden, Blättchen folgte seinem Blick. In der Ferne funkelte das Weißkammgebirge, seine schneebedeckten Hänge lugten hinter bewaldeten Felsen vor. »Meinst du, Pflaume hat es bis nach oben geschafft?«

»Ich hoffe es.«

Sie setzten ihre Reise fort, rasteten für weitere Mahle, und schon bald ging die sinkende Sonne ins Schwindelicht über. Die Großen Pandas sahen sich bereits nach einem Schlafplatz für die Nacht um, wo sie genügend Bambus für das Mahl des steigenden und des sinkenden Monds sowie fürs Silberlicht finden würden. Doch Bambus war schwer aufzutreiben, und unter Führung der Roten Pandas hatten sie mehr als einmal umkehren müssen, weil ihnen eine Felswand oder zu dichtes Gestrüpp den Weg versperrte.

Allmählich verlosch auch das Schwindelicht, und es wurde kalt und dunkel. Blättchen lief langsamer, wartete auf ein Kommando von Wanderer oder einem der anderen Roten Pandas. Hyazinthe hatte Klein-Bambusrohr wieder Huckepack genommen, seine kurzen Beinchen waren zu schwach für so weite Strecken. Irgendwie wirkten alle müde. Gerade kämpften sie sich eine immer steiler werdende Böschung hoch. Man musste höllisch aufpassen, um nicht den Halt zu verlieren, während man mit einer Tatze höher stand als mit der anderen.

Blättchen entging nicht, dass unter den Roten Pandas zunehmend Gerede ausbrach, aber nicht der normale Klatsch und Tratsch, wie sie es von zu Hause kannte. Eher besorgtes Wispern, hin und wieder blafften sie sich auch mal an, da schraken die anderen dann jedes Mal zusammen.

»Ich weiß selbst, dass es dunkel ist!«, zischelte Jäger, der die Vorhut bildete.

Die Rote Pandabärin neben ihm knurrte unglücklich. »Bambus hin oder her. Wir können nicht weiter, wir haben uns verirrt.«

Sorgenvolle Laute ertönten von den Roten und den Großen Pandas gleichermaßen. Jäger fuhr herum, peitschte mit dem Schwanz durch die Kiefernnadeln am Boden.

»Wir haben uns nicht verlaufen!«

»Haben wir wohl«, schaltete sich Spritzer ein. »Wir müssen anhalten. Wir haben keinen Plan. Könnte sein, dass wir schon im Kreis gelaufen sind.«

»Willst du etwa hier im Freien schlafen? Wir brauchen Bambus und Bäume zum Hochsteigen.«

»Aber wie soll das im Dunkeln gehen?« Hyazinthe kletterte zu den zwei Zankenden.

»Mit der Nase«, fauchte Jäger. »So, wie uns auch der Tiger aufspüren wird!«

Sofort verstummten alle, bis Klein-Bambusrohr in leises Wehklagen ausbrach. Hyazinthe versuchte, ihr Junges zu beruhigen, während die Roten Pandas weiter stritten.

Blättchen begab sich ein wenig abseits und kämpfte gegen ihre eigene aufsteigende Panik an. Ihnen würde nichts geschehen. Ganz bestimmt nicht. Der Große Drache würde ihnen helfen …

Plötzlich regte sich zwischen den Bäumen etwas. Im ersten Moment erschrak Blättchen so sehr, dass sie keinen Mucks machte. Dieses Etwas war dunkel wie ein Schatten, aber schien massiv, und es bewegte sich wie eine Schlange fort. Aber gab es so große Schlangen?

Ein Tiger war es auch nicht. Ihr stockte der Atem. Schneller und schneller kam es näher und näher. Es schlängelte sich zwischen den Bäumen hindurch, so dicht an Blättchen vorbei, dass sie sah, dass es sehr wohl eine Gestalt hatte und Schuppen, die im matten Mondlicht schimmerten.

Für einen Augenblick erhaschte sie weitere Seltsamkeiten: Füße mit Krallen, eine seidige Flosse und Fell.

Blättchens Herz überschlug sich fast. Ihre Angst war verschwunden, und sie hätte fast vor Freude aufgeschrien.

Und dann war die Gestalt an ihr vorbeigezogen. Blättchen sah ihr nach, doch sie war verschwunden, was für ein so großes Wesen ein Ding der Unmöglichkeit war. Keine Anzeichen mehr, dass hier je irgendetwas gewesen war … oder doch, da war eine Spur, als hätte sich etwas Großes durch die Kiefernnadeln geschoben.

Blättchen folgte der Fährte.

»Blättchen.« Flitzer eilte zu ihr. »Wo gehst du denn hin? Hast du den Tiger gesehen?«

»Ich hab … da was gesehen«, antwortete Blättchen. Sie konnte sich nicht dazu durchringen, es zu benennen. Noch nicht. Doch wenn sie richtiglag …

»Leute«, rief Flitzer. »Blättchen hat eine Spur!«

Bestimmt waren die Roten Pandas heilfroh über die Ablenkung, denn nun war sie diejenige, die die Gruppe anführte, immer der Fährte des dunklen Wesens hinterher. Es ging so steil zwischen den Bäumen die Böschung hoch, dass sie an einer Stelle fast senkrecht in die Höhe klettern mussten. Doch nachdem sie einen scharfen Grat überwunden hatten, wurde der Untergrund ebener und es ging nur noch gemächlich bergauf. Blättchen folgte der Spur, bis sie aus dem Schatten der Bäume traten und zwei hohe bleiche Felsen vom Mondlicht beleuchtet vor sich sahen. Blättchen tappte darauf zu und trat durch den Spalt. Dahinter ging es bergab, ein sanfter Abhang, ein Wäldchen mit weit ausladenden Bäumen, auf die man gut klettern konnte, und sogar ein kleiner Bambushain, dessen grüne Blätter in der kühlen Brise flatterten.

»Blättchen!« Die Roten Pandas umringten sie und rieben sich dankbar mit den Köpfen an ihr, bevor sie den Hang hinunter zum Wäldchen trabten.

»Du hast den Weg gefunden!«, rief Sturmwind. Sie leckte Blättchen liebevoll über die Wange. »Wie hast du das nur geschafft?«

Blättchen sah sie stumm an, bis Sturmwind ein besorgtes Gesicht machte.

»Was hast du denn, Blättchen?«

»Ich habe eine Gestalt im Wald gesehen«, sagte sie langsam. »Lang wie eine Schlange, doch riesig und schwarz. Sie war mir so nah wie du jetzt und hat mir den Weg gezeigt.«

Fassungsloses Schweigen folgte ihrer Erklärung.

»Der Drache«, hauchte Wacholder schließlich.

»Der Drache hat uns den Weg gewiesen.« Holzapfel hatte Tränen in den Augen. »Er beschützt uns doch noch!«

»Ob Pflaume ihn vielleicht in seiner Höhle aufgeweckt hat?«

»Von nun an wird alles besser«, meinte Wacholder. »Garantiert!«

Fröhlich schnatternd liefen die Großen Pandas den Hang hinunter und bereiteten sich auf das Mahl des steigenden Monds vor. Blättchen blieb noch einen Moment oben zwischen den zwei hohen Felsen stehen.

Nicht, dass sie nicht glücklich war, das war sie, und zwar so glücklich wie nie zuvor. Beinahe als würde sie von innen leuchten.

Zwischen den Felsen blies ein leichter Wind, der ihr das Fell aufplusterte. Doch statt der kalten Bergluft war dieser Wind warm. Als er sich schmeichelnd um sie legte, erschauderte sie vor Aufregung. Dann war er verschwunden.

Der Große Drache war bei ihnen.

Der Große Drache ist … bei mir.

12. Kapitel

Übers Eisfeld fegte ein schneidender Wind, dessen erbarmungslose Böen sich mit trügerischen Momenten der Stille abwechselten. Er trug keine Gerüche, außer denen nach Fels und Eis.

»Wie lange sollen wir denn noch –« Ein Windstoß schnitt Frost das Wort ab, er wandte den Kopf zur Seite und kniff die Augen gegen den Schneeregen zusammen.

Geist schnüffelte herum, doch außer dem Duft seiner Wurfgeschwister konnte er nichts ausmachen. Sein Magen knurrte so laut, dass nicht einmal der heulende Wind ihn übertönte.

Das Reh hatte gutgetan. Die Jungen waren voll und zufrieden gewesen, doch selbst ein Reh reichte bei einer fünfköpfigen Leopardenfamilie nicht ewig. Mittlerweile war es verspeist und die Jungen waren wieder hungrig. Geist ließ den Blick über die weiße Ödnis wandern.

Aus mir wird nie ein guter Jäger. Ich werde nie wissen, wie es ist, nicht ständig Hunger zu haben …

»Noch ein bisschen«, meinte Schneesturm. »Bei dem Wind hat sich die Beute bestimmt unter die Erde verkrochen. Wittert nach Höhlen und Bauen.«

»Geist, hast du's schon versucht?«, fragte Schauer.

Geist seufzte. Seine Schwester meinte es gut und wollte die anderen an seinen Erfolg mit dem Reh erinnern. Leider hatte er die Schneekatze heute Morgen schon um Hilfe angefleht. Ganze vier Mal. Ohne Erfolg. Kein warmer Atem im Fell, keine Pfotenabdrücke im Schnee.

»Die Schneekatze kann uns ja nicht ständig das Jagen abnehmen«, meinte Schneesturm, bevor Geist antworten konnte.

»Vielleicht haben wir beim letzten Mal auch einfach bloß Glück gehabt«, murmelte Frost.

»Das war kein Glück«, sagte Geist. »Ganz bestimmt nicht.«

»Hmm.« Frost wandte sich ab, um den Boden abzuschnüffeln.

Geist schloss die Augen und reckte die Schnauze in den Himmel. »Schneekatze, weis uns mit deinen Spuren den Weg zur Beute.« Doch im Grunde seines Herzens ging es ihm nicht bloß um Beute. Er wollte Antworten.

Schneekatze, warum hast du mir neulich geholfen und jetzt nicht? Warum gibst du mir einmal das Gefühl, nützlich zu sein, und dann wieder nicht? Wenn ich einen Platz in den Bergen habe, wenn du einen Plan für mich hast, warum verbirgst du ihn dann vor mir?

Die Schneekatze schwieg.

Die Jungen teilten sich auf, um das Eisfeld nach Bauen und Erdhöhlen abzusuchen. Schauer witterte einen Hasen, doch als sie den Bau aufgruben, war er leer.

»Kommt, wir geben auf«, jaulte Frost schließlich den anderen zu. »Das lohnt nicht.«

Als Geist nickte, flogen Eiskristalle aus seinem Fell. Die Schwänze der Jungen waren steif gefroren.

»Lasst es uns drüben im Wäldchen versuchen«, meinte Schneesturm. »Unter den Bäumen ist es geschützter. Vielleicht treibt sich da ja Beute herum.«

Am Rande des Bergkamms lugten ein paar dunkle Wipfel hervor. Schneesturm lief voraus, führte sie über Fels, Schnee und Eis. Unterwegs riss der Himmel auf, und dünne Sonnenstrahlen drangen durch die Wolkenberge, wanderten im Zug der Wolken mal hierhin, mal dahin. Die Sonne wärmte zwar, war aber gleißend und blendete sie, sodass sie immer wieder stehen bleiben mussten. Nun hatten sie nicht bloß den Wind, sondern auch noch die Sonne gegen sich.

Über einen verschneiten Hang gelangten sie in das Wäldchen. Die Kiefern schmiegten sich eng an den Berg und wuchsen zwischen Felsspalten empor. Ihre rauen Stämme verzweigten sich und bildeten zwei oder drei nadelige Kronen aus, die scharfe Schatten auf den Boden warfen.

»Bewegt euch möglichst lautlos«, flüsterte Schneesturm und gab damit Winters Rat weiter. »Tretet ja nicht auf die

Kiefernnadeln, die knirschen total laut. Und denkt daran, dass die Beute auch über uns sitzen könnte.«

Geist schaute hoch in die Zweige. Natürlich könnte er problemlos auf einen Baum klettern, nur was dann? Wenn ihm schon so kein Sprung gelang, würde er es garantiert nicht auf dem Baum versuchen …

Stellenweise bestand der Waldboden aus weicher Erde, die von einer dünnen Schicht aus Kiefernnadeln und Schnee überzogen war. Wo die Bäume direkt aus den Felsspalten wuchsen, war der Untergrund allerdings steinig und zerklüftet.

Schneesturm, Frost und selbst Schauer fanden mühelos einen Weg über das unebene Gelände, überwanden selbst steilste Gefälle, sprangen von Felsen auf Äste und hielten dabei mit dem Schwanz das Gleichgewicht.

Stumm sah Geist zu, wie sie sich immer weiter von ihm entfernten. Natürlich hätte er ihnen zurufen können, sie sollten auf ihn warten, doch wozu? Wahrscheinlich könnte er ihnen gar nicht folgen, und schon gar nicht in der Geschwindigkeit. Er ließ sie ziehen. Hauptsache, es fing überhaupt einer was. Geist wollte sich nicht grämen, zumindest nahm er sich das vor.

Schweren Herzens suchte er sich einen halbwegs sicheren Weg über die Felsen. Immer wieder musste er stehen bleiben, nicht nur, um die Balance wiederzufinden, sondern auch weil die Sonne so stark vom Schnee reflektiert wurde, dass ihm die Nachbilder noch lange vor den Augen tanzten.

An einer breiten Felsspalte machte er halt und witterte. Mit sehr, sehr viel Glück fand er vielleicht einen Fasan, der sich im Sonnenlicht wärmte, oder ein stocktaubes Eichhörnchen …

Doch es war nicht der Geruch von Frischbeute, der ihm in die Nase stieg, sondern etwas vollkommen Fremdes. Es erinnerte ihn an feuchte Erde und nasses Laub, so wie auf den tiefer gelegenen Berghängen, dazu kam noch der Geruch von altem Blut. So roch ein Raubtier, aber ein Leopard war es nicht.

Irgendwas lungert hier herum …

Er richtete sich auf und sah sich nach seinen Wurfgeschwistern um.

Nichts.

»Schauer?«, rief er leise. Hoffentlich war sie noch in der Nähe … Keine Antwort.

Daraufhin wandte er sich der nächsten Kiefer zu, zitternd krallte er sich in der rauen Borke fest. Normalerweise konnte er genauso gut und fast so lautlos klettern wie seine Geschwister, doch der Schreck trieb ihn zur Eile. Als er sich hochzog, bog sich der Ast unter seinem Gewicht und geriet ins Schwanken.

Auch vom Baum aus konnte er die anderen nicht sehen. Im Spiel von Licht und Schatten versuchte er, Bewegungen im Schnee auszumachen. Nach einer Weile gab er auf, saß so reglos wie möglich und schnupperte nach vertrauten Gerüchen, nach Fell und Winters Bau, lauschte angestrengt nach dem Knirschen von Kiefernnadeln …

Plötzlich hallte ein ängstliches Jaulen von den Bergwänden wider. Geist krampfte sich der Magen zusammen. Halb rutschte, halb purzelte er vom Baum und schlug hart auf dem Boden auf.

Vor ihm lag eine felsige Klippe, aus der Richtung war das Jaulen gekommen. Geist eilte den steilen, schroffen Hang zwischen den Bäumen hoch, suchte immer wieder Halt an ihren Stämmen, grub die Krallen in die Borke und stieß sich ab, bis er oben war. Auf einem breiten Felsband, umringt von Kiefern, kauerten Schauer, Schneesturm und Frost mit dem Rücken zur nackten Felswand. Eingekesselt von drei seltsamen Tierwesen, die auf sie zuschlichen und ihnen jegliche Fluchtmöglichkeit abschnitten.

Die Wesen hatten kurzes schwarzes Fell und sahen so gar nicht nach Leoparden aus, denn sie waren viel größer. Auf ihrer Brust prangte ein gelblicher sonnenförmiger Fleck, fast wie ein überdimensionaler Leopardentupfer.

Sie bewegten sich bedächtig, fast schon tollpatschig vorwärts, doch ihre Körper strotzten nur so vor Kraft. Ihre Schnauzen waren lang und blassorange mit einer runden Nase, ganz ohne Schnurrhaare. Wütend fauchten sie seine Wurfgeschwister an. Eines der Tiere riss das Maul auf und streckte prüfend die Zunge heraus.

»Wer stört hier unsere Ruhe?« Wie Donnergrollen klang die Stimme des größten Wesens.

Bei näherem Hinsehen erkannte Geist, dass eines von den dreien kleiner war als die anderen. Ein Junges vielleicht? Es war größer als Frost, Schauer und Schneesturm, aber kaum größer als er selbst. Die anderen beiden schienen Männchen und Weibchen zu sein, sicher die Eltern des Jungen.

Schneesturm hatte das Fell gesträubt und trat mutig mit hocherhobenem Schwanz vor.

»Wir sind die Winterjungen«, sagte sie ruhig. »Und es tut uns leid, wir wollten euren Schlaf nicht stören.«

»Leoparden«, sagte das Weibchen schnüffelnd. »Die können gefährlich werden ... bloß die hier sind noch klein. Und ich hab solchen Hunger, Obsidian ...«

»Beute ist in diesem verdammten Eis schwer zu finden«, knurrte ihr Gefährte. Als er einen Schritt auf die drei Leopardengeschwister zumachte, rückten sie instinktiv zusammen. Schneesturm fletschte die Zähne, doch sie zitterte am ganzen Leib und hatte die Augen vor Angst weit aufgerissen.

Da stieß Geist ein wütendes Brüllen aus und stürmte los. Sprang von Fels zu Fels, kam jedes Mal hart und ungeschickt auf und machte mit Absicht möglichst viel Krach.

»Pfoten weg von meinen Wurfgeschwistern!« Unten angekommen, riss er das Maul auf und schnappte nach den schwarzen Wesen. Kiefernnadeln wirbelten auf, als sich die drei zu ihm umdrehten. Wut und Verwunderung standen in ihren Augen.

»Was soll das?«, brüllte Obsidian. »Wer bist du?«

»Ich bin auch ein Winterjunges!«, brüllte Geist zurück. »Und ich breche euch das Genick, wenn ihr meinen Wurfgeschwistern auch nur ein Haar krümmt!«

Geist hatte mit einem Kampf gerechnet. Mit Glück würde er sie in die Flucht schlagen, mit weniger Glück würde er sein Leben lassen. Schon wollte er seinen Geschwistern zurufen, sie sollten abhauen, da bemerkte er, dass die dunklen Wesen ihre Drohhaltung aufgegeben hatten. Und so, wie sie sich und ihn ansahen, schienen sie weniger verängstigt als über alle Maßen verwundert. Das Junge setzte sich sogar hin und legte den Kopf schief.

»Aber das ist doch gar kein Leopard, das ist ein Bär!«, rief es.

Geist knurrte, doch es klang nicht sehr überzeugend. »Ich bin kein Bär! Was … Was ist überhaupt ein Bär?«

»Wir sind Bären«, antwortete das Weibchen.

»Geist ist gar nicht wie ihr!«, maunzte Schauer. Doch als das Bärenweibchen ihre spitze Schnauze auf sie richtete, verschanzte sie sich ganz schnell hinter Schneesturm.

»Nein, zu uns gehört er nicht. Wir sind Sonnenbären. Schaut her, der Große Drache hat uns mit der Sonne gezeichnet«, sagte Obsidian. Er kratzte sich mit der Tatze über das orangefarbene Mal auf der Brust. Obwohl er nun entspannt und friedlich war, hatte er die Krallen nicht eingefahren.

»Und sind die Katzen deine Freunde, kleiner Bär?«, fragte die Bärin.

»Das sind meine Wurfgeschwister«, sagte Geist noch einmal. Was war daran denn so schwer zu begreifen? Er war kein Stück wie diese fremden Wesen …

»Wenn es … deine Freunde sind«, entgegnete sie, und ihm

sträubte sich das Fell, »dann tun wir ihnen nichts. Ihr könnt alle gehen.«

»Bist du auch nach der Flut hergekommen?« Das Bärenjunge tappte schnüffelnd auf Geist zu.

»Nicht so dicht, Schiefer«, rief Obsidian, machte jedoch keine Anstalten, ihn zurückzuhalten.

»Die Flut hat unseren Wald zerstört«, erklärte das Bärenjunge. »Deshalb ziehen wir durch dieses Gebirge. Mutter meint, im Wald wäre es warm gewesen und wir hätten von Fisch gelebt, aber daran kann ich mich nicht mehr erinnern. Bist du auch von da?«

Geist konnte dem Jungen nicht folgen und schüttelte bloß den Kopf.

»Ihr … Ihr täuscht euch. Ich bin von hier«, sagte er kläglich. »Ich bin ein Winterjunges wie meine Geschwister.«

»Dann musst du eine Art Schneebär sein«, meinte die Bärin nachdenklich. »Was immer du bist, ich wünsche dir alles Gute.« Mit einer Kopfbewegung orderte sie Schiefer zu sich, und die drei Bären schickten sich an weiterzuziehen. Schutzsuchend huschten die drei Leopardenjungen zu Geist und schlugen dabei einen großen Bogen um die Bären. Bevor die drei in das höhergelegene Wäldchen abtauchten, drehte sich Obsidian noch einmal zu Geist um. In seinem Blick lag eine gewisse Ratlosigkeit.

»Schiefer hat recht«, rief er. »Du bist kein Leopard.« Und damit verschwand er hinter dem Felsrücken, und das Letzte, was sie von ihm sahen, war sein schwarzer Stummelschwanz.

»Gut gemacht, Geist!« Dankbar rieb sich Schneesturm mit der Schnauze an ihm. »Du hast uns gerettet!«

Schauer sprang begeistert auf und ab und dann über Geist hinweg, bevor sie sich atemlos neben ihm zusammenrollte. »Du warst so mutig!«

Geist starrte bloß auf die Stelle, wo die Bären eben noch gestanden hatten. Ihm war so kalt, viel kälter noch als zuvor, als der Wind auf dem Schneefeld sein Fell mit Eiskristallen überzogen hatte.

»Warum haben sie bloß gedacht, ich wäre einer von ihnen?«, fragte er kleinlaut.

»Echt seltsam.« Schauer leckte ihm über die Pfote.

»I–ich gehöre doch nicht etwa zu denen?«

»Nee«, antwortete Frost. »Schneebären gibt es gar nicht.« Als er daraufhin Geists Pfoten und seinen Schwanz nachdenklich betrachtete, wurde Geist dennoch mulmig zumute.

Geist wandte sich an Schneesturm. Auf sie konnte er sich verlassen. Sie betrachtete die Dinge immer von zwei Seiten.

»Ach, Quatsch.« Schneesturm setzte sich vor ihn und leckte ihm über den Kopf, wie Winter es getan hatte, als sie noch klein gewesen waren. »Geist, du bist besonders, aber du gehörst trotzdem zu uns. Wir wissen doch, dass du ein Winterjunges bist. Wo solltest du denn sonst her sein?«

Schließlich fingen sie auf dem Eisfeld doch noch ein paar Hasen. Nachdem sich der Wind gelegt und die Sonne alles erwärmt hatte, waren die Hasen aus dem Bau gekrochen.

Damit schlugen sich die Winterjungen den Wams voll, bevor sie sich an den Abstieg zur Höhle machten.

Unterwegs kletterten sie über Gesteinsblöcke und dicke Schneewehen, bis sie an einem flachen Felsen vorbeikamen, der von einer Eisschicht überzogen war. Durch den Graupel hatte sich eine weitere Eisschicht gebildet, die nun in der Sonne getaut war und eine feucht schimmernde Oberfläche bildete.

Aus dem Augenwinkel nahm Geist seine Spiegelung wahr und blieb stehen.

Indessen trabten seine Wurfgeschwister gut gelaunt weiter, weil ihre Bäuche gefüllt und sie dem Tod entronnen waren. Geist ließ sie ziehen, bevor er seinen Anblick genauer betrachtete.

Für einen Leoparden war er zu groß und massig. Die Schnauze länger, die Nase größer und runder. Auch seine Pfoten waren anders geformt, und die Krallen ließen sich nicht einziehen. Der Schwanz war stummelig, das Fell dünn, Kopf und Ohren rund, die Läufe kurz …

Allein am Berghang sitzend betrachtete er sein Spiegelbild, und nun hatte er auch einen Namen für das, was er sah: Bär.

Wie kann das sein? Was bin ich?

Am liebsten hätte er den Schmerz in seiner Brust laut herausgebrüllt. Dann aber würden die anderen Jungen, die echten Jungen, ihn hören und zu ihm eilen, doch in diesem Moment konnte er ihnen nicht entgegentreten. Geist stellte sich auf die Hinterbeine und kratzte hasserfüllt über das

Eis. Ohne große Wirkung. Die Kratzer auf der Oberfläche schmolzen vor seinen Augen in der Sonne.

Was bin ich?

Ein Leopard jedenfalls nicht. Das war auf groteske Weise offenkundig. Wie hatte er sich das nur so lange einbilden können?

Winter hat mich angelogen.

Hass stieg in ihm auf. Heiß und fremd und Furcht einflößend.

Sie hat gelogen! Hat mich glauben lassen, ich wäre ein lädierter, sonderbarer Leopard, dabei bin ich etwas ganz anderes! Ich bin nicht ihr Junges. Und wie Flink und Graupel immer gesagt haben, gehöre ich nicht hierher.

Geist sank zitternd zu Boden, rollte sich zusammen und presste die Pfoten auf die Augen, als würde er damit die Spiegelung ungeschehen machen.

Woher komme ich? Wer ist dann meine richtige Mutter?

Wer bin ich?

13. Kapitel

Auf einem Baum am Rand der Festwiese saß Sonnenrot mit geschlossenen Augen in einer Astgabel, in der Tatze hielt er den kleinen blauen Stein. Die Glücksberg-Pandas hatten sich um den Baumstamm geschart und schauten zu ihm auf. Pfingstrose ließ Ahorn auf ihren Rücken klettern, damit er besser sehen konnte.

Regen saß etwas abseits, sah aber nicht minder gebannt zu Sonnenrot, vielleicht nicht ganz so wie Kiesel, der kaum noch zu atmen wagte. Dennoch hatten sie unterschiedliche Erwartungen, so viel stand fest. Kiesel starrte in ehrfürchtigem Staunen hinauf und wartete, dass Sonnenrot die Augen öffnete, um sie an den Gedanken des Großen Drachen, einem uralten, weisen Wesen, teilhaben zu lassen.

Regen dagegen wartete auf Sonnenrots Lügen.

Was er nun zum Besten geben würde, wusste sie nicht, auch nicht, was ihm das bringen sollte, aber auf jeden Fall wäre es eine Lüge, auf die jeder außer ihr hereinfallen würde.

Obwohl sich weitaus mehr Pandas als sonst auf der Festwiese versammelt hatten, fühlte sich Regen einsamer denn je.

Sonnenrot streckte den Sehenden Stein so hoch, dass etliche Pandas vor Schreck schon den Atem anhielten, weil sie fürchteten, Sonnenrot könne das Gleichgewicht verlieren und vom Baum fallen. Doch Sonnenrot schien genau zu wissen, was er tat. Er ließ den Arm mit dem Stein wieder sinken und kletterte mit geschlossenen Lidern vom Baum.

Unten angekommen, riss er japsend die Augen auf.

Jetzt trägst du aber ein bisschen dick auf! War sie etwa die Einzige, der sein Verhalten lächerlich vorkam? Wunderte sich denn keiner, warum er die Show beim letzten Mal nicht abgezogen hatte?

Doch alle anderen Glücksberg-Pandas hingen begierig an Sonnenrots Lippen.

»Der Drache hat zu mir gesprochen«, verkündete Sonnenrot. »Und das sind seine Worte: *Eine Brise wird den Duft nach Sommer durchs Bambusreich tragen.*«

»Oooh«, riefen einige Pandas.

»Was soll das heißen?«, fragte Frosch leise.

»Das kann vieles heißen«, flüsterte Morgenrot zurück.

Es heißt, dass die Jahreszeiten wechseln und der Wind wehen wird. Es heißt, dass er bloß Dinge voraussagt, die ohnehin eintreten werden, damit keiner merkt, dass er ein Schwindler ist.

Und es heißt, dass ich recht habe.

Vor Genugtuung lief ihr ein Schauder über den Pelz.

Nachdem Sonnenrot einen Arm voller Bambusstängel von Kiesel entgegengenommen hatte, sackte er erschöpft zusammen und begann zu fressen, als hätten ihn das Klettern auf einen Baum und das Schwenken eines Steins vollkommen ausgelaugt. Auch die anderen Pandas widmeten sich ihrem Mahl und machten sich Gedanken über die Botschaft des Drachen.

»Es heißt, dass uns gute Zeiten bevorstehen«, mutmaßte Lorbeer. »Es wird bald wärmer.«

»Das mit dem Duft muss doch auch eine Bedeutung haben«, meinte Kiesel. Er hatte sich zwar in Regens Nähe niedergelassen, sah sie aber nicht an und unterhielt sich ausschließlich mit Lorbeer und Morgenrot. »Vielleicht zieht ein fremder Geruch durch den Wald. Sobald wir ihn alle riechen, steht uns ein Wandel bevor.«

»Oder wir erleben gar keinen Sommer.« Fels gesellte sich zu ihnen. »Der Drache war immer darauf bedacht, uns zu warnen. Vielleicht wächst der beste Bambus dieses Jahr woanders, und wir müssen unsere Nasen bemühen, um ihn zu finden.«

Jetzt macht aber mal halblang! Regen hätte sich fast eingemischt. Wie konnte man sich nur so lange mit einer so banalen Botschaft befassen? Doch wenn sie sich jetzt kritisch äußerte, wäre Sonnenrot gewarnt, dann wüsste er, dass sie ihm auf die Schliche gekommen war. Außerdem nickte Kiesel verständig und kaute nachdenklich auf seinem Bambus herum, als würde Fels' dämliche Spekulation irgendeinen Sinn ergeben.

Ihr versetzte es einen Stich, dass sie ihren besten Freund nicht einweihen konnte, doch sie brauchte einen Beweis, um ihn zu überzeugen. Wenn sie Kiesel jetzt von dem Schwindel erzählte, würden sie bloß wieder streiten, und das könnte sie nicht ertragen.

Langsam wurde ihr dieser ganze Blödsinn zu viel. Bald würde die Botschaft lauten, der Himmel sei grün und der Fluss fließe rückwärts. Doch bevor Regen sich davonstehlen konnte, hörte sie jemanden ihren Namen rufen. Als sie sich umdrehte, kam Sonnenrot hinter ihr hergetrabt.

»Regen«, sagte er. »Was ist mit dem Fluss? Bist du schon weitergekommen?«

In ihr sträubte sich alles, doch sie verbarg ihren Ärger so gut es ging. Selbst wenn sie angestrengt nach einem Weg über den Fluss gesucht hätte, würde es viele Mahle dauern, bis sie erfolgreich wäre. Schließlich war es bislang noch keinem Glücksberg-Panda geglückt.

»Na ja …« Regen setzte sich hin und kratzte sich mit einer langen Kralle am Hals. »Ich bin der Sache nachgegangen. Die Strömung im Fluss ist unterschiedlich stark. Besonders das seichte Wasser wirkt oft trügerisch ruhig, aber als erfahrene Schwimmerin spüre ich gleich, wo es gefährlich wird. Das kann auch mal nur eine Tatzenlänge vom Ufer entfernt sein. Bislang habe ich nur noch keine Stelle gefunden, wo die Flussmitte so ruhig fließt, dass man hinüberschwimmen könnte.«

»Na, das ist doch schon mal ein ordentlicher Fortschritt.« Sonnenrot grinste sie freundlich an. Am liebsten hätte Regen ihn böse angefunkelt.

»Danke«, entgegnete sie. »Ich helfe gern.«

Siehst du? Ich kann auch lügen. Und überzeugender als du.

»Such weiter«, sagte Sonnenrot. »Und möge der Große Drache dich leiten.«

Regen nickte und verschwand in Richtung Fluss, wobei ihr kalte Schauder übers Fell liefen, wenn sie an ihren Traum am Wasserfall dachte. Wie lebhaft und eigentümlich er gewesen war! Allein beim Gedanken daran spürte sie das Kribbeln der Gischt in der Nase. Niemand hatte ihr gesagt, dass der Drache drei Köpfe hatte, wie kam sie also darauf?

Regen schüttelte sich. Im Grunde war sie nicht besser als die anderen und versuchte eine Bedeutung in etwas zu legen, das keine Bedeutung hatte. Sie musste beweisen, dass Sonnenrot Schattenforst ein Lügner war, also musste sie etwas unternehmen.

Ein paar Schritte von der Festwiese entfernt legte sie sich unter einem großen, ausladenden Busch auf die Lauer und lauschte. Nach und nach verließen auch die anderen Pandas die Wiese, manche unterhielten sich, manche verdrückten noch die letzten Bissen ihres Mahls. Ein fremder Geruch zog vorbei. Ahorn. Mit seinem hohen Stimmchen quasselte er auf Pfingstrose ein. Regen freute sich, dass sich die beiden so mochten. Ihre Mutter würde gut auf den Kleinen achtgeben und ihn vor Sonnenrot und den Affen beschützen.

Schließlich witterte sie Sonnenrot. Regen hielt den Atem an und regte sich nicht, als er an ihr vorbeitappte. Erst als er fast nicht mehr zu sehen war, kroch sie vor und versteckte sich hinter dem nächsten Busch, dann hinter einem Felsen sowie einem großen Baumstamm und folgte Sonnenrot so durch den Wald.

Wo er wohl hinwollte? Ob er sich wie ein normaler Panda auf einem Fels in die Sonne legen, einen Zwischenimbiss einnehmen oder über die runden Felsen spazieren würde? Oder hatte er sich für die langen Strahlen etwas anderes vorgenommen?

Ein paarmal fürchtete sie, Sonnenrot hätte sie gehört oder gewittert, dann verbarg sie sich im Unterholz und wartete ab. Obwohl er sich ein- oder zweimal umsah, schien er sich allein zu wähnen und blieb seinem Kurs treu.

Er streift nicht bloß während der langen Strahlen umher. Er hat ein Ziel. Vorsichtig spähte Regen hinter einem Felsen hervor. Sonnenrot stapfte durch einen Bach und platschte mit den Pfoten durch das klare, kühle Wasser.

Als sie ihm über den Bach folgte, setzte sie die Tatzen bedächtig ins Wasser, um ja keinen Lärm zu machen.

Irgendwann erreichte sie schließlich eine mit dichtem Farn bewachsene Hügelkuppe. Etwas weiter unten sah sie einen Felsbrocken unter einer hochgewachsenen seltsam verkrümmten Kiefer. Darauf saß Strammbein, die

Goldstumpfnase, und lauste sich mit seinen seltsam langen Fingern den Pelz. Als Sonnenrot anrückte, schaute er auf und Regen duckte sich schnell ins Farnkraut.

»Frohe lange Strahlen, oh, gute und weise Drachenzunge.« Strammbein fing an zu gickeln, und bald grölte auch seine ganze Bande, die sich faul über ihm in den Ästen fläzte. Ein paar Affen sprangen vom Baum und umringten den Felsbrocken.

»Danke, mein Freund«, entgegnete Sonnenrot kühl. »Wo ist es?«

»Ganz in der Nähe«, sagte Strammbein. »Wozu die Eile, du Schlaumeier?«

Sonnenrot brüllte. Regen schrak zusammen, die Farnwedel zitterten. So hatte sie ihn noch nie brüllen gehört. Auch die Affen erschraken, flohen zurück in den Baum, wenngleich kichernd. Strammbein kratzte sich gelassen unterm Kinn.

»Reiz mich nicht, Affe«, knurrte Sonnenrot. »Wir haben eine Abmachung, vergiss das nicht. Ich muss noch etliche Prophezeiungen machen, und es klappt nicht. Ich brauche mehr Traumblätter, und zwar sofort.«

»So wie ich die Sache sehe, profitierst vor allem du von der Abmachung«, erwiderte Strammbein nachdenklich. Sonnenrot trat drohend auf den Felsbrocken zu. »Entspann dich.« Noch immer machte der Affe keine Anstalten, sich zu regen, obwohl sich einige seiner Kumpane vor der Drachenzunge in Sicherheit brachten. »Es ist ganz in der Nähe. Du bleibst einfach in Ruhe hier sitzen, und wir holen dir deine kostbaren Traumblätter.« Er tätschelte den Fels, kicherte und war mit einem Satz im Baum verschwunden. Die gesamte Affenbande machte sich auf, schwang sich johlend von Baum zu Baum. Sonnenrot ließ sich nieder und schnaufte verärgert.

Da fasste Regen einen Entschluss.

Leise trat sie aus dem Farnkraut heraus und eilte so verstohlen wie möglich den Affen hinterher.

Sich an Sonnenrot zu hängen, war viel einfacher gewesen, dies war eine richtige Verfolgungsjagd. Die Affen bewegten sich geschwind und oft so willkürlich, dass sie sich ein ums andere Mal bloß noch ins Gebüsch werfen konnte, weil die Bande abrupt die Richtung gewechselt hatte.

So nah ist es nun auch wieder nicht, dachte sie, während sie durch die Zweige linste. *Sonnenrot ist zwar ein Lügner, aber er wird auch belogen …*

Regen konnte mit dem Tempo nicht mithalten, doch glücklicherweise veranstalteten die Affen solch einen Radau, dass sie ihnen darüber mühelos zu folgen vermochte. Wenn auch das nicht half, hatte sie immer noch ihre Nase, um an frisch gefallenen Blättern den Affengeruch auszumachen. Einen ekelhaft süßlichen Geruch von den Früchten, Blumen und Insekten, die sie fraßen.

Regen rannte weiter, bis der Radau lauter und lauter wurde. Es waren die Affen, die sich hoch über ihrem Kopf anbrüllten. Plötzlich tat sich eine freie Fläche vor ihr auf. Zwischen zwei mächtigen, fast senkrecht aufragenden

Felsklippen erhob sich eine schlanke Felssäule, wie an so manchen Stellen im Südwald. Die Säule war mit Moos und Efeu bewachsen, aus den Rissen spross Farnkraut und ganz oben wiegten sich gestreifte Bambushalme im Wind. Das Ganze sah aus, als hätte sich ein Tier schwerfällig auf die Hinterbeine gestellt und das Fell gesträubt.

Die Affen wuselten die Säule hinauf, schwangen sich mithilfe der Efeuranken von Vorsprung zu Vorsprung. Strammbein war gut auszumachen, weil er größer war als der Rest. Während die aufgekratzte Meute wild um ihn herumturnte, kletterte er zielstrebig hinauf. Oben angekommen, wartete er auf die anderen, zeigte zum Bambus und gab ihnen mit seiner Schnatterstimme genaue Anweisungen. Regen spitzte die Ohren.

»... jeder pflückt eine Pfotevoll. Flinkschwanz, du kletterst bis ganz nach oben.«

Die Affen erklommen die Bambusstämme und zupften die Blätter ab. Flinkschwanz, ein winziges Affenweibchen, wagte sich bis in die Spitze. Dabei bog sich der Halm so stark durch, dass Flinkschwanz über dem Abgrund baumelte. Regen konnte kaum noch hinsehen, doch die schwindelerregende Höhe und das stürmische Schaukeln schienen dem Affenweibchen nicht das Geringste auszumachen. Neidlos musste Regen anerkennen, dass diese Wesen Nerven wie Ginkgostämme hatten. Kurz darauf machten sich die Affen mit Büscheln gestreifter Bambusblätter im Maul an den Abstieg.

Dann zogen sie ab, wohl um Sonnenrot mit dem Traumbambus zu versorgen.

Bei der Übergabe musste sie nicht unbedingt dabei sein. Regen hatte eigene Pläne.

Als von den Affen nichts mehr zu hören war, kam sie aus ihrem Versteck und lief zur Säule. Sie schluckte ein paarmal. Wie hoch sie war! Höher als der höchste Baum, den Regen je erklommen hatte, und sie war kein Affe.

Doch der gestreifte Bambus schien einzig und allein dort oben zu wachsen.

Regen schlich um die Felssäule und sah sich die Vorsprünge und Spalten genau an, um den besten Weg für den Aufstieg zu wählen. Sie entschied sich für die Seite, auf der sie sich mit den Tatzen gut festkrallen konnte, und zog sich langsam hoch.

Während sie sich von Felsnase zu Felsnase hangelte, musste sie sich eingestehen, dass sie nicht gerade Glücksbergs beste Kletterin war. Sie ließ sich Zeit und mied die Efeuranken, so verlockend sie auch waren – einen Affen mochten sie für kurze Zeit tragen, aber im Vergleich zu einem Pandabären waren das auch Leichtgewichte. Obwohl sie eigentlich nicht nach unten schauen wollte, konnte sie es nicht lassen, von Zeit zu Zeit doch einen Blick zu riskieren. Als sie sich nach einer geraumen Weile umsah, fand sie sich plötzlich auf Höhe der Baumwipfel wieder. Ein Schwindelgefühl erfasste sie angesichts der Leere ringsum. Rasch konzentrierte sie sich wieder auf den Fels vor ihrer Nase und tat so, als wäre der Waldboden gleich unter ihr …

Fast hatte sie es bis nach oben geschafft, da glitt sie plötzlich am nassen Moos ab, strampelte, heulte auf und krallte sich mit den Vordertatzen in einer Ritze fest, bis sie mit den Hinterpfoten wieder Halt fand. Danach hing sie eine Weile festgeklammert da und wartete, dass sich das Zittern in ihren Gliedern legte.

Schließlich hievte sie sich auf den abgeflachten Säulenkopf und blieb einfach auf dem Bauch liegen, um zu verschnaufen. Sie schloss die Augen und stellte sich vor, sie würde auf einem schönen breiten Felsen irgendwo an einem Abhang ausruhen.

Dann setzte sie sich auf und rutschte vorsichtig in die Mitte, sodass sie sich gefahrlos umsehen konnte. Die Aussicht war umwerfend. Man blickte weithin über die dichten grünen und goldenen Baumkronen, und zwischen den beiden Felswänden stiegen in der Ferne sanfte Hügel empor, saftig und grün im hellen Sonnenlicht. Regen linste nach unten, zuckte aber sofort zurück, denn der Boden verschwamm ihr vor den Augen, als würde sie auf den Grund eines Flusses schauen.

Der Abstieg würde alles andere als leicht werden.

Doch vorher musste sie noch herausfinden, was an diesem Bambus so besonders war. Nun hatte sie das kleine Bambusbüschel mit seinen seltsam gestreiften Blättern direkt vor der Nase. Vorsichtig schnupperte sie daran. Holzig, frisch, vielleicht ein wenig herb, aber eindeutig der Geruch von Bambus.

Sonnenrot hatte von Traumblättern gesprochen. Offenbar bekam er davon Visionen, die er als Botschaften des Großen Drachen ausgab. Regen pflückte sich eine Tatzevoll Blätter und beäugte sie misstrauisch. Sie musste sich Gewissheit verschaffen und sie fressen. Nur was, wenn sie dann eine ähnlich seltsame Vision wie am Wasserfall hatte, von der Säule fiel und sich den Schädel brach?

Mach's einfach!

Nachdem sich Regen überzeugt hatte, dass sie auch wirklich weit genug vom Rand weg saß, knabberte sie ganz vorsichtig an den Spitzen der Blätter.

»Igitt!« Sie streckte die Zunge raus und leckte sich übers Fell, um die zerkauten Blätter loszuwerden. Sie waren widerlich bitter. »Bäh!« Regen schüttelte sich.

»Wegen des Geschmacks frisst er sie jedenfalls nicht«, murmelte sie.

Sonnenrot hatte gesagt, er bräuchte viel davon. Schaudernd stopfte sie sich das ganze Büschel ins Maul und kaute entschlossen. Bittere Pflanzensäfte rannen ihr die Kehle hinunter, tapfer kaute sie weiter und schluckte alles.

Im ersten Moment geschah gar nichts. Regen lehnte sich gegen die Bambusstämme.

Na los, kommt schon, Träume! Wozu auch immer dieses Zeug gut ist, ich bin bereit.

Um sicherzugehen, schluckte sie ein zweites und dann noch ein weiteres Büschel von dem schrecklichen Zeug. Nach wie vor geschah nichts.

Während Regen oben auf der Säule wartete, gingen die langen Strahlen in die sinkende Sonne über. Bevor sie sich an den gefährlichen Abstieg machte, wollte sie sichergehen, dass sie nicht plötzlich doch irgendwelche Drachen sah. Irgendwann gab sie das Warten auf und kletterte vorsichtig wieder hinunter. Als sie den Boden erreichte, verspürte sie außer dem bitteren Geschmack auf der Zunge immer noch nichts Ungewöhnliches.

Mit einem nachdenklichen Grummeln in der Brust begab sie sich auf den Rückweg.

Sonnenrot glaubt, er bekommt Visionen, wenn er genügend gestreiften Bambus frisst.

Aber bei mir hat es nicht gewirkt. Dann wirkt es bei ihm wahrscheinlich auch nicht. Halten ihn die Affen mit diesen ekelhaften Blättern zum Narren? Bloß warum?

Eines stand jedoch fest: Wenn Sonnenrot bei seinen Prophezeiungen Hilfe brauchte, war er ganz bestimmt keine Drachenzunge.

14. Kapitel

Blättchen führte die Pandas auf gewundenen Pfaden durch das Vorland des Weißkammgebirges. Flitzer blieb stets an ihrer Seite, während die übrigen Roten Pandas ausschwärmten, mal vorausliefen, sich mal zurückfallen ließen, immer auf der Hut vor dem Tiger.

Der Drache war ihr nicht wieder erschienen, aber dank seiner Fährte waren sie auf einen Pfad gestoßen, der sich durch das Vorgebirge schlängelte, hoch und immer höher, und dem sie bloß zu folgen brauchten. Weil der Weg so klar vor ihnen lag, war es eigentlich nicht nötig, dass Blättchen vorausging, doch die anderen bestanden darauf, falls sich der Drache noch einmal zeigte.

Nach dem Mahl der steigenden Sonne wanderten sie über einen Bergkamm. Als Blättchen und Flitzer aus dem Schatten einiger Bäume traten, stießen sie auf eine Vorhut der Roten Pandas.

»Was ist denn los? Habt ihr was gewittert?«, fragte Blättchen.

»Schaut mal«, meinte Springer. Jetzt sah Blättchen, warum die Roten Pandas stehen geblieben waren. Vom Kamm aus hatten sie plötzlich freie Sicht auf die Berge im Norden: Dort lag das Weißkammgebirge mit seinen endlosen Eisfeldern und tiefen Gletscherpalten und dahinter, genau dort, wo die Sonne aufging, der Drachenberg. Zerklüftet und violett hob er sich gegen den Morgenhimmel ab, sein Gipfel war in Wolken gehüllt, die sich an die steilen Hänge schmiegten.

»Da ist die Drachenhöhle«, hauchte Blättchen. »Es heißt, die Wolken um den Gipfel seien der Atem des Drachen.«

»Sieht ja … einladend aus«, meinte Flitzer. »Absolut ungefährlich und gar nicht, als würde man sich da oben zu Tode frieren.«

»Keine Sorge«, entgegnete Blättchen. Natürlich konnte sie verstehen, dass der Drachenberg die Roten Pandas nervös machte, doch sie verspürte keinerlei Unruhe. »Der Drache will, dass wir zu ihm kommen. Uns geschieht schon nichts.«

»*Dich* will er bei sich haben«, murmelte Mampfer.

»Kommt schon, hier geht's lang«, sagte Blättchen.

Es drängte sie vorwärts, ihr machte es nichts aus, dass sie auf dem Bergkamm dem kalten Wind ungeschützt ausgesetzt war oder dass der Drachenberg noch in weiter Ferne lag. Vielleicht würden sie bald auf Pflaume treffen. Vielleicht kam sie ihnen mit guten Nachrichten aus der Drachenhöhle entgegen.

Als sie den Kamm hinter sich gelassen hatten und den nächsten Hügel erklommen, führte sie der Pfad mitten durch ein Dornendickicht. Irgendjemand musste hier häufig entlangkommen. Welches Wesen hatte diesen Weg wohl angelegt? Womöglich ja diese seltsamen weißen Ziegen mit den großen gebogenen Hörnern, die sie an den Hängen hatten weiden sehen.

Als sie die Pandas durch einen schmalen Spalt zwischen zwei Dornenbüschen führte, fiel ihr Blick auf etwas Weißes, das in den Zweigen hing. Fell. Aufgeregt schnupperte Regen alles ringsherum ab. Und dann freute sie sich.

Tante Pflaume!

»Pflaume ist hier gewesen!«, rief sie den anderen hinter sich zu.

»Bei den neun Mahlen«, seufzte Holzapfel. »Dem Drachen sei Dank.«

Nach dem Dornengestrüpp folgten sie dem gewundenen Pfad zwischen Kiefern hindurch und sprachen über Pflaumes Mission.

»Bestimmt finden wir sie bald«, meinte Blättchen. »Wenn wir bloß –«

»Tiger!«

Blättchen verstummte, als Wanderer und Mampfer ihnen entgegengerannt kamen. Alle Pandas blieben wie angewurzelt stehen und tuschelten aufgeregt miteinander.

»Der Tiger muss hier ganz in der Nähe sein«, keuchte Mampfer. »Der Geruch ist stärker geworden.«

»Er folgt uns«, meinte Wanderer.

»Bist du dir sicher?«, fragte Blättchen.

Wanderer sah sie finster an. »Ja, den Geruch kenne ich. Ziemlich gerissen, dieser Tiger. Er ist uns schon eine ganze Weile auf den Fersen, hat aber immer so viel Abstand gehalten, dass wir ihn nicht wittern konnten. Bis wir jetzt durch Zufall auf seine Geruchsspur gestoßen sind.«

»Was machen wir bloß?«, fragte Gras. »Fliehen?«

»Wären wir doch nur nicht so weit von zu Hause weggegangen«, murmelte Jäger. »Kein Fressen, dafür immer noch ein Tiger.«

»Oder sollen wir … Sollen wir uns ihm stellen?«, fragte Hyazinthe.

»Ja, sonst folgt er uns noch bis zum Drachenberg«, meinte nun auch Sucher.

»Aber –«

Ohrenbetäubendes Gebrüll schnitt Flitzer das Wort ab. Es war so laut, dass sich einige Pandas zu Boden warfen und sich die Tatzen auf die Ohren pressten. Das Grollen hallte von den Berghängen wider, und die Luft erzitterte, als würde ein Tier, so groß wie ein Berg, sein Maul aufreißen.

»Der Tiger!«, kreischte Raser Kletterweit und rannte den Weg zurück, den sie gerade gekommen waren.

Nicht einmal ein Tiger kann so laut brüllen, dachte Blättchen.

»Nichts wie weg hier!«, rief Gras und schoss hinter Raser Kletterweit her. Nach und nach stürzten alle Pandas panisch davon. Hyazinthe packte Klein-Bambusrohr am Nackenfell und trug ihn mit sich fort.

»Nein! Wartet doch!« Blättchen stellte sich Wanderer in den Weg, doch die schlüpfte einfach zwischen ihren Beinen hindurch und folgte den anderen durch die Büsche und weiter den Hang hinunter.

»Ich glaube nicht, dass es der Tiger ist. Das kann nicht sein, der Drache hat uns den Weg gezeigt«, rief Blättchen ihnen nach. Sie drehte sich zu ihrem besten Freund um. »Flitzer, bitte …«

»Sehe ich auch so.« Flitzer schmiegte sich an ihre Flanke, rollte den Schwanz um ihren Hinterlauf, die Ohren erschrocken angelegt. »Aber was war das bloß? Was sollen wir jetzt machen?«

»Gras! Sucher! Wacholder! Kommt zurück!«, brüllte Blättchen, doch keiner hörte auf sie.

Plötzlich geriet die Welt unter ihren Tatzen ins Wanken. Krachend wölbte sich der Boden nach oben und hob Blättchen und Flitzer mitsamt Büschen und Bäumen in die Luft. Die Erde riss auf, der Fels zersprang. Blättchen krallte sich an einer Kiefer fest, bevor die Erdmassen wieder in sich zusammenstürzten und alles zermalmten. Steine zersprangen. Gewaltige Staubwolken stiegen auf. Ein benachbarter Baum fiel um und rollte den Abhang hinunter. Er würde die anderen unter sich begraben!

»Passt auf!«, schrie Blättchen. Doch das Getöse verschluckte ihre Stimme. Da löste sich über ihnen am Hang ein großer Felsblock und kam auf sie zugedonnert. Flitzer verlor den Halt, entglitt ihr, kämpfte sich auf allen vieren über den schlingernden Boden. Blättchen löste eine Pfote von der Kiefer, erwischte ihn mit einer Kralle, und so hingen sie jetzt zu zweit an einer Tatze an dem bebenden Baum.

Blättchen schaute den Hang hinunter, wo die Roten und die Großen Pandas auseinanderstoben, um sich vor dem Felsblock in Sicherheit bringen, stolpernd und schlitternd versuchten sie sich an Büschen und Steinen festzuhalten. Vergeblich. Eine Erdspalte spie eine Staubfontäne aus und hüllte die Pandas ein, doch ihre panischen Schreie waren immer noch weithin hörbar.

Auf einmal neigte sich der Baum, an dem Blättchen und Flitzer hingen, und drohte umzufallen.

»Hoch! Wir müssen den Hang hoch!«, schrie Blättchen. Flitzer kletterte über sie hinweg, krallte sich in ihr Fell und sprang. Kaum hatte sich auch Blättchen abgestoßen, stürzte der Baum um, seine Wurzeln peitschten durch die Luft, als er in die Tiefe trudelte.

Blättchen grub die Krallen in die Erde und kämpfte sich mit eingezogenem Kopf den Hang hoch. Staub und Steine schlugen ihr entgegen. Noch immer bebte und brüllte der Boden wie ein verängstigtes Tier. Von den anderen Pandas hörte sie nichts mehr. Was sollte sie machen? Weiterklettern, etwas anderes blieb ihr nicht. Flitzer neben ihr fiel es mit seinen kleinen Tatzen noch schwerer, nicht abzurutschen.

»Blättchen!«, keuchte er plötzlich. Ein Bambusbüschel kam ihnen entgegengeschossen. Zum Ausweichen war es zu spät. Die Blätter streiften sie bloß, doch das dickere Ende des Rohrs traf Flitzer, er wurde von den Zweigen erwischt und verlor den Halt.

»Nein!«, brüllte Blättchen. Sofort drehte sie um, setzte ihm nach und bekam seinen langen gestreiften Schwanz mit den Zähnen zu fassen. Es ruckte ordentlich, Flitzer schrie auf vor Schmerz, und Blättchen musste sich in die Erde stemmen, um nicht ins Trümmerfeld unter ihnen abzurutschen. Zum Glück setzte das Bambusbüschel seinen Weg ohne Flitzer fort.

Blättchen zerrte Flitzer mit sich den Hang weiter hoch. Endlich entdeckte sie einen großen Steinbrocken, der zwar bebte, dem Erdrutsch jedoch wie ein Fels in der Brandung zu trotzen schien. Dorthin kämpfte sie sich durch. Dann rollten sie und Flitzer sich auf dem harten, glatten Stein zusammen und warteten. Sie waren fast auf der Hügelkuppe angelangt, über ihnen gab es nicht mehr viel, das auf sie niederstürzen konnte. Doch nun sahen sie die anderen Gipfel ringsum, überall bröckelte das Gestein, Bäume und Felsen stürzten zu Tal. Vogelschwärme kreisten in der Luft, kreischten ängstlich und verwirrt.

Nach einer halben Ewigkeit verstummte die Erde, und auch die Erschütterungen hörten auf. Noch einmal war ein lautes Ächzen zu vernehmen, als würde der Boden seufzen, dann wurde alles still.

Blättchen kletterte von dem Steinbrocken und schaute den Hang hinunter. Allmählich setzte sich der Staub, doch außer zerborstenen Felsen, umgestürzten Bäumen und aufgewühlter Erde konnte sie nichts erkennen.

Keine Spur von den Rankforst-Pandas oder den Roten Pandas.

Blättchen musste sich hinsetzen. Ihre Tatzen zitterten noch stärker, als sie es die ganze Zeit schon getan hatten.

Wir sind ganz allein.

15. Kapitel

Ein heftiger Wind pfiff durch den Gähnenden Schlund. Als Geist am Abgrund stand und hinuntersah, hatte er das Gefühl, der Wind würde ihn anbrüllen. Er hatte nicht übel Lust zurückzubrüllen.

Was bin ich?

Der Grund des Schlunds war nur undeutlich auszumachen, Schneeflecken zwischen grauem Gestein. Wenn Geist stürzte, würde er so hart aufschlagen, dass er kaum Schmerz spüren würde, ein einziger Aufprall und alles wäre vorbei. Natürlich nur, wenn er sich nicht schon beim Fallen sämtliche Knochen an den zerklüfteten Felswänden brechen würde.

Das alles wusste er. Wusste, wie es ausgehen würde, sah seinen weißen Körper schon da unten in der Dunkelheit liegen.

Doch er sah keine andere Möglichkeit.

Er brauchte Gewissheit. War er ein Leopard oder ein Bär? War er überhaupt Winters Junges? Wo gehörte er hin?

»Ich gehöre hierher!« Aus voller Kehle heulte er gegen den Wind an, doch der fegte seine Worte einfach fort. Geist legte sich bäuchlings in den Schnee und ließ den Kopf hängen, zitternd rang er nach Atem. »Das ist mein Zuhause«, flüsterte er. »Und ich kann es beweisen.«

Er zwang sich, aufzuschauen und den Blick auf die Säule in der Mitte zu heften.

Wenn er es über den Gähnenden Schlund schaffte, wären die Zweifel ein für alle Mal beseitigt. Dann könnte er wieder glauben, dass Winter seine Mutter war. Könnte weiter in den schneebedeckten Landstrichen leben, die ihm so vertraut waren.

Mehr will ich auch nicht. Als Geist seine großen Pranken in den Schnee presste, spürte er die kribbelnde Kälte in den Ballen und wie seine Krallen – diese widernatürlichen Krallen, die sich nicht einfahren ließen – feucht wurden. *Bloß, dass alles wie früher wird.*

Wenn ihm der Sprung gelänge, müssten Eiskalt und ihre Jungen ihn akzeptieren und seine Wurfgefährten ebenso. Und vor allem würde er sich endlich selbst akzeptieren.

Und wenn er es nicht schaffte, würden seine Knochen für alle Zeiten am Grund des Gähnenden Schlunds liegen, und er bliebe für immer im Weißkammgebirge.

Ich will nicht sterben.

Geist stand auf und schüttelte sich. Er fühlte sich stark, schnappte ein paarmal mit seinen kräftigen Kiefern nach den Schneeflocken und nahm Anlauf.

Dann stirb eben nicht!

Mit fliegenden Pfoten stürmte er durch den Schnee, sein Herz schlug zum Zerspringen.

Ganz kurz zögerte er. Noch war es nicht zu spät umzukehren.

Geist trieb sich an, lief immer schneller, stieß sich mit einem trotzigen Brüllen von der Felskante ab und sprang auf die Säule zu. Er flog durch die Luft, die Säule kam näher …

Doch es reichte nicht.

Es war, als würde die Schwerkraft mit aufgerissenem Maul aus der Tiefe emporschnellen und ihn verschlingen. Geist heulte vor Angst, während er ins Dunkel stürzte. Doch schneller als erwartet prallte er gegen etwas, das sich unter seinem Gewicht bog. Mit Klauen und Zähnen versuchte er, sich daran festzuhalten. So ganz gelang es ihm nicht, aber dieses Etwas, ein ausladender Ast, hatte immerhin den Sturz abgebremst. Langsam rutschte er daran abwärts, bis er schmerzhaft auf harten Stein knallte.

Keuchend vor Angst krallte er sich fest ins weiche Holz und kniff die Augen zu. Erst als er sicher war, dass er nicht weiter nach unten glitt, öffnete er die Augen und sah sich langsam und bedächtig um.

Er befand sich auf einem Felsvorsprung, aus dem ein Baum wuchs. Wobei der im Grunde bloß aus einem kahlen Ast bestand. Von oben hatte er ihn nicht einmal bemerkt.

Wenn ich es auch nur halb zur Säule geschafft hätte, wäre ich über den Ast hinweggesegelt und in den Tod gestürzt.

Die Felsnase, auf der er saß, war nur wenig breiter als er selbst und vielleicht doppelt so lang. Als Geist die Krallen vom Ast löste, um über den Rand zu spähen, rutschten ihm die Pfoten weg. Der Vorsprung war mit einer Eisschicht überzogen. Der Schneekatze sei Dank neigte sich der Boden ein wenig zur Felswand hin, sodass Geist sich lediglich die Schulter stieß.

Über ihm nichts als Steilwand. Unter ihm ging es auch bloß senkrecht nach unten, und zwar immer noch so tief, dass er sich bei einem Sturz sämtliche Knochen brechen würde.

Er saß in der Falle.

Kummer, Scham und Furcht wirbelten ihm durch den Kopf, so wie die Schneeflocken durch die Schlucht gewirbelt wurden.

Er würde sterben, ganz allein, hier im Dunkeln. Winter und seine Wurfgeschwister würden sich fragen, was mit ihm geschehen war, doch sie würden es wohl nie erfahren. Vielleicht würden sie denken, er hätte die Berge verlassen. Hoffentlich würden sie das denken.

Er schloss die Augen und presste sich an die Felswand.

Schneekatze, sei barmherzig mit ihnen. Bedecke mich mit Schnee und lass Winter glauben, ich hätte woanders ein neues Leben begonnen. Ein glückliches Leben …

»Geist!« Entsetztes Jaulen drang von oben zu ihm herab. Vor Schreck fuhr Geist zusammen, sodass er wieder auf dem vereisten Vorsprung wegrutschte. Vorsichtig sah er hoch.

Gegen den Wolkenhimmel zeichneten sich vier Köpfe ab, und vier Augenpaare linsten ängstlich über den Rand des Felsspalts: Schauer, Schneesturm, Frost und Winter.

Schauer rückte ganz nah an den Rand, so gefährlich nah, dass Schneesturm ihre Pfote dazwischenstellte.

»Geist, lebst du noch? Bitte, sei am Leben!«, miaute Schauer.

»Ich habe ihn springen sehen«, meinte Frost mit zitternder Stimme. »Ich konnte ihn nicht mehr aufhalten. Was machen wir jetzt bloß?«

»Hier bin ich«, antwortete Geist matt. »Ich … Ich komme nicht mehr zurück.« *Was soll das, Schneekatze? Ich habe dich doch extra gebeten, sie zu verschonen.*

»Ich komme zu dir, Geist«, miaute Winter. »Ich hole dich. Alles wird gut.«

Sein Herz klopfte wie verrückt, als er seine Mutter am Rand des Gähnenden Schlunds auf- und ablaufen sah. Dann setzte sie die Pfote in eine kleine Spalte, die Geist nicht einmal wahrgenommen hatte. Ob es ihr gelingen würde?

Sie ist Winter. Winter kann alles.

Wie hypnotisiert beobachtete Geist, wie sich seine Mutter langsam und vorsichtig von Vorsprung zu Vorsprung tastete. Immer wieder balancierte sie sich mit dem Schwanz aus, wenn sie vereiste Stellen betrat, die kaum größer waren als ihre Pfote. Jedes Mal hielt sie inne, kam auf die Hinterbeine und zerkratzte das Eis, um eine gut sichtbare Fährte zu legen. Als ihr plötzlich ein Windstoß durchs Fell fuhr, geriet sie ins Wanken.

Geist erschrak, als hätte ihm die Schneekatze ihre eiskalten Krallen ins Herz gebohrt. »Fall bloß nicht«, murmelte er. »Bitte, bitte fall nicht!«

Winter hatte ihn vermutlich nicht gehört, jedenfalls antwortete sie nicht. Sie fand das Gleichgewicht wieder und schob sich zum nächsten Vorsprung. Jetzt war sie direkt über ihm, und mit einem eleganten Satz, als würden sie bloß auf den Trainingsfelsen im Eisfeld üben, landete sie neben ihm.

»Mutter!« Eine Welle der Liebe durchströmte ihn, und er presste die Stirn an die seiner Mutter. Sie leckte ihm über den Kopf und übers verfrorene Gesicht, legte ihm den buschigen Schwanz um den zitternden Körper.

»Mein Junge«, maunzte sie. »Mein armer, lieber Junge. Du bist unverletzt, der Schneekatze sei Dank. Was ist bloß in dich gefahren?«

Geist sah seiner Mutter in die Augen – Augen, die so vertraut und voller Liebe waren und doch so ganz anders als seine eigenen. Ihm war so schwer ums Herz, dass er fürchtete, der Felsvorsprung müsste gleich unter ihnen brechen. Doch es half nichts, er musste mit ihr reden.

»Warum … Warum hast du gesagt, ich wäre dein Junges?« Ihm zitterte die Schnauze, als er die Worte herauspresste. »Du bist nicht meine richtige Mutter. Ich bin kein Leopard. Warum hast du mich das glauben lassen?«

»Oh, Geist.« Winters Augen wurden feucht. »Weil ich dich lieb habe. So lieb habe. Du bist mein Sohn und wirst es immer bleiben, auch wenn ich dich nicht geboren habe.«

Geist wusste, dass sie die Wahrheit sagte. Spätestens seit der Begegnung mit den Bären war ihm das klar geworden, vielleicht auch schon vorher. Dennoch war es noch einmal etwas anderes, es von Winter selbst zu hören. In den Schmerz mischte sich Erleichterung, als würde ihm ein Eissplitter aus einer Wunde gezogen.

»Bitte sei ehrlich«, sagte Geist. »Was bin ich? Wo komme ich her?«

»Ich habe dich gefunden, als du noch ganz winzig warst.« Winter seufzte. »In einer Höhle habe ich es wimmern hören. Da lagst du ganz allein. Du warst so klein und hattest kaum Fell, du wärst gestorben, wenn ich dich nicht gefunden hätte – aber ich auch. Während ich in der Höhle war, kam eine Lawine runter. Du hast mir das Leben gerettet, Geist. Die Schneekatze hat mich zu dir gesandt.«

»Und meine … meine Mutter?«, fragte Geist.

Bedauernd schüttelte Winter den Kopf. »Ich habe sie nie zu Gesicht bekommen. Zu der Zeit wusste ich nicht genau, was du warst. So etwas wie dich hatte ich noch nie zuvor gesehen. Doch mir war klar, dass ich dich beschützen musste. Als die Lawinengefahr vorüber war, habe ich dich aus der Höhle getragen und zusammen mit deinen … mit meinen Jungen gesäugt.«

»Ich bin ein Bär«, sagte Geist bekümmert.

»Ich weiß«, flüsterte Winter. »Als du größer wurdest, habe ich das erkannt. Aber ich wollte nicht, dass du dich …«

»Anders fühlst?«, fragte er knurrend, was er sofort bereute. Winter zuckte zusammen. Dennoch wollte er ihr zu verstehen geben, wie es in ihm aussah. »Du wolltest nicht, dass ich mich anders fühle, da hast du mich lieber glauben lassen, dass ich ein Versager bin. Und ich habe die ganze Zeit gedacht, ich wäre ein … ein furchtbar schlechter Leopard. Ich kann weder springen noch jagen, jedenfalls nicht wie die anderen. Mein Leben lang musste ich kämpfen, um mitzuhalten. *Anders* wäre besser gewesen.«

»Das sehe ich jetzt auch ein«, miaute Winter. Sie ließ den Kopf hängen. »Es tut mir leid, mein Sohn.«

»Ich gehöre nicht hierher.«

»Du gehörst zu mir«, gab Winter zurück. »Zu deiner Familie. Wir –«

Auf einmal war es, als würde ihm der Boden unter den Tatzen fortgerissen. Geists Pfoten rutschten weg, und er landete bäuchlings auf dem vereisten Vorsprung. Der war noch an Ort und Stelle, zitterte und bebte aber, genau wie der gesamte Schlund.

Winter kauerte sich schützend über ihn, als von der Abbruchkante oben eine Schneewehe auf sie niederging. Geist versenkte die Krallen im Eis und wartete, dass die Erschütterung endlich aufhörte, doch das tat sie nicht. Ohrenbetäubendes Rumpeln schallte durch den Schlund. Er konnte keinen klaren Gedanken mehr fassen. Winter warf einen besorgten Blick zu den Gipfeln. Offenbar befürchtete sie eine Lawine. Wenn sich Schnee von den steilen Hängen löste, würde er sie alle unter sich begraben.

Obwohl der Vorsprung unter ihnen noch bebte, richtete sich Winter auf und stupste ihn an.

»Los!«, jaulte sie über das Getöse hinweg. »Folge meinen Kratzspuren, dann schaffst du es, nach oben zu klettern.«

»Ich weiß nicht, ob –«

»Du schaffst das. Hör zu.« Winter presste die Stirn an seine. »Du bist ein hervorragender Kletterer. Du bist stark. Und das hat nichts mit Leopard- oder Bärsein zu tun, sondern allein mit dir. Und jetzt ab mit dir. Los!« Winter kletterte über ihn hinweg, damit er vorbeikam. Als er zu den Kratzspuren über sich schaute, wurde ihm angst und bange. Er hatte weder den Schwanz noch das Balancegefühl eines Leoparden. Wie sollte er bloß die Steilwand hochkommen? Und das auch noch bei diesem Beben.

Aber ihm blieb nichts anderes übrig.

Er stellte sich auf die Hinterbeine und tastete nach dem ersten Halt. Es gelang ihm, sich im Fels festzukrallen. Obwohl sich die Vibrationen im Gestein schmerzhaft auf seine Krallen übertrugen, zog er sich erfolgreich hoch.

Einer geschafft.

Geist wollte sich zu Winter umsehen, doch das Ruckeln machte es unmöglich.

»Schau nicht nach unten«, rief sie ihm zu. »Ich bin direkt hinter dir. Kletter einfach weiter.«

Geist holte tief Luft. Als er aufblickte, sah er die Silhouetten seiner drei Wurfgeschwister über sich. Dann konzentrierte er sich auf die nächsten Kratzspuren. Zwar lag der markierte Vorsprung bloß ein paar Pfotenbreit entfernt, war dafür aber winzig. Nachdem er sein Gewicht verlagert hatte, begriff er, dass er ihn bloß als Trittstein für den darauffolgenden, etwas breiteren Absatz nutzen sollte.

Schon bald fand er Halt in der nächsten Felsspalte und in der übernächsten. Sein Herz klopfte zum Zerspringen, doch nicht bloß vor Angst, sondern auch vor Aufregung.

Ich komme da hoch. Winter hat recht.

Auf einem größeren Sims, der Platz für alle vier Pfoten bot, verschnaufte er einen Moment. So weit war es jetzt nicht mehr.

Fast wäre ich unten im Schlund gestorben, ohne zu wissen, dass ich da rausklettern kann. Vielleicht komme ich mit dem Leben davon.

Ich möchte leben!

Ein neuerliches Beben erschütterte die Erde. Schauer schrie von oben: »Geist, pass auf!« Über ihm hatte sich ein Gesteinsbrocken gelöst, der nun auf ihn zustürzte. Geist hechtete zum nächsten Halt, rutschte mit einer Vorderpfote weg, grub aber die Krallen der anderen ins Eis. Der Gesteinsbrocken knallte auf den Vorsprung, auf dem er gerade eben noch gekauert hatte, und schlug die Spitze ab. Einen Moment lang hing Geist in der Luft, suchte mit den Hinterläufen verzweifelt Halt an der Felswand, bevor er sich hochhieven konnte. Zitternd schaute er hinunter zum zersplitterten Felsvorsprung.

Das hätte mein Kopf sein können. Ihm wurde schwindelig, von dem Gedanken und der Anspannung. Einen Augenblick lang kniff er die Augen zu, doch er durfte jetzt nicht aufgeben.

»Du hast es fast geschafft, Geist«, rief Schneesturm. In ihrer Stimme schwang Angst mit, die sie hörbar zu überspielen versuchte. Sie klang schon fast wie Winter. »Keine Müdigkeit vorschützen.«

»Beeil dich, Mutter!«, schrie Frost. »Komm!«

Nun trennten ihn bloß noch ein paar Pfotenlängen von seinen Geschwistern. Geist war unendlich müde, doch er wusste, er konnte es packen. Winter hatte es ihm bewiesen.

Mühsam hangelte er sich zum nächsten Vorsprung und zum nächsten … und dann spürte er endlich Schnee unter den Pfoten und die Zähne seiner Wurfgeschwister, die ihn im Nacken packten und vom Schlund wegzerrten.

»Gut gemacht, Junge!«, hörte er seine Mutter rufen. Obwohl er am liebsten auf dem noch immer bebenden Boden liegengeblieben wäre und sich nie wieder gerührt hätte, rappelte er sich auf und spähte über die Felskante.

Winter war noch beim Aufstieg. Es fehlte aber nicht mehr viel. Gerade hatte sie den Vorsprung erreicht, der vom Steinschlag halbiert worden war, und testete ihn mit einer Pfote.

»Pass bloß auf, Mutter!«, jaulte Schauer.

»Keine Sorge«, rief Winter zurück. »Der hält schon noch –«

Doch bevor sie sich mit ihrem vollen Gewicht daraufstellen konnte, gab der Absatz, auf dem sie stand, unter scharfem Knirschen nach, löste sich von der Felswand und fiel lautlos in den Abgrund. Winter verlor den Halt, sprang verzweifelt hoch und hieb die Vorderkrallen in die eisbedeckte Felswand. Einen Moment lang hing sie so da – bis sich das Eisstück löste und mit ihm Winter.

Die Schreie der vier Winterjungen gellten durch den Schlund. Winter drehte sich noch in der Luft, und einen quälenden Augenblick lang hoffte Geist, ihr würde nichts passieren, sie würde auf allen vieren landen und zu ihnen hochklettern –

Doch sie prallte an einen anderen Vorsprung, und als sie schließlich irgendwo tief unten zwischen den Schneeflecken aufschlug, klang der Aufprall dumpf und unwiderruflich.

»Mutter!«, schrien die vier Jungen wie aus einer Kehle.

Geist brüllte so laut, dass es selbst das Grollen und Rumpeln der Erde übertönte. Seine Beine versagten, er landete mit dem Bauch im Schnee. Winter würde nicht zurückkommen, der Gähnende Schlund würde sie nie wieder hergeben.

16. Kapitel

»Aha!« Regen stürzte sich auf den kleinen Bambussprössling, brach ihn vorsichtig ab und legte ihn zu den anderen. Genau richtig für Ahorn. So ganz hatte er sich von der Zeit des Alleinseins – und den Gemeinheiten der Affen – nicht erholt. Regen freute sich, ihm seine Lieblingsspeise zu bringen. Irgendwie mochte sie die kleine Plüschkugel. Und sie war entschlossen, ein Auge auf Ahorn zu haben, selbst wenn die Affen nicht wiedergekommen waren und Sonnenrot auch jegliches Interesse an ihm verloren zu haben schien. Offenbar war Ahorn nicht das, wonach er suchte.

Einerseits war es gut, andererseits nervte es auch.

Sich von Affen Bambus besorgen zu lassen, der keine Wirkung hat … und sie grundlos Junge schikanieren zu lassen … Was führst du im Schilde, Sonnenrot Schattenforst?

Regen brachte die Bambussprossen zu Pfingstroses Schlafplatz, wo sie zusammen mit Morgenrot, Ahorn, Frosch und Tanne saß. Bevor sie wieder loszog, gab sie den Jungen einen Nasenstupser. Eigentlich wollte sie unten am Hang weiter nach Bambussprossen stöbern, aber auch nach Spuren der Affen. Wenn sie doch nur wüsste, was sich Strammbein von diesen Geschäften mit Sonnenrot versprach …

»Regen.«

Sie blieb wie angewurzelt stehen. Lächelnd drehte sie sich zu Sonnenrot um, der über ihr auf dem Berggrat stand. Auch wenn er natürlich keine Gedanken lesen konnte, schämte sie sich doch ein wenig.

»Hallo, Drachenzunge«, sagte sie.

Ihr fiel es schwer, ihm in die Augen zu schauen, seit sie von seinen Lügen wusste. Einerseits hätte sie ihn gerne komplett gemieden, andererseits wollte sie auch so lange in dieses freundliche Gesicht des alten Pandas schauen, der scheinbar so weise und wohlmeinend war, bis er seine wahre Natur zeigte.

Als Sonnenrot über den Hang auf sie zugetrottet kam, rang sich Regen ein fröhliches Lächeln ab.

»Wie sieht's mit dem Fluss aus? Bist du da schon weitergekommen?«, fragte er.

»Nein, leider nicht«, setzte Regen an. »Aber es gibt vielleicht eine Stelle in der Nähe des alten Ginkgos, da muss ich bloß noch die Wasserstände zu verschiedenen Tageszeiten prüfen –«

»Regen, darf ich dich mal was fragen?«, fiel ihr Sonnenrot ins Wort. Regen spitzte überrascht die Ohren.

»Natürlich, Drachenzunge.«

»Warum lügst du mich an?«

Einen Augenblick lang klangen alle Geräusche im Wald gedämpft, als hätte sie jemand ins Wasser gestoßen. Die Macht, die sie sonst empfand, weil sie sich insgeheim über ihn lustig machte, löste sich auf wie Nebel im Licht der langen Strahlen.

Sonnenrot sah sie unverwandt an. Ihr war klar, dass sie schon zu lange gezögert hatte. Im Grunde war es schon ein Schuldeingeständnis. Und ihr wollte partout keine Ausrede einfallen. Jetzt war nicht der richtige Moment, ihn mit seinen Schwindeleien zu konfrontieren. Und warum sonst sollte sie sich über seine Anweisungen hinwegsetzen?

»Woher weißt du das?«, murmelte sie. Irgendwie musste sie Zeit gewinnen, bis sie sich wieder gefangen hatte.

»Von Kiesel. Du bist nicht einmal in der Nähe des Flusses gewesen«, antwortete Sonnenrot leichthin.

Nun warf sie alle Vorsicht über den Haufen und sagte wutentbrannt: »Wow, du hast es wirklich geschafft, ihn gegen mich aufzubringen!« Sofort bereute sie ihren Ausbruch.

Das war dumm von dir, Regen. Echt dumm …

Doch Sonnenrot schüttelte bloß betrübt den Kopf.

»Tut mir leid, dass du das so empfindest.« Seine Stimme triefte vor Sorge. »Ich frage mich bloß, was dahintersteckt? Hattest du einfach keine Lust? Kiesel meinte, du bist manchmal etwas … eigennützig.«

Egoistisch. Er hat egoistisch gesagt, aber da täuscht er sich. Wenn ich das wäre, wäre es mir egal, ob Sonnenrot lügt oder nicht. Ich würde mich einfach der Meinung der anderen anschließen.

»Aber ich versichere dir, ich will nur das Beste fürs Bambusreich. Kommst du mit mir zum Fluss?«, fragte Sonnenrot. »Ich möchte dir da was zeigen. Vielleicht stimmt dich das ja um.«

Wie er wohl reagieren würde, wenn sie einfach Nein sagte? Natürlich hatte sie nicht die geringste Lust, mit ihm zum Fluss zu gehen, andererseits war sie neugierig, was er ihr zeigen wollte. Vielleicht offenbarte er ja unwissentlich mehr über sein sonderbares Verhalten.

»Na schön«, antwortete sie schließlich. Was sollte sie auch sonst antworten?

Unterwegs ärgerte sie sich über sich selbst. Wenn sie schlauer gewesen wäre, wäre sie hin und wieder mal schwimmen gegangen, dann hätte es zumindest so ausgesehen, als hätte sie seine Anweisungen befolgt.

»In Wirklichkeit habe ich nicht weiter nach einem Weg über den Fluss gesucht, weil … weil es keinen gibt«, flunkerte sie, während sie den bewaldeten Hügel hinunterliefen. »Ich schwimme schon mein Leben lang dort. Da muss ich es ja schließlich wissen. Die Strömung in der Mitte ist einfach tödlich, ganz gleich an welcher Stelle. Ich dachte, wenn ich dir das sage, bist du enttäuschst, weil es dir so wichtig ist.«

»Du hast also Rücksicht auf meine Gefühle genommen«, entgegnete er. »Das ist nett von dir, aber das brauchst du nicht. Ich möchte, dass du ehrlich zu mir bist.«

Das könnte dir so passen.

»Warum willst du denn so unbedingt auf die andere Seite?«, fragte sie. »Wenn ich das verstehen würde, hätte ich mich vielleicht mehr angestrengt.«

»Uns mit unseren verschollenen Familienmitgliedern und Freunden zu vereinen ist ja wohl das Wichtigste auf der Welt. Findest du nicht? Und stell dir bloß mal vor, der Große Drache würde mir Visionen von einem schrecklichen Unglück im Nordwald senden? Wie sollte ich sie da warnen? Die armen Wesen dort wären doch alle völlig hilflos.«

Regen nickte, doch je länger sie darüber nachdachte, desto unsinniger kam ihr Sonnenrots Erklärung vor.

Was denn nun? Wenn du dir so sicher bist, dass wir drüben auf Pandas stoßen, wären sie dann nicht wie vor der Flut imstande, deine Botschaft an ihren heiligen Orten zu empfangen? Es sei denn, du hast überhaupt keine Visionen. Und könntest den Pandas da drüben ohnehin keine Warnung schicken.

Regen hatte gute Lust, ihn damit zu konfrontieren. Es wurmte sie, dass er sie für genauso gutgläubig hielt wie die anderen. Doch dafür war es noch zu früh. Eine Weile würde sie sein Spielchen noch mitmachen müssen und irgendwie sein Vertrauen zurückgewinnen.

Und was wollte er ihr überhaupt am Fluss zeigen? Natürlich interessierte sie es, aber wohl war ihr nicht dabei, so als hätte ihr der Wind das Fell gegen den Strich gebauscht und nun wollte es einfach nicht mehr glatt anliegen.

Endlich kamen sie zu einer Stelle am Ufer, an der ein flacher Felsen sanft zum Fluss abfiel. Die Bäume ringsum spiegelten sich im Wasser und malten glitzernde Muster auf die Steine. Als sie näher kamen, quakte ein Frosch und landete mit einem Plumps im Fluss.

Regen atmete auf. Hier im flachen Wasser hatte sie Schwimmen gelernt. Der sanft abfallende Felsen war ideal, um kleine Tatzen ans Wasser zu gewöhnen. Als Junges hatte sie sich hier auch oft mit Kiesel getroffen. Damals hatte er solche Angst vorm Fluss gehabt, dass er nicht einmal daraus hatte trinken wollen. Da hatte sie ihm dann gezeigt, dass er das Wasser berühren und sogar darin schwimmen konnte, ohne dass gleich etwas Schlimmes geschah. Es war eine schöne Erinnerung …

Als ihr einfiel, dass sie ja nicht in Begleitung von Kiesel, sondern von Sonnenrot war, erschauderte sie. Irgendwie war er hier fehl am Platz, aber natürlich konnte er nicht ahnen, wie wichtig ihr dieser Ort war.

Sonnenrot tappte ins Wasser und bedeutete Regen, ihm zu folgen.

In ihr sträubte sich alles. Auf einmal wurde ihr bewusst, wie riesig er war. Zwar mimte er den freundlichen Alten, doch er war ein voll ausgewachsener Bär, und seine Reisen durchs Bambusreich hatten ihn gestählt.

Aber was blieb ihr anderes übrig? Sie trat neben ihn. Das kühle Wasser umspülte ihre Tatzen, reichte ihr bis zum Bauch. Normalerweise beruhigte sie der Fluss immer.

»Sieh ins Wasser«, sagte Sonnenrot.

Irritiert blickte sie ihn an. Er nickte aufmunternd, und sie schaute nach unten.

Der Fels unter ihren Tatzen war glatt und schwarz, das Wasser klar.

»Siehst du«, sagte Sonnenrot. Seine Stimme hatte einen dunklen, weichen Basston angenommen. »Sieh die Vision, die mir der Große Drache gesandt hat. Schau ins Wasser. Du siehst dich an meiner Seite stehen. Der Große Drache hat gemeinsame Pläne für uns. Er will, dass du meine Stellvertreterin wirst.«

Im unbewegten Wasser sah sie ihr Spiegelbild und daneben Sonnenrots.

Da konnte sie sich nicht mehr halten und brach in Lachen aus.

»Für wie dumm hältst du mich eigentlich?«

»Was?« Sonnenrots Stimme hatte wieder ihren normalen Klang angenommen. Er sah sie schockiert an.

»Ist das dein Ernst? Hast du wirklich gedacht, das funktioniert?« Regen zerschlug mit der Tatze die Spiegelung, die aber kurz darauf wieder zu sehen war. »Es zeigt uns zusammen, weil du hier direkt neben mir stehst! Die anderen hast du wohl schon so gut dressiert, dass sie dir alles abkaufen, was?«

»Was erlaubst du dir?«, fragte er mit knurrendem Unterton. »Du solltest deiner Drachenzunge mehr Respekt entgegenbringen!«

»Das würde ich ja, wenn sie hier wäre«, versetzte Regen. Sein Gesichtsausdruck war unbezahlbar. Doch dann blieb ihr das Lachen im Halse stecken, und Wut packte sie. Wie konnte er es wagen, sie so zu täuschen?

Eigentlich hatte sie nun genau das getan, was sie nicht hatte tun wollen, nämlich ihn als Betrüger hingestellt, aber das machte sie nur noch wütender.

»Sonnenrot Schattenforst, du bist ein Lügner und Betrüger. Ich weiß, dass du mit den Affen unter einer Decke steckst. Dass sie Ahorn verprügelt haben. Und ich weiß auch, dass du keine Drachenzunge bist.«

Darauf entgegnete er nichts. Er zitterte bloß vor Wut und entblößte langsam die Zähne. Regen wich einen Schritt zurück.

»Ich habe lange genug gewartet, doch jetzt sage ich allen die Wahrheit über dich. Mal sehen, wie sie reagieren ...«

Sonnenrot stürzte sich auf sie.

Erschrocken duckte sie sich weg.

Er wird doch wohl nicht ...

Sonnenrot stellte sich auf die Hinterbeine und brüllte. Nun täuschte er keine Freundlichkeit mehr vor, sondern baute sich drohend vor ihr auf, langte nach ihr und verfehlte mit seinen riesigen Klauen nur knapp ihre Nase.

Warum hatte sie sich bloß eingebildet, dass er ihr nichts tun würde?

Bloß weg hier!

Regen wandte sich zum Fluss. Vielleicht war sie kleiner,

aber sie war die bessere Schwimmerin. Wenn sie nur schnell genug weiter ins Wasser käme …

Schwere Tatzen landeten auf ihren Schultern, sie rutschte auf dem schlüpfrigen Grund aus und konnte sich nicht mehr halten. Instinktiv schnappte sie nach Luft, schluckte jedoch nur Wasser – Sonnenrot drückte sie in die Tiefe! Sie versuchte, Boden unter den Tatzen zu finden, um ihn abzuschütteln, glitt aber an den glitschigen Kieseln im Flussbett ab. Sonnenrot war schrecklich stark. Ihre Lungen brannten, vor lauter Angst konnte sie nicht mehr klar denken. Regen wehrte sich, ausgerechnet sie würde sich doch nicht ertränken lassen von diesem Verräter! Während sie wild um sich schlug, verschwamm die Welt ringsum. Sonnenrot hatte die Pfoten fest auf ihren Schädel gepresst und tunkte sie weiter unter Wasser. Ihr Herzschlag dröhnte ihr in den Ohren wie ein lang gezogener Donner und noch langsamer in der Kehle, und währenddessen rasten ihre Gedanken, schrie es in ihrem Kopf, sie solle kämpfen, schwimmen, irgendwas tun.

Da spürte sie auf einmal etwas unter der Tatze, das sie nicht einordnen konnte. Was war es bloß? Sie konnte nichts denken, nichts sehen. Es fühlte sich an wie weiches Fleisch, wie ein Fisch, bloß lang und schlingernd wie Gras. Es schlang sich um ihre Vorderpfote und riss sie ruckartig fort in die Tiefe und befreite sie so aus Sonnenrots Griff.

Vor Erleichterung atmete Regen das letzte bisschen Luft aus, das sie noch zurückgehalten hatte.

Sie war frei. Nur dass sie ertrank. Und dass das Wesen, das sich um ihre Tatzen gewunden hatte, sie immer tiefer nach unten zog und immer weiter zur tödlichen Strömung in der Mitte des Flusses.

17. Kapitel

»Hyazinthe?«, brüllte Blättchen. »Sucher?« Ihre Rufe wurden von den Bergwänden zurückgeworfen. Während sie auf der Spitze eines Steinhaufens balancierte, lauschte sie auf Antwort, ein Wort, ein Wimmern oder einfach nur das Knacken von Zweigen. Nichts.

»Wanderer? Jäger?« Flitzer wagte sich auf seinem Baum bis zum Astende vor und sah hinunter in die Schlucht. »Ist da unten jemand?«

Blättchen hielt den Atem an.

Plötzlich hörte sie etwas. Steine kollerten. Flitzer und sie sahen sich an, doch Blättchen war klar, dass es keiner von ihren Freunden sein konnte. Ein Panda hätte sie rufen gehört und geantwortet. Sicher waren es bloß irgendwelche losen Steine, die sich zurechtruckelten.

Die Erde hatte lange Zeit rumort, doch nun war Ruhe eingekehrt. Der Staub hatte sich gelegt, und der Berghang sah völlig verändert aus. Dornenbüsche waren entwurzelt worden. Umgeknickter Bambus und gefallene Bäume lagen überall verstreut. Und nirgends ein Zeichen von Pandas, weder von den Großen noch von den Roten.

»Wenn sie tot wären, hätten wir sie gefunden«, sagte Flitzer nun schon zum dritten Mal.

Blättchen stimmte ihm zu, aber es war ein seltsamer Trost. Sie waren bis ins Tal hinuntergestiegen, bis dorthin, wo ihre Freunde zuvor unter einer Staubwolke verschwunden waren. Doch hier unten waren sie bisher nicht auf einen Haufen Leichen gestoßen. Abgesehen von ein paar Fellfetzen hatten sie nichts gefunden, die anderen Pandas waren wie vom Erdboden verschluckt.

»Offenbar ist es ihnen gelungen, sich in Sicherheit zu bringen«, meinte Blättchen. »Und dann haben sie es wohl auch noch geschafft, zusammenzubleiben.«

»Und jetzt? Was machen wir jetzt?« Flitzer setzte sich neben sie auf einen wackligen Stein und putzte sich den Staub aus dem Fell. »Wie sollen wir sie finden, wenn wir keinen Schimmer haben, wo sie hin sind?« Er sah sich erst nach links und dann nach rechts um, sein Blick folgte dem Gebirgszug bis zum nächsten Gipfel.

Blättchen schüttelte sich.

»Weiter hoch«, sagte sie. Flitzer starrte sie erstaunt an. »Wenn wir ihnen jetzt nachgehen, verlaufen wir uns bloß. Uns bleibt nichts anderes übrig, als unsere Reise zum Drachenberg fortzusetzen. Wir müssen Tante Pflaume finden. Die anderen kennen unser Ziel, mit etwas Glück treffen wir uns da.«

»Wahrscheinlich hast du recht«, antwortete Flitzer kleinlaut. Doch dann strahlte er: »Wenigstens rieche ich diesen Tiger nicht mehr.«

»Lass uns was fressen«, meinte Blättchen. »Überall liegt abgeknickter Bambus herum, wäre doch schade drum. Danach machen wir uns auf den Weg.«

Flitzer nickte und stürmte los, um sich selbst etwas Leckeres aus den verstreut umherliegenden Pflanzen zu suchen, während Blättchen sich durch die Bambusbüschel arbeitete und hier und da Blätter und Schösslinge abbrach. Zum Essen kletterten sie wieder hoch auf den Bergkamm und schauten übers Bambusreich. Blättchen horchte immer wieder nach vertrauten Stimmen oder einem Rascheln, aber das gesamte Land lag in erschütterter Stille da. Als sie zum Segen anhob, klang ihre Stimme dünn und zittrig.

»Zum Mahl des …« *Oh nein, ich weiß nicht einmal, welches Mahl dran ist.* Blättchen schaute hoch. Der Himmel war ganz klar. War es nun das Mahl der langen Strahlen? Allerdings hatte es ewig gedauert, bis sich die Erde beruhigt hatte. War es womöglich schon Zeit fürs Mahl der sinkenden Sonne?

»Oh, Großer Drache, zum Mahl der sinkenden Sonne verbeugen sich deine Pandas vor dir. Aller Bambus, alle Klarheit kommt von dir. Großer Drache, wir danken dir dafür.«

Ich brauche alle Klarheit, die ich kriegen kann.

Durch das Essen hatte Blättchen etwas Kraft zurückgewonnen, doch der Aufstieg zum Weißkammgebirge war beschwerlich. Sie hatte das Gefühl, mit den vermissten

Freunden über eine dicke Efeuranke verbunden zu sein, die bei jedem Schritt an ihr zerrte. Immer wieder versuchte sie, den Gedanken an die anderen abzuschütteln und sich ganz auf den Anstieg zu konzentrieren.

Durch die Anstrengung merkte sie lange Zeit nicht, dass es kälter wurde. Als sie irgendwann stehen blieb und sich umsah, wurde ihr schlagartig klar, wie weit sie Rankforst schon hinter sich gelassen hatten. Verglichen mit dem vereisten Berggrat, auf dem sie gerade stand, kamen ihr die spärlichen Bambushaine und die hohen, schlanken Bäume ihrer alten Heimat wie ein üppig grünes Paradies vor.

Am Fuß des Weißkammgebirges angekommen, kroch ihr nun doch die Kälte unter den Pelz, da half auch kein noch so schnelles Gehen mehr. Flitzer schlang zitternd den buschigen Schwanz um sich, um sich vor dem Wind zu schützen, der die ersten eisigen Regentropfen mit sich brachte.

Sie liefen durch ein schmales, dunkles Tal unter hohen Felsen, durch Schneewehen, die sich wohl bei den Erschütterungen von den oberen Hängen gelöst hatten. Wegen seiner kurzen Beine hatte Flitzer ordentlich zu kämpfen, deshalb ließ ihn Blättchen, obwohl sie selbst schon müde wurde, auf ihrem Rücken reiten, bis es wieder einen Hang hinauf über Gestein ging.

Hier trieb ihnen erneut ein kalter Regen entgegen, der bald in Schneeregen überging. Die Flocken setzten sich in Blättchens Pelz und schmolzen, sodass sie innerhalb kürzester Zeit klatschnass war. In diesen höheren Lagen war der Boden vereist. Schneewehen wären ihr lieber gewesen, auch wenn es schwierig war, über sie hinwegzusteigen. Immer wieder musste Blättchen die Augen gegen den Schneeregen zukneifen, sodass sie kaum sehen konnte, wohin sie trat. Da rutschte sie plötzlich weg und landete mit einem Aufschrei auf dem Bauch.

»Blättchen!«, brüllte Flitzer gegen den heulenden Wind an. »Hast du dir was getan?«

»Nee«, knurrte Blättchen. Ein spitzer Stein piekte ihr in die Rippen, sie war bis auf die Haut durchnässt und fror. Schaudernd kam sie auf die Tatzen und sah sich um. Eine Welt aus Fels und Eis. Es ging sanft bergan bis zu einer Felswand, die aussah, als hätte man riesige Granitblöcke aufeinandergestapelt.

»Da könnten wir hoch. Das wäre wohl kürzer, aber nicht bei diesem Wetter …«

»Wir müssen uns erst mal Unterschlupf vor dem Wind suchen.« Flitzer drückte sich eng an sie.

Benutzt du mich etwa als Windschutz? Doch Blättchen schimpfte nicht mit ihm. Irgendwie konnte sie es ihm nicht verübeln. In diesem wilden Wettertreiben wäre ihr auch jeder Schutz recht gewesen.

»Wir müssen auf jeden Fall da entlang. Vielleicht gibt es ja im Fels eine Höhle«, meinte Blättchen. Flitzer stöhnte. Sie beugte sich zu ihm hinunter und leckte ihm das pitschnasse Fell im Gesicht ab, sodass ihm wenigstens kein Wasser mehr in die Augen lief.

Viel half es natürlich nicht, aber er hielt sich wacker an

ihrer Seite. Kurz darauf trieften sie schon wieder vor Nässe, schleppten sich schwerfällig über das steinige Gelände, die Läufe steif vor Kälte. Blättchen hatte den Eindruck, noch nie so nass gewesen zu sein, nicht einmal als sie und Flitzer in den Fluss gefallen waren.

Fast hatten sie es den Hang hinaufgeschafft, die Felswand rückte näher. Blättchen sah sich schon bei Wind und Eisregen den spiegelglatten, scharfkantigen Fels hochklettern, da wurde sie auf etwas aufmerksam. Vor ihnen lag ein großer Steinkreis, die einzelnen Felsen ragten wie die Krallen einer Tatze oder die Zähne eines aufgerissenen Mauls aus der Erde. Hoben sich gespenstisch gegen den Wolkenhimmel ab. Doch immerhin bildeten sie eine Art Unterschlupf. Einer der größten Steine stand schief, sodass man unter ihm vor Regen und Schnee geschützt wäre.

»Wie für uns gemacht«, quiekte Flitzer und raste los.

»Vorsichtig!«, rief sie ihm nach, aber da war er auch schon auf einer vereisten Stelle ausgerutscht. Er überschlug sich einmal, rappelte sich jedoch sofort wieder auf.

»Mir fehlt nichts! Los, lass uns in den Unterschlupf!« Flitzer eilte, ein wenig vorsichtiger nun, auf die Steine zu.

Je näher sie dem Steinkreis kamen, desto deutlicher wurde ihr, wie gewaltig die Formation war. Wie sie sich freute, in dieser kargen, trostlosen Landschaft endlich vor dem Wind geschützt zu sein. Dennoch trieb ihr dieser Kreis einen Schauder über den Rücken, der nichts mit dem gefrorenen Boden unter ihren Tatzen zu tun hatte.

Flitzer blieb vor dem Eingang zum Steinkreis stehen und sah sich zu ihr um.

Durch den Eisregen blinzelte er sie an. »Ein … ein bisschen unheimlich, findest du nicht?«

»Ja.« Blättchen steckte die Nase durch einen Spalt und schnupperte: Eis, Fels und ein seltsam schwacher Geruch nach Tieren auf der Durchreise. Als sie ins Innere trat, verdrängte sie das Gefühl, sich in den Rachen einer riesigen Bestie zu begeben. Flitzer folgte ihr.

Der Unterschlupf bot genug Raum, dass beide stehen und sich einmal bequem um die eigene Achse drehen konnten. Es tat gut, endlich nicht mehr dem Wind ausgesetzt zu sein, doch der Schneeregen tropfte durch die Ritzen.

Flitzer setzte sich und wischte sich mit den Tatzen übers Gesicht und die Ohren. Blättchen fand keine Ruhe, lief unruhig hin und her und schnüffelte an den Steinen.

»Irgendwas ist hier …« Sie vollendete den Satz nicht, denn sie wusste nicht, was es war.

Ihr Blick fiel auf Flitzer. Nach wie vor wischte er sich über die Ohren, obwohl sie längst trocken waren. Er erschauderte.

»Ich spür's auch«, meinte er. »Sollen wir lieber wieder gehen?«

»Vielleicht …« Blättchen drehte sich zur Öffnung um.

Doch da stand etwas und blockierte den Ausgang. Im ersten Moment erkannte sie es im abnehmenden Licht nicht so klar.

Doch dann heulte sie entsetzt auf, machte einen Satz zurück, stolperte über ihre eigenen Tatzen und landete auf dem

Hinterteil. Flitzer wirbelte herum, jaulte und presste sich flach auf den Boden.

Langsam trat der Tiger in den Kreis.

Aus der Nähe betrachtet war er riesig, größer als der größte Panda. Er trug den Kopf hoch erhoben, und seine leuchtend gelben Augen waren auf Blättchen gerichtet. Um seine Nase zuckte es, als er sie witterte. Unbeholfen wich Blättchen weiter zurück, bis sie mit den Hintertatzen hart gegen die Steine stieß.

Der Wind. Der Eisregen. Ich habe ihn nicht gerochen.

Doch nun roch sie ihn. Und wie. Der Gestank nach Frischbeute stieg ihr in die Nase, und ihr Herz klopfte zum Zerspringen, als die Riesenkatze langsam näher kam. Unter dem getigerten Fell spielten die Muskeln, kraftvoll und geschmeidig.

Der Tiger versperrte den einzigen Weg nach draußen.

Das ist ganz schnell vorbei.

Flitzer hatte das Fell aufgestellt, fletschte die Zähne und stieß ein scharfes Knurren aus. Blättchen wollte sich bis zum Ende ebenso mutig behaupten, Angst einflößen. Schließlich war sie eine Bärin! Hatte große Zähne und Krallen und …

Blättchen war noch nie in einen Kampf verwickelt gewesen. Nicht einmal als Junges hatte sie gerne gerauft.

Wir werden sterben.

Wieder schnupperte der Tiger an ihr. Blättchen zuckte wimmernd zusammen.

Sie war keine Kämpferin. Aber vielleicht gelang es ihr, Zeit zu schinden, damit Flitzer fliehen konnte. Vielleicht könnte er ja durch eine Ritze zwischen den Steinen schlüpfen.

Oh, Großer Drache, warum nur? Warum hast du uns hierhergeführt? Und warum … Warum hat uns die Katze noch nicht angegriffen?

Der Tiger … betrachtete sie bloß. Als er schließlich das Maul öffnete, kamen gefährliche Reißzähne zum Vorschein. Doch statt sie in Blättchens Kehle zu versenken, begann er zu sprechen. Seine Stimme kam aus der Tiefe seines Brustkorbs und schien den gesamten Hohlraum zwischen den Steinen auszufüllen.

»Du«, sagte er. Noch immer hatte er den Blick auf Blättchen geheftet, und im Dämmerlicht waren die schwarzen Pupillen geweitet. »Du bist die Pandabärin mit dem weißen Ballen.«

Blättchen verschlug es die Sprache. Wie sollte man sich mit einem Wesen unterhalten, das einen fressen wollte? Doch dann wurde ihr die Bedeutung seiner Worte bewusst. Unwillkürlich hob sie eine Pfote. Alle Ballen waren schwarz, bis auf den großen in der Mitte, der war weiß.

Als der Tiger es sah, zuckten seine Ohren. Nun rechnete Blättchen damit, jeden Moment angefallen und gefressen zu werden … doch der Tiger setzte sich bloß hin.

»Ich bin schon seit Langem auf der Suche nach dir«, erklärte er.

»Warum?«, jaulte Flitzer. Noch immer stand er mit gesträubtem Fell an Blättchens Flanke gepresst. »Was willst du von Blättchen?«

»Ich bin gekommen, um ein Versprechen einzulösen, das ich einem Panda während der großen Flut gegeben habe. Du brauchst nicht zu zittern, kleiner Fuchsbär«, fügte er hinzu. »Wenn dieser Panda, Blättchen, es nicht wünscht, fresse ich dich nicht.«

»Bitte nicht fressen«, quiekte Blättchen. »Flitzer ist mein Freund. Du musst versprechen, uns beiden nichts zu tun, sonst kann ich dir nicht vertrauen.«

»Ein Tiger gibt sein Wort nicht leichtfertig, hält es aber immer.« Er hielt einen Augenblick inne, dann putzte er sich mit der Pfote die Schnurrhaare, was Blättchen an Flitzer erinnerte. »Blättchen Panda und Flitzer Fuchsbär, ich bin Schattenjäger, und ich verspreche, euch nichts zu tun.«

So ganz traute sie dem Tiger immer noch nicht, und sicher hatte Flitzer den armen Kratzer im Sinn. Doch was blieb ihr anderes übrig?

Es kostete sie einige Überwindung, sich hinzusetzen. Draußen heulte der Wind, und der Schneeregen peitschte gegen die Steine.

»Jetzt hast du mich ja gefunden. Was hast du denn versprochen?«

»Dich zur rechten Zeit aufzuspüren und dir zu sagen, wer du bist. Das Versprechen habe ich deiner Mutter gegeben.«

Gerade wollte Blättchen erwidern, dass sie sehr wohl wüsste, wer sie war, doch nun starrte sie ihn mit offenem Maul an.

»Orchidee Hochbaum hat während der Flut in meiner Höhle Schutz gesucht. Und hat ihre Jungen in meinem Bau zur Welt gebracht. Ich war dabei, als du und deine beiden Wurfgeschwister geboren wurden.«

Meine was?

Wie, zwei Wurfgefährten?

Wir sind uns schon mal begegnet?

Wie meinst du das, wer ich bin?

Vor lauter Fragen bekam sie keinen Ton heraus. Stumm starrte sie Schattenjäger an. Das alles ergab keinen Sinn. Das konnte doch nicht wahr sein.

Und dennoch wirkte der Tiger mit jedem Wort weniger furchterregend. Er hatte ihre Mutter gekannt. Er hatte sie als winziges, hilfloses Junges gekannt. Natürlich wurde der Tiger dadurch auch nicht kleiner, doch mit jedem Augenblick, in dem er sie nicht angriff, nahm sie ihn weniger als Monster wahr.

»Nein, Blättchen hat bloß eine Schwester«, flüsterte Flitzer. »Das wissen wir doch ... oder etwa nicht? Tante Pflaume hat es immer so erzählt. Was ist denn mit den anderen passiert, wenn es drei waren? Hast du ihnen was angetan? Hast du sie gefressen wie meinen Onkel Kratzer?«, knurrte er. Schattenjäger knurrte zurück, zog die Oberlippe zurück und entblößte lange, scharfe Reißzähne. Einer war in etwa so lang wie Flitzers gesamter Schädel.

»Ich würde den Drillingen nie etwas antun«, fauchte der Tiger. »Ich habe Orchidee mein Wort gegeben, dass ich sie um jeden Preis beschützen werde.«

»Wo sind sie denn?« Endlich hatte Blättchen ihre Stimme

wiedergefunden. »Meine Geschwister? Und meine Mutter, wo ist die?«

Schattenjäger hörte auf zu knurren. Er setzte sich und leckte sich mit seiner rosa Zunge, die so breit war wie Blättchens Vordertatzen zusammengenommen.

»Du bist die Erste, die ich gefunden habe«, erklärte er schließlich. »Zu eurer eigenen Sicherheit wurdet ihr nach der Geburt getrennt. Ihr wurdet versteckt und euer Schicksal geheim gehalten, sogar vor euch selbst. Wenn andere davon erfahren hätten, hätten sie euch für ihre Zwecke benutzt oder umgebracht. Doch nun ist die Zeit reif.« Schattenjägers Augen glühten in der Dunkelheit, er hatte den Blick auf einen Punkt über ihr gerichtet, als würde er über ihrem Kopf etwas sehen. »Der Große Drache weilt unter uns«, sagte er mit sehr tiefer Stimme. »Wir können schon seinen Atem im Nacken spüren.«

Blättchen erschauderte. Sie dachte an ihr Erlebnis am Berghang, an die geschmeidige, schwarze Schlange im Unterholz und den warmen Lufthauch im Fell …

»Das Schicksal nimmt seinen Lauf. Und es hat euch auserkoren, euch drei. Die Drillingsjungen von Orchidee sind die neuen Drachenzungen.«

18. Kapitel

Geist blieb am Rand des Gähnenden Schlunds liegen, dort, wo er sich hingeschleppt hatte. Es schneite ohne Unterlass, doch er rührte sich nicht. Schnauze und Pfoten waren schon bedeckt.

Winter war tot.

Die einzige Mutter, die er je hatte oder haben würde.

Habe ich ihr eigentlich gesagt, wie lieb ich sie habe? Ich wollte doch bloß hier bei ihr bleiben. Wusste sie das?

Er konnte sich nicht entsinnen. Er zermarterte sich das Hirn, doch statt der Erinnerung an ihr letztes Gespräch war da bloß Leere. Nur dass er sie angeschrien hatte, wusste er noch. Vorwürfe hatte er ihr gemacht, obwohl sie ihm doch nur hatte erklären wollen, dass sie sein Bestes im Sinn gehabt hatte. Aber an die einzelnen Worte erinnerte sich Geist nicht mehr.

Das Geräusch des jäh abbrechenden Eisstücks und das Bild seiner zu Tode stürzenden Mutter – diese Erinnerungen waren ihm klar und deutlich ins Gedächtnis gebrannt. An nichts anderes konnte er denken. Wie Blitze zuckten sie ihm durch den Kopf. Ob er die Augen nun öffnete oder schloss, immer wieder sah er seine Mutter fallen.

»Mutter«, wimmerte Schauer. Sie lag mit dem Kinn auf der Felskante, starrte in den Abgrund und miaute leise vor sich hin: »Mutter, komm zurück. Bitte, Mutter.«

Schneesturm und Frost kauerten etwas abseits dicht zusammengedrängt. Ihre Trauer war still wie der Berg nach der Erschütterung. Sie flüsterten leise miteinander.

Du gehörst zu mir, hatte sie gesagt.

Wie recht sie hatte. Geist gehörte zu Winter auf den Grund des Gähnenden Schlunds.

Sie hat ihr Leben gegeben, um mich zu retten, dabei hätte sie mich da unten lassen sollen. Sie alle hätten mich dort lassen sollen.

»Schauer«, rief Schneesturm. »Hör auf damit.«

Geist hob den Kopf. Schneesturm hatte ihre kleine Schwester am Nackenfell gepackt und trug sie vom Abgrund weg.

»Hör auf. Sie kommt nicht zurück.« Schneesturm setzte Schauer ab und drehte sich nach Geist um.

Weder Schnee und Eis noch die Dunkelheit des Gähnenden Schlunds waren so kalt und Furcht einflößend wie Schneesturms Blick. Mit Frost an ihrer Seite trottete sie durch den Schnee und blieb vor Geist stehen. Frosts Ohren waren nach hinten abgeknickt, und er schluchzte lautlos. Schneesturm dagegen wirkte erstarrt, wie aus Granit gemeißelt. Als sie endlich das Wort ergriff, klang ihre Stimme heiser und rau.

»Es ist deine Schuld«, miaute sie. »Mutter ist tot. Und zwar wegen dir. Hätte sie dich nicht vor deiner eigenen Dummheit retten müssen, wäre sie jetzt noch am Leben.«

Ihre Worte begruben ihn unter sich wie herabfallende Steine.

»Ich weiß«, flüsterte er und richtete sich auf.

Einen Augenblick lang wirbelte der Schmerz still um alle drei herum wie Schneeflocken.

»Du bist so … Das war so dämlich von dir«, sagte Frost mit zitternder Stimme. »Ständig versuchst du etwas, das du sowieso nicht kannst. War doch klar, dass du's nicht über den Schlund schaffst. Du hättest sterben sollen. Was hast du dir bloß dabei gedacht?«

»Mutter hat dich so geliebt«, fügte Schneesturm hinzu. Ihre Stimme war nach wie vor gespenstisch ruhig. »Du warst ihr Liebling. Immer hat sie sich Sorgen um dich gemacht, nie um uns. Um Schauer hätte sie sich kümmern sollen, aber du warst ihr wichtiger. Dabei bist du zu nichts zu gebrauchen. Mutter hat dich für was Besonderes gehalten, doch das bist du nicht. Du gehörst nicht zu uns. Du bist bloß … ein blöder Bär. Und du hast unsere Mutter getötet.«

Geist schloss die Augen und ließ die Worte auf sich einprasseln. Sie hatte ja recht. Es war alles seine Schuld. Er –

»Hörst du, du Monstrum?«, jaulte Schneesturm. Ihr brach die Stimme, und Geist öffnete gerade noch rechtzeitig die Augen, um zu sehen, wie sie sich aufbäumte, die Zähne fletschte und die Krallen ausfuhr, um ihm übers Gesicht zu kratzen. »Du hast meine Mutter getötet!«

Sie machte sich sprungbereit. Geist rührte sich nicht von der Stelle. Er wartete auf die Attacke, die nicht kam, weil ein kleines, gepunktetes Fellknäuel Schneesturm von der Seite rammte, sodass sie die Balance verlor. Schauer versetzte ihrer Schwester mit dem Kopf einen Kinnhaken, der zwar nicht besonders hart war, doch von einer Vehemenz, die Geist überraschte.

»Wehe, du tust ihm was!«, brüllte Schauer. »Er ist unser Bruder! Ist doch nicht seine Schuld, dass die Erde gebebt hat! Und auch nicht, dass er ein Bär ist!«

»Ist es wohl!«, maunzte Schneesturm. Bestürzt musste Geist mitansehen, wie alle Kampflust von ihr abfiel und sie sich hinsetzte, den Kopf schüttelte und den Boden vor sich mit den Pfoten bearbeitete. »Es muss seine Schuld sein, sonst ... Was sollen wir denn jetzt machen?«

Schneesturm ließ sich bäuchlings in den Schnee fallen, reckte die Schnauze in den Himmel und jaulte kummervoll. Frost wich zurück, als fürchtete er, als Nächster die Kontrolle zu verlieren.

Geist hielt es nicht länger aus. Ihm war es lieber gewesen, als sich ihre Wut gegen ihn gerichtet hatte.

»Ihr habt recht.« Geist erhob sich und schüttelte sich den Schnee aus dem Pelz. »Schneesturm, hör zu. Du hast recht. Es ist meine Schuld. Ich bin ein Monstrum, ein–ein Bär. Wie die Sonnenbären gesagt haben.«

Schauer und Frost sahen Geist an. In ihren Kummer hatte sich Verwunderung geschlichen.

»Wie?«, wimmerte Frost.

»Du bist trotzdem unser Bruder«, miaute Schauer mit leiser, zittriger Stimme.

»Bin ich nicht«, fast hätte er sie angeschnauzt. Schauer sollte die Wahrheit erfahren. »Mutter hat mir erzählt, wie es wirklich gewesen ist. Sie hat mich in einer Höhle gefunden. Keine Ahnung, wo ich herkomme, aber ich gehöre nicht hierher. Ich gehöre nicht in die Berge. Deshalb …«

Er atmete einmal tief durch und schaute Schneesturm an. Sie hatte sich ein wenig beruhigt, aber sprechen konnte sie noch nicht. Mit Tränen in den Augen erwiderte sie seinen Blick.

»Ich verlasse euch«, sagte er. »Ich gehe weg von hier, dann müsst ihr mich nie wiedersehen.«

Zögern kam nicht infrage. Er würde nicht abwarten, bis sie ihn womöglich baten zu bleiben. Wenn er einsam und allein sein würde, dann aus freien Stücken.

Er kehrte seinen Geschwistern den Rücken und trottete davon.

»Nein, Geist …«, maunzte Schauer, doch Geist stellte sich taub. Stolpernd setzte er seinen Weg fort. Er würde nicht zurückschauen. Würde den Winterjungen und dem Gähnenden Schlund, der seine Mutter verschluckt hatte, keinen Blick mehr schenken.

Geist konzentrierte sich auf das, was vor ihm lag: schneebeladene Berge und ferne Wälder. Er richtete die Aufmerksamkeit auf einen Fels und dann auf einen Baum. *Bis dahin schaffe ich es. Meine Pfoten tragen mich noch viel weiter.*

Um das Schneefeld zu verlassen, musste er eine Reihe von Felsstufen hinunterklettern und gelangte dann in den Schatten einiger Bäume. Er blieb erst stehen, als er sicher war, dass ihn die anderen nicht mehr sehen konnten. Erst dann drehte er sich um. Hinter sich nichts als die Felsstufen.

Da sank er zu Boden, lehnte sich an einen Baum und schloss die Augen. Ihm war nach Heulen und Brüllen zumute, doch er wollte den anderen nicht zeigen, wie es in ihm aussah.

Schneekatze ... Moment mal.

Wieso sollte sich die Schneekatze für ihn interessieren, wenn er gar keine Katze war?

Doch die Schneekatze hatte ihm geholfen. Hatte ihn zum Reh geführt. Und das war wirklich geschehen, davon war er nach wie vor überzeugt.

»Warum hast du das getan?«, stöhnte er. »Kapier ich nicht. Warum hast du mir geholfen und lässt jetzt Winter sterben? Schneekatze ... ich weiß nicht weiter. Ich habe mein ganzes Leben in den Bergen verbracht. Wohin soll ich und was soll ich da tun ...?« In seiner Verzweiflung brach ihm die Stimme. Er schniefte ein paarmal. »Schneekatze, bitte zeig mir den Weg. Ich brauche dich mehr als je zuvor.«

Doch er verspürte keinen warmen Atem im Nacken, und auch das Licht blieb trüb.

Geist war auf sich allein gestellt.

Für ihn war es das erste Mal, dass er so eine Reise antrat. Diesmal war er nicht mit seinen Wurfgeschwistern auf der

Jagd oder auf einem Spaziergang, der wieder in ihrer Höhle endete. Er hatte kein Ziel vor Augen. Abwärts, das war die einzige Richtung für ihn. War ein Hang flach genug, um ihn hinabzusteigen, wählte er ihn als Weg. Immerhin nicht so beschwerlich wie ein Aufstieg, aber vom dauernden Abwärtsklettern bekam er weiche Knie. Auf einem Felskliff legte er eine Verschnaufpause ein.

Der Tag neigte sich dem Ende zu. Sein Blick glitt über die Gipfel des Gebirges. Was wohl dahinter liegen mochte? Doch er konnte nicht weiter als bis zum nächsten Hang sehen. Unten im Tal schien es in Strömen zu gießen, während der Regen hier oben gefror und auf den Felsen eine rutschige Eisschicht hinterließ. Bald musste er sich einen Unterschlupf für die Nacht suchen, außerdem knurrte ihm der Magen. Die Jungen hatten den ganzen Tag nicht gefressen, und Geist setzte der Hunger immer mehr zu als den anderen.

Vielleicht fressen Bären anders als Leoparden. Jagen können wir auch nicht so wie sie … Aber wie machen es denn die anderen Bären?

Geist hatte keinen Schimmer. Als Leopard taugte er nicht besonders, ob er lernen könnte, ein Bär zu sein? Seufzend erhob er sich und trieb sich an, weiterzuziehen. Was blieb ihm auch anderes übrig? Vielleicht stieß er irgendwo auf eine verendete Kreatur oder die Überbleibsel eines fremden Risses. Selbst ein paar Beeren und Nüsse würden ihn eine Weile am Leben halten, wenn er denn in den kargen, felsigen Ausläufern des Weißkammgebirges welche fand.

Er balancierte über die Felsklippe auf der Suche nach einem geeigneten Abstieg. Plötzlich blieb er stehen. Irgendwo hatte er eine Bewegung wahrgenommen. Irgendwo hinter sich …

»Geist!«

Er fuhr herum. Eine hellgraue Gestalt mit schwarzen Flecken tauchte zwischen den Felsen auf.

Schauer.

»Endlich!«, miaute sie. »Da bist du ja!« Keuchend blieb sie vor ihm stehen, ihr Schwanz zuckte fröhlich.

Bei ihrem Anblick wurde ihm warm ums Herz, hatte er doch geglaubt, sie nie wiederzusehen. In ihr vertrautes Gesicht zu schauen war einen Moment lang wie nach Hause kommen. Als würde alles wieder gut werden.

»Was machst du denn hier?«, fragte er. »Du solltest bei den anderen sein.«

»Nein.« Schauer schüttelte den Kopf. »Ich begleite dich. Du bist mein Bruder, ganz gleich, wo du herkommst oder was passiert ist.«

Geist schluckte ein paarmal. »Aber … was ist denn mit Schneesturm und Frost? Und den Bergen?«

»Schneesturm und Frost waren nicht begeistert.« Schauer ließ den Kopf hängen und schaute betrübt drein, doch im nächsten Moment blickte sie Geist schon wieder entschlossen an. »Ich bin überzeugt, das Richtige zu tun. Ich … Ich werde auch nie über den Gähnenden Schlund springen.« Als Geist das Maul öffnete, um ihr zu widersprechen, funkelte sie ihn an. »Das weißt du doch selbst. Ich bin einfach zu klein und zu schwach. Vielleicht hat keiner von uns so recht in die Berge gehört, ganz gleich welche Eltern wir hatten. Trotzdem bist du mein Bruder, und ich lasse dich nicht alleine ziehen.«

Geist seufzte tief und presste die Stirn an ihre. Schauer erwiderte den Druck und schloss die Augen.

»Mutter hätte nicht gewollt, dass du allein bist«, flüsterte sie.

Geist schluchzte, während er zusammen mit Schauer seiner Mutter gedachte.

Dann löste er sich von ihr und leckte ihr einmal energisch über den Kopf.

»Dann mal los«, sagte er. »Zusammen.«

Schauer schnurrte, versetzte ihm einen aufmunternden Rempler, und dann machten sie sich auf den Weg.

Zwischen den Felsen zwängte sich ein Bach hindurch, dessen flaches Bett sie platschend und rutschend zum Abstieg nutzten. Schauer deutete auf ein paar Bäume, die ein Stück weiter unten am Hang standen. Darauf steuerten sie zu. Geist hoffte, dass sie ihnen ein wenig Schutz bieten würden, sie dort vielleicht einen Platz für die Nacht fanden. Die Anwesenheit seiner Schwester wärmte ihm noch immer das Herz, konnte jedoch nichts gegen den kalten Wind ausrichten, der seine Nasenspitze eisig werden ließ.

Kaum erreichten sie das winzige Wäldchen, gerieten sie zu allem Unglück nun in peitschenden Eisregen hinein. Die

Bäume standen zu weit auseinander, und so gingen außer dem Eismatsch auch noch gefrorene Tannennadeln auf sie nieder. Sie setzten ihre Wanderung fort, lieber wollten sie dem Wetter trotzen, als sich an einem ungeschützten Ort die Nacht um die Ohren zu schlagen.

Bald brach die Nacht herein, der Eisregen wollte und wollte nicht aufhören, doch die Geschwister wussten sich keinen anderen Rat, als weiterzulaufen. Hier, an den unteren Hängen des Weißkammgebirges, zeigten sich zunehmend Spuren der starken Erschütterung, die Winter zum Verhängnis geworden war. Überall klafften Risse im Boden, umgestürzte Bäume lagen quer über dem Weg, und Büsche, die normalerweise einigermaßen Unterschlupf hätten bieten können, waren entwurzelt und davongeweht worden.

Der Eisregen ließ einfach nicht nach. Schwere Wolken verdeckten den Mond, und so mussten sie sich im Dunkeln tastend und schnuppernd vorwärtsbewegen.

Auf einmal blieb Schauer stehen. Geist sah sich um. Schauer spitzte die Ohren.

»Was ist denn?«, fragte er.

»Dahinten ist was.« Schauer lief los. Geist beeilte sich, ihr zu folgen, orientierte sich an ihrem Schwanz, dessen Umrisse er schwach vor sich ausmachen konnte. »Ja! Schau mal, eine Höhle!«

Geist blinzelte. In der Dunkelheit ragte eine Felswand empor, und da war tatsächlich eine Öffnung zu sehen. Erleichtert atmete er auf. Selbst wenn sie sich heute Nacht hungrig aufs Ohr legen müssten, so wären sie dank Schauer wenigstens vor Wind und Eisregen geschützt. Er schüttelte sich den Pelz und betrat gemeinsam mit seiner Schwester die Höhle.

Drinnen war es wunderbar trocken. Weiter im Inneren wäre es sicher noch wärmer! Geist tappte weiter hinein. Vor lauter Freude vergaß er beinahe, nach Gefahren zu schnüffeln.

Da lag ein Geruch in der Luft – der Geruch eines anderen Wesens. Die Höhle war schon besetzt.

Angespannt lauschte er. Krallen schabten über den Steinboden, und ein Knurren ertönte.

Geist warf sich schützend vor Schauer, als das Wesen in der Dunkelheit auf sie zugewankt kam. Es war größer als er und mutete seltsam an, fast wie ein Haufen unzusammenhängender Teile: eine weiße Pfote, ein halbes weißes Gesicht, eine weiße Brust und weiße Hinterläufe, gefletschte Zähne. Alles bewegte sich im selben Rhythmus, und trotzdem sah es gespenstisch unverbunden aus. Geist brüllte vor Angst und schlug blind mit der Tatze zu. Seine Krallen fuhren durch Fell und Fleisch.

Das Wesen stieß einen schrecklichen Schmerzensschrei aus. Dann stürmte es an ihnen vorbei. Geist wirbelte herum, falls es sich über Schauer hermachen wollte. Doch es lief einfach in die kalte Nacht hinaus. Knurrend folgt er ihm bis zum Höhleneingang. Das war jetzt seine Höhle! Dieses Ungetüm sollte abhauen und nie wiederkommen!

Doch als er es im fahlen Mondlicht sah, erkannte er, dass es nicht aus weißen Einzelteilen bestand, sondern dass sein Fell im Gesicht und auf dem Rücken auch schwarz gefärbt war.

Es war ein Bär wie er. Bloß größer und massiger und mit schwarzen Fellmarkierungen.

Wimmernd verschwand er in der Finsternis.

»Danke, Geist!«, miaute Schauer und presste sich zitternd an ihn. »Was für ein seltsames Wesen! Es hätte mich fast gefressen!«

Er leckte ihr über den Kopf. Schauer hatte recht, er hatte das Richtige getan und seine Familie beschützt.

Dann setzte er sich hin und musterte seine Pfote. Das Blut des fremden Bären tropfte ihm von den Krallen, am Boden war ebenfalls eine dunkelrote Lache. So musste auch Winters Blut ausgesehen haben, als es den Schnee am Grund des Gähnenden Schlunds gefärbt hatte …

Ihm kam ein schrecklicher Verdacht.

Werde ich immer Blut an den Pfoten haben?

19. Kapitel

Regen trieb durch grünen Nebel. Steine, Fische und Wasserpflanzen wirbelten vorbei, blitzten golden, silbern, blau und weiß auf. Ihr kam es vor, als würde sie tiefer und tiefer in den Fluss, mitten ins Herz des Bambusreiches gezogen. Ihr Puls schlug langsam, pochte ihr stetig im Ohr.

Was immer sich um ihre Tatze geschlungen hatte, war noch da. Hatte sie sicher im Griff, auch wenn die Strömung noch so stark und ihr Fell noch so glitschig war.

Dass sie ertrinken würde, damit konnte sie sich abfinden. Doch beim Gedanken an Sonnenrots Lügen und fiese Machenschaften krampfte sich ihr Herz zusammen. *Wie ungerecht das alles ist*, dachte sie voller Wut …

Da wurde sie plötzlich nach oben gerissen und ihr Kopf brach durch die Oberfläche. Gierig schnappte sie nach Luft, Wasser spritzte ihr in die Augen und in die Nase. Über ihr ein Meer aus weißen Wolken und grünen Ästen, Holz trieb neben ihr im Wasser. Doch kaum hatte sie verschnauft und Wasser gespuckt, spürte sie, wie sich die Schlinge um ihre

Tatze wieder enger schnürte und sie abermals unter Wasser zog. Diesmal war sie bereit, holte noch einmal tief Luft und schloss die Augen, bevor das Flusswasser über ihr zusammenschwappte.

Regen konnte sich nicht gegen dieses Ding wehren, das sie mit sich zog, ja, sie sah es noch nicht einmal. Jetzt sauste sie so schnell durchs Wasser, als würde sie über einen Landstrich mit tiefen Tälern und wogenden Bäumen hinwegfliegen. Das Wasser war so klar, dass sie bis auf den Grund sah.

Da lag etwas, das weder Stein noch Holz war. Irgendein weißes Zeug schien eine Grenze mitten durchs Bambusreich zu ziehen. Darunter musste das ursprüngliche Bett liegen, bevor der Fluss durch die Flut so monströs angeschwollen war.

Knochen. Nun erkannte sie Schädel, kleine und große, Zähne und Klauen, lange Beinknochen und winzige Fingerknochen, Rippen und Wirbelsäulen.

Die sind alle ertrunken. Ihr Herz hämmerte wie wild. *Jetzt liegen sie hier. Pandas, Affen, Vögel, Ratten und Eidechsen wild durcheinander.*

Das Bambusreich im Tod vereint …

Dann verschwamm alles vor ihren Augen. Die Knochen verliefen zu einem bleichen Strom. Die Ränder ihres Gesichtsfelds wurden erst dunkel, dann schwarz. Ihre Welt schrumpfte zu einem immer kleiner werdenden Lichtkreis zusammen.

Ein Schatten huschte durch den Kreis. Regens Welt wandelte sich. Statt im Wasser stand sie nun in einer dunklen Höhle, wobei sie den Boden unter den Tatzen nicht spürte. Es war warm und trocken, obwohl draußen Regen niederprasselte.

Aus dem Augenwinkel nahm sie eine Bewegung wahr. Da stand eine Pandabärin. Fletschte vor Angst die Zähne. Doch sie schien Regen nicht zu sehen, war ganz auf das Wesen im Höhleneingang konzentriert.

Eine riesige Katze betrat die Höhle, sie war größer als ein Leopard und hatte flammend rotes Fell mit schwarzen Streifen.

Die Katze fixierte die Pandabärin und ließ ein tiefes Knurren ertönen. Und dann richtete sie die leuchtend gelben Augen ganz kurz auf Regen.

Wieder spürte Regen ein Ziehen an der Tatze – obwohl sie nicht mehr im Fluss schwamm, war die schlängelnde Kraft noch da. Regen wurde nach unten durch den Höhlenboden direkt durch das Gestein gezogen und wieder in eine andere Welt katapultiert. Diesmal befand sie sich hoch oben in den Bergen und steckte bis zum Bauch im Schnee. Vor ihr lag ein langer, gewundener Gebirgskamm, der zu einem in Wolken gehüllten Berggipfel führte. Unter sich sah sie das Bambusreich unfassbar deutlich: Berge, Bäume, den funkelnden Fluss in der Mitte und Hänge mit üppigen Bambuswäldern.

Mit ihr gingen zwei weitere Pandas über den Kamm, doch es war ihr unmöglich, die Gesichter genauer zu erkennen.

Regen schaute zum Gipfel. Auch wenn sie ihn noch nie gesehen hatte, wusste sie, dass es der Drachenberg war.

Die Wolken – der Atem des Drachen – wirbelten immer schneller um den Gipfel und kamen wie eine Lawine oder Flutwelle auf Regen zugerollt. Im ersten Augenblick spürte sie nichts als Wärme, doch dann wurde sie von einem Aufprall erschüttert.

Als sie die Augen aufschlug, trieb sie in einem reißenden Fluss. Die nächste Welle traf sie und warf sie auf den Rücken.

Nun war sie wach, hellwach. Das Etwas, das sich um ihre Pfoten geschlungen hatte, war verschwunden, sie war allein der tödlichen Strömung des Flusses ausgesetzt. Regen schnappte ein paarmal nach Luft und versuchte dann hektisch, sich wieder auf den Bauch zu drehen. Gerade noch rechtzeitig, sonst wäre sie mit dem Kopf gegen einen scharfkantigen Fels geprallt, der vor ihr aus dem Wasser ragte. Rasch stieß sie sich mit den Tatzen ab. Strampelnd gelang es ihr, mit dem Kopf über Wasser zu bleiben und Felsen, Wellen und Treibgut auszuweichen.

Stromschnellen!

Gegen Stromschnellen konnte man nicht anschwimmen, denn an diesen Stellen teilte sich der Fluss in zahllose kleinere und immer schneller werdende Ströme. Sie musste es schaffen, sich irgendwo festzuhalten, nicht an Felsen zu schlagen und nicht wieder unter Wasser gezogen zu werden …

Reiß dich zusammen, Regen. Der Verräter hat es nicht geschafft, dich zu töten, jetzt wirst du dich doch wohl nicht von deinem eigenen Fluss kleinkriegen lassen. Noch bist du am Leben, dann bleib es auch!

Da entdeckte sie etwas Großes, Braunes neben sich im Wasser. Ein Baumstamm mit drei dicken, krummen Ästen, die aus dem Wasser lugten wie Schlangenköpfe.

Wie dieses Wesen beim Wasserfall …

Diesen Gedanken schüttelte sie sofort wieder ab – darüber konnte sie sich später noch den Kopf zerbrechen. Erst einmal galt es, nicht zu ertrinken. Als der Baumstamm mit der nächsten Welle direkt zu ihr gewirbelt wurde, stieß sie sich von einem Stein ab und konnte die Krallen in die nasse Rinde bohren. Ächzend und keuchend vor Anstrengung zog sie sich hoch und umklammerte den Stamm. Zumindest mit den Schultern war sie aus dem Wasser! Felsen und Treibgut sausten vorbei. Manchmal blieb der Stamm irgendwo hängen und geriet ins Kreiseln, doch Regen ließ sich nicht abschütteln. Knurrte den Fluss an, er solle es ja nicht wagen, sie noch einmal herunterzuziehen. Irgendwann schabte der Baumstamm über Felsen und rutschte ein Gefälle hinunter. Unten angekommen, war der Fluss sofort ruhiger, die Strömung langsamer.

Regen hielt sich weiterhin am Stamm fest, schöpfte Atem und wartete auf den richtigen Moment. Hinter einer Flussbiegung entdeckte sie eine steinige Landzunge, die weit ins Wasser hineinreichte.

Regen holte tief Luft, dann stieß sie sich vom Stamm ab und schwamm mit letzter Kraft, obwohl ihr alles wehtat und sie so erschöpft war, dass ihr selbst das Atmen schwerfiel. Irgendwann spürte sie Fels unter den Tatzen, dann Kies, und schließlich konnte sie die Krallen ins weiche Ufer graben. Aufstehen konnte sie nicht, dafür fühlten sich ihre Beine zu schwach an, deshalb robbte sie auf dem Bauch weiter an Land. Hustend gab sie gleich einen ganzen Schwall Wasser von sich.

Dann rollte sie sich auf die Seite und blieb einfach so liegen, auch wenn das Wasser noch an ihren Hintertatzen leckte. Ein letztes Mal sah sie sich zu dem Baumstamm um, der sie durchs Wasser getragen hatte und bestimmt gleich davontrieb.

Doch statt des Baumstamms sah sie bloß ein dunkles Etwas mit drei krummen Ästen. Es wurde erst durchscheinend, kurz darauf löste es sich einfach in Luft auf.

Ich träume noch immer. Vielleicht bin ich doch ertrunken.

Im Grunde wusste sie aber, dass das nicht stimmte.

Wenn ihr nun doch der Große Drache begegnet war?

Wenn dieses Traumwesen, das sie bei der Tatze genommen und vor Sonnenrot gerettet hatte, nun …

Regen konnte nicht einmal mehr den Kopf hochhalten. Kraftlos ließ sie ihn in den Sand sinken. Für solche schwerwiegenden Gedanken war sie einfach zu erledigt. Ihr war klar, dass sie noch weiter vom Fluss wegrobben müsste, sonst könnte er sie wieder reinziehen. Auch hatte sie keine

Ahnung, wo sie war oder wer sie hier finden könnte, wenn sie liegen blieb.

Sie schloss die Augen, um Kraft zu tanken und aufzustehen, doch sie bekam sie nicht wieder auf. Um sie herum wurde es dunkel, es wurde warm, und dann spürte sie nichts mehr.

20. Kapitel

Blättchen setzte sich auf und ließ sich von der Morgensonne den Pelz wärmen, doch so hoch in den Bergen hatten es auch die hellsten Strahlen schwer gegen die kühle Luft. Wenigstens wurden ihre Ohren warm.

Behutsam hielt sie ein kleines Fellbüschel von Tante Pflaume in den Tatzen. Mit Schattenjägers Hilfe war es ihnen gelungen, zu der Stelle zurückzufinden, an der sie von ihren Freunden getrennt worden waren. Dort hing tatsächlich noch das Fellbüschel in den Dornen.

Blättchen konnte es nicht fassen, dass sie mit einem Raubtier unterwegs war, und dann auch noch mit einem Tiger. Bei Tageslicht war er nicht weniger Furcht einflößend. Doch dass sie neben ihm eingeschlafen und unversehrt wieder aufgewacht war, machte ihr Mut.

Flitzer sah es weniger entspannt. Er hatte die Nacht eingequetscht zwischen ihr und den Steinen verbracht, Blättchen hatte ihn gerne gewähren lassen. Schließlich war es nicht ihr Onkel gewesen, den der Tiger verspeist hatte.

Schattenjäger lag ein Stück weiter unter einem Baum und gähnte, sodass seine gewaltigen Zähne zum Vorschein kamen und dazwischen die riesige Zunge herausfuhr. So weit, wie er das Maul aufriss, hätte er sie mit einem Happs verspeisen können. Genüsslich streckte er sich und wetzte die Krallen an der Rinde.

Blättchen versuchte, ihm keine Beachtung zu schenken, schnüffelte lieber an Pflaumes Fellbüschel. Auch wenn der Geruch durch Staub und Regen nur noch schwach war, konnte Blättchen dennoch den vertrauten, warmen Duft ihrer Tante ausmachen. Es versetzte ihr einen Stich.

»Sie ist auf jeden Fall hier gewesen«, sagte Blättchen. »Und wenn sie nicht denselben Weg genommen hat wie wir gestern … ist sie ja vielleicht auf der anderen Seite runter und dann den nächsten Hügel hoch.«

Flitzer seufzte. »Der Tiger hat aber gemeint, dass er außer dir keinen anderen Panda gewittert hat.«

Blättchen sah ihn mitfühlend an. Seit er Schattenjäger an diesem Morgen leise schnarchend vor dem Ausgang zum Steinkreis vorgefunden hatte, lagen Flitzers Ohren an, als wären sie ihm an den Schädel geklebt.

»Komm«, sagte sie. »Es ist Zeit fürs Goldlichtmahl. Lass uns was zu futtern suchen.«

Über den Hang verstreut lagen noch abgeknickte Bambushalme, nicht besonders lecker, aber das musste reichen. Zum Mahl des sinkenden Mondes hatte es gar nichts gegeben. Auch ohne Bambus hatte Blättchen in die Wolken geblickt und den Großen Drachen um seinen Segen gebeten.

Flitzer entdeckte einen umgefallenen Baum voller kleiner Insekten und machte sich daran, sie rauszupicken und aufzumampfen. Indessen dankte Blättchen dem Großen Drachen für ihre Kraft. Die hatte sie heute sicher bitter nötig. Nach dem Essen wirkte Flitzer ein wenig fröhlicher, dennoch hielt er sich ein paar Schritte hinter ihr, als sie an Schattenjäger herantrat. Der Tiger hatte sich zusammengerollt und putzte sich die Pfoten.

»Sieh dir bloß mal diese Krallen an«, murmelte Flitzer. »Und wenn er nun Hunger bekommt? Was ist dann mit uns? Mit Blättern und Insekten gibt der sich garantiert nicht zufrieden. Lass uns mal lieber schön in der Nähe von Bäumen bleiben, dann können wir notfalls hochklettern.«

Der kann garantiert genauso gut klettern wie wir. Doch den Gedanken behielt Blättchen lieber für sich.

»Ich glaube nicht, dass er sein Versprechen bricht«, flüsterte sie stattdessen. »Warum hätte er sich sonst die Mühe gemacht, mich aufzuspüren und mir alles zu erzählen? Bloß um uns jetzt zu fressen?«

Flitzer grunzte wenig überzeugt.

Als Schattenjäger sie bemerkte, sprang er auf, streckte den langen, schwarz getigerten Rücken durch und peitschte mit dem Schwanz.

»Bist du bereit, Drachenzunge?«, fragte er.

Blättchen stutzte.

Bereit, so genannt zu werden? Nö.

Auch wenn sie selbst noch keiner Drachenzunge begegnet war, hatten die Rankforst-Pandas immer von Sonnenrot Schattenforst und seinen Vorgängern geschwärmt, von ihrer Weisheit und Güte. Seit Anbeginn der Zeiten hatten die Drachenzungen das Bambusreich wieder und wieder gerettet. Sie hatten sich um alle Wesen gleichermaßen gesorgt. Hatten für jedes Problem eine Lösung gehabt, und wenn nicht, hatten sie nicht aufgegeben, bis sie eine gefunden hatten.

Wie sollte Blättchen da mithalten können? Und wie ihre Geschwister? Dass es mehr als eine Drachenzunge gleichzeitig gab, hatte sie noch nie gehört. Und dass eine Pandabärin Drillinge gebar, auch noch nie. Vielleicht täuschte sich der Tiger ja? Wenn er sie nun anlog oder alles bloß missverstanden hatte?

»Ich muss meine Tante finden«, sagte sie schließlich. Sie hielt ihm Tante Pflaumes Fellbüschel hin. »Du bist wahrscheinlich besser im Fährtenlesen als ich. Reicht dir das, um ihre Spur aufzunehmen?«

Schattenjäger roch so intensiv an dem Fellbüschel, dass es sich leicht von der Tatze hob.

»Ich tue, was ich kann«, knurrte er, tappte zum Dornenbusch, wo es gehangen hatte, und schnupperte die Umgebung ab. Dann blickte er sich zu ihr um. »Die Geruchsspur ist schwach. Wir sollten uns beeilen.«

Blättchens Herz machte einen Freudenhüpfer. Sie würden Tante Pflaume doch noch aufspüren! Schnell eilte sie dem

Tiger hinterher, der ein gutes Tempo vorlegte und schon fast den Gipfel erreicht hatte.

Flitzer lief neben ihr, während sie dem peitschenden Schwanz des Tigers folgten, über den Berg und hinunter ins kleine Tal und auf der anderen Seite wieder den Hang hoch, um eine geborstene Felssäule herum, die sich wie eine einzelne Kralle in den Himmel reckte. Kaum hatte Blättchen es auf den nächsten Berggrat hinaufgeschafft, wurde ihr klar, dass dieser Weg zum Drachenberg viel besser war – im großen Bogen um die fast unüberwindliche Felswand herum, auf die sie gestern gestoßen waren.

Je höher sie kamen, desto weniger Deckung bot die Landschaft. Hier und da ein kahler Busch und vereinzelte spitze Felsen, ansonsten war der Boden von Schnee bedeckt. Blättchen hielt nach Spuren Ausschau, doch der Schnee musste frisch gefallen sein, denn außer Schattenjägers riesigen Pfotenabdrücken sah sie nichts.

»Du wärst bestimmt eine richtig gute Drachenzunge«, meinte Flitzer ganz überraschend, als sie sich einen unwegsamen Hang hinauf durch Schnee und über losen Schiefer quälten. »Ob der Tiger die Wahrheit sagt, weiß ich ja nicht, aber auf jeden Fall wärst du gut darin.«

Blättchen schüttelte den Kopf. »Ich bin doch so normal! Ich mag Bambus, klettere gerne auf Bäume und verbringe meine Zeit am liebsten mit dir. Ich bin keine Anführerin. Pflaume wäre viel geeigneter als Drachenzunge. Sie hat entschieden, zum Drachenberg aufzubrechen und herauszufinden, was los ist.«

»Ja, aber dir hat der Drache den Weg gezeigt, als wir uns im Dunkeln verlaufen haben«, sagte Flitzer. »Kein Roter Panda hatte je eine Vision. Und gegen Visionen gibt es keine Argumente! Und so schlecht bist du nicht als Anführerin. Immerhin bringst du mich dazu, einem Tiger in die Berge zu folgen. Das würde ich nicht für jeden Panda tun.«

»Ich … Flitzer, ich …« Blättchen sah ihn groß an, ihr wurde warm ums Herz, doch sie fand nicht die richtigen Worte. Deshalb leckte sie ihm einfach über den Kopf.

»Komm weiter.« Flitzer knuffte sie freundschaftlich. »Sonst verlieren wir ihn noch. Und mir ist lieber, ich weiß, wo er ist.«

Tapfer stapften sie durch den knirschenden Schnee, immer dem Tiger hinterher.

Inzwischen war es Zeit für die steigende Sonne, doch Blättchen wollte den Marsch nicht wegen eines Mahls unterbrechen. War das jetzt ein Zeichen, dass sie sich als Drachenzunge gut machte, oder eher ein Beweis dafür, dass Schattenjäger vollkommen danebenlag? Immerhin sagte sie ihren Segen leise für sich im Kopf und dankte dem Drachen für das Geschenk der Ehrlichkeit.

Pflaume zu finden, ist mir ehrlich gesagt wichtiger als jedes Mahl. Hoffentlich hatte der Drache Verständnis dafür.

»Blättchen«, knurrte Schattenjäger plötzlich. »Hier ist was.«

Blättchen galoppierte den schneebedeckten Hang hoch bis zu einem Farnbüschel, an dem der Tiger interessiert schnüffelte. Ein wenig höher ragte eine Felswand empor, ein paar dunkle Öffnungen deuteten auf Höhlen hin. Steckte Pflaume vielleicht in einer dieser Höhlen?

Als sie den Tiger eingeholt hatte, fragte sie: »Was hast du gefunden? Eine neue Spur?«

»Blut«, meinte Schattenjäger.

Beim Anblick der roten Tropfen im Schnee sackte sie entmutigt in sich zusammen.

»Riecht es … stammt es …«

»Sie war hier.« Schattenjäger lief den Hang auf und ab, legte mit wenigen Schritten mehrere Bärenlängen zurück. Immer wieder blieb er stehen, schnupperte, kehrte zum Farnkraut zurück, schnupperte da. Mit angehaltenem Atem beobachtete Blättchen ihn. Am liebsten wäre sie zur Felswand gestürmt. Vielleicht lag ihre Tante ja verletzt in einer dieser Höhlen … womöglich im Sterben. Aber sie musste versuchen, ihrem neuen Verbündeten zu vertrauen.

Die Warterei war quälend, doch sie währte nicht lange.

»Sie ist blutend aus einer der Höhlen da oben gekommen«, sagte Schattenjäger. »Dann ist sie in diese Richtung verschwunden.« Mit der Schnauze deutete er zum Farn und weiter auf eine kahle Baumgruppe, die am Hang wuchs.

Blättchen bahnte sich so schnell sie konnte einen Weg durch das Farnkraut, den Blick auf den Boden geheftet, damit sie nicht fiel. Je näher sie den Bäumen kam, desto häufiger sah sie Bluttropfen. Flitzer überholte sie, seine kleinen Läufe flogen nur so durch den Schnee.

»Pflaume!«, schrie Blättchen. Der Berg warf ihr Echo zurück. »Bist du da irgendwo?«

Flitzer verschwand zwischen den Bäumen hinter einem großen Stein und …

»Blättchen, komm schnell. Hier ist sie!«

Blättchen stürmte durch das Farnkraut und lief um den Stein. Was sie vor sich sah, entsprach ihren schlimmsten Befürchtungen: Tante Pflaume reglos am Boden, das Gesicht blutverkrustet. Blättchens Beine wurden weich wie geschmolzener Schnee. Stöhnend sank sie zu Boden.

Da stöhnte auch Pflaume und schaute auf.

»Blättchen …? Bist du das …?«

»Pflaume!« Im Nu kam Blättchen wieder auf die Tatzen und eilte zu ihrer Tante. »Du lebst!«

»Ja …« Pflaumes Stimme war schwach. »Ich lebe, ja … und Blättchen ist am Ende bei mir … Das ist schön …«

»Das ist nicht dein Ende. Jetzt bin ich ja da. Ich helfe dir.« Als Blättchen begann, ihrer Tante das Blut vom Gesicht zu lecken, erschauderte sie. Es schmeckte widerlich, wie totes Aas in der Sonne.

»Ich bin meinem Herzen gefolgt«, sagte Pflaume leise. »Meinem Herzen und dem Drachen … bis zur Höhle. Da habe ich auf ein Zeichen gewartet. Doch in der Dunkelheit … ein Monster. Ein weißes Monster. Muskeln und Zähne, weiß wie der Tod, ein Bär … Ich habe in die Augen des Todes geblickt …«

»Die Wunde vernebelt ihr den Geist«, erklang Schattenjägers Stimme hinter ihnen. Er blickte sie vom großen Stein aus mitfühlend an. Pflaume drehte den Kopf in seine Richtung, doch anscheinend sah sie ihn nicht. »Vielleicht macht sie es noch einen Tag, aber dann wird sie von dir gehen. Du solltest dich verabschieden, solange sie dich noch erkennt.«

»Nein«, jammerte Blättchen.

Im gleichen Moment rief auch Flitzer: »Nein.« In seinem kleinen Stimmchen lag feste Überzeugung. Er schnupperte an Pflaumes Gesicht.

»Flitzi?« Blättchen schluckte schwer. »Kannst du ihr helfen? Bitte!«

»I–ich bin ein Kletterweit, kein Heilerherz«, sagte er. »Doch ich habe mal gesehen, wie Wildbeuter Roten Pandas lila Blätter verabreicht hat, wenn sie in einem solchen Zustand waren. Es ist eine Art Bambus …« Bedauernd schüttelte er den Kopf. Sofort war Blättchens Hoffnung wieder zunichte gemacht. »Es wächst bloß am Fluss. Zurück nach Rankforst, um es zu holen, schaffen wir nicht, bis dahin …«

Bis dahin ist sie tot. Diese Worte hingen in der Luft. Blättchen stöhnte vor Kummer und leckte Pflaumes Ohr.

»Ihr müsst nicht erst zurück nach Rankforst«, miaute Schattenjäger.

Blättchen schaute auf. »Was?«

Der Tiger erhob sich und reckte die Nase in die Luft. »Man kommt auch auf kürzerem Weg zum Fluss. Von hier ist es weit bis in eure Heimat, doch der Fluss beschreibt viele Windungen. Auf der Suche nach euch bin ich schon eine ganze

Weile in diesen Bergen unterwegs. Der kürzeste Weg zum Flussufer …« Er drehte sich auf dem Felsen, blickte in die Richtung, aus der sie gekommen waren, schaute dann einmal rechts und dann links den Hang hinunter. Schließlich spitzte er die Ohren und deutete mit der Schnauze Richtung Morgensonne auf eine steile, fast senkrecht abfallende Bergflanke. »Da entlang. Lauf, Drachenzunge, lauf. Folge dem Pfad hinab, dann erreichst du den Fluss noch vor Sonnenuntergang.«

Blättchen war sofort aufgesprungen. »Danke, Schattenjäger. Bleibst du bei ihr? Passt du auf, dass das Monster nicht zurückkommt?«

»Versprochen.« Schattenjäger sprang von dem Stein, setzte sich neben Pflaume und legte den Schwanz um sie. Dann leckte er ihr mit seiner riesigen, rauen Zunge über die Wunde. Als Pflaume ihn nun wahrnahm, schnappte sie nach Luft und sah ihn voller Angst und Verwirrung an.

»Was … bist du …?«, stöhnte sie.

»Ein Diener des Drachen«, erwiderte Schattenjäger. »Lieg still.«

»Halte durch«, schnatterte Blättchen. »Ich bin bald zurück, und dann heilen wir dich. Versprochen.«

»Der Drache ist bei uns«, seufzte Pflaume und schloss die Augen.

Blättchen machte sich mit Flitzer auf den Weg.

Der erste Teil des Abstiegs war fürchterlich. Auf den vereisten Felsen fanden ihre Tatzen kaum Halt, mehr als einmal rutschte sie ab, kugelte ein Stück den Hang hinunter und stürmte weiter. Einzig der Gedanke an Pflaume trieb sie vorwärts. Wenn sie nicht rechtzeitig zurückkämen, würde Pflaume sterben. Und dabei hatte ihr Blättchen noch gar nichts von ihren Geschwistern und dem Drachen erzählt, der ihr den Weg gewiesen hatte. Und auch nicht, wie lieb sie sie hatte. Nicht einmal richtig verabschiedet hatte sie sich.

Deshalb rappelte sie sich jedes Mal von Neuem auf. Ignorierte die blauen Flecken, das Brennen in den Lungen und die Schnitte in den Ballen.

Irgendwann fiel ihr der Abstieg leichter, weil es wärmer wurde und Erde den Karst ablöste. Blättchen und Flitzer rannten durch Täler zwischen hohen Felsklippen, manchmal mussten sie über umgestürzte Bäume und Geröll klettern, das von den höheren Hängen gerutscht war, als die Erde geknurrt hatte. Sie platschten durch eiskalte Schmelzbäche, die talwärts in den Fluss strömten, und liefen um riesige Steinsäulen, die wie Überbleibsel alter Berggipfel anmuteten.

Bei Sonnenhoch murmelte Blättchen ihren Segen vor sich hin, eilte aber weiter. Als es Zeit für das Mahl der langen Strahlen wurde, war sie vollkommen ausgehungert. Eigentlich wollte sie weiterlaufen, doch Flitzer stellte sich ihr in den Weg, und sie hatte nicht einmal mehr die Energie, einen Bogen um ihren kleinen Freund zu machen. Entkräftet sank sie zu Boden. Flitzer sauste los, fand einen Bambushalm und zerrte ihn mit den Zähnen zu ihr. Laut dankte Blättchen dem Drachen für ihre Ausdauer und weinte fast vor Erschöpfung. Nachdem sie gefressen hatten, rappelte sich

Blättchen wieder auf und lief auf brennenden Tatzen weiter. Kurz darauf kam hinter einer Biegung ein üppig bewaldeter Hang in Sicht, und zwischen den sanft wiegenden Zweigen der Bäume sahen sie den Fluss glitzern.

Der Anblick gab Blättchen neue Kraft.

Der Abstieg durch den Wald gestaltete sich allerdings beschwerlicher als gedacht, vorbei an Baumstämmen, über Felsen und moosbewachsene Hänge. Doch zur sinkenden Sonne steuerten Blättchen und Flitzer auf eine breite, steinige Bucht zu, die sanft zum Fluss hin abfiel. Blättchen kam stolpernd zum Stehen, wirbelte Kiesel auf. Sofort schaute sie sich nach den heilenden Blättern um. Und zu ihrer unendlichen Erleichterung ragte zwischen zwei Steinen ein lila Bambusbüschel empor.

Doch sie sah noch etwas. Am Ufer lag eine vollkommen durchnässte Gestalt mit schwarz-weißem Fell und rührte sich nicht mehr.

Blättchen lief zu ihr.

Es war eine junge Pandabärin in ihrem Alter. Sie lag auf dem Rücken im Wasser, alle viere von sich gestreckt, der Brustkorb hob und senkte sich schwach. Sie lebte, schlief aber, während ihr das Wasser fast schon ans Kinn schwappte.

»Ich muss sie aus dem Fluss holen.« Als sich Blättchen über sie beugte, um sie am Nackenfell herauszuziehen, fiel ihr Blick auf eine Tatze der Bärin.

Ihre Ballen waren schwarz, bis auf den großen. Der war so weiß wie Blättchens.

»Nein«, rief Blättchen aus. »Das kann doch nicht sein …«

Doch.

Schattenjäger hat uns hergeschickt. Schattenjäger ist ein Diener des Drachen. Der Große Drache hat mich zur rechten Zeit an diesen Ort gebracht …

Eine andere Erklärung gab es nicht, und außerdem blieb dafür auch keine Zeit. Blättchen packte die Pandabärin und zerrte sie aus dem Wasser. Die stöhnte und hustete. Nach ein paar Schritten riss sie sich los und rollte sich auf den Bauch.

»Hey! Lass mich …« Die Bärin spuckte Wasser.

Blättchen wich zurück. Die Bärin brauchte zwei Anläufe, um auf die Beine zu kommen. Endlich stand sie auf zitternden Tatzen. Ihr Fell war verfilzt und triefnass. Böse funkelte sie Blättchen und Flitzer an.

»Was … Wer seid ihr? Wo bin ich? Ist das Glücksberg? Ich kenne euch nicht. Wo ist Sonnenrot? Ich muss … Er ist …« Sie rang nach Atem. Dann schüttelte sie verwirrt den Kopf. Als sie Blättchen erneut ansah, schien ihr Blick wacher. »Jetzt weiß ich's wieder.« Sie setzte sich hin. »Wo bin ich? Und wer seid ihr beide?«

»Du wirst es nicht glauben«, meinte Blättchen. Obwohl sie vollkommen erschöpft war, sich furchtbare Sorgen um Pflaume machte und diese junge Bärin alles andere als nett war, quoll ihr Herz fast über vor Glück. Sie schaute ihr in die Augen, stürzte auf sie zu und rieb sich an ihrer Wange. »Ich heiße Blättchen. Und ich bin deine Schwester!«

21. Kapitel

Geist fuhr zusammen, als von dem Ast direkt über ihm ein goldfarbener Vogel kreischend aufflog. Blätter raschelten, und weg war er. Geist schaute ihm nach, doch so schnell konnte er in dem Gewirr aus Laub und Zweigen gar nicht gucken.

Bei ihnen in den Bergen hatte es auch Vögel und etliche andere Lebewesen gegeben, doch die hatten sich immer von den Leoparden und auch voneinander ferngehalten. In diesem seltsamen grün-goldfarbenen Land wimmelte es nur so vor Käfern, Vögeln und kleinen Nagetieren. Auf einem Hügel hatte er sogar einen Affen entdeckt, der sich von Ast zu Ast schwang.

Hier unten im Wald war es warm und feucht. Moos wuchs auf den Felsen, als würde es keine Erde brauchen. Der Boden war weich und an manchen Stellen so nass, dass er an den Pfoten haften blieb. Und nicht nur dort, auch im Fell. Statt auf glattem Eis auszurutschen, versank Geist nun im Matsch, der ihn nicht wieder hergeben wollte. Die Hänge waren ebenso steil wie zu Hause, doch längst nicht so hoch, und es gab so viele Bäume. Selbst vom höchsten Ausguck sah er den Horizont vor lauter Blättern nicht.

Schlecht fand er es hier nicht, aber so richtig gut gefiel es ihm auch nicht. Irgendwie fühlte er sich eingesperrt in dieser Enge.

»Mir fehlt der Schnee.« Schauer schüttelte sich und putzte sich mit der Pfote das Maul. »Alles klebt.«

»Wir gewöhnen uns schon daran«, meinte Geist. »Auf jeden Fall gibt es hier mehr Beute. Ganz sicher. Nun müssen wir bloß noch rausfinden, wie man sie am besten jagt.«

Außerdem können wir nicht zurück.

»Was Schneesturm und Frost jetzt wohl machen?«, miaute Schauer leise.

Geist hatte versucht, möglichst nicht an die beiden zu denken, denn es machte ihn traurig. Trauerten sie noch um Mutter oder waren sie vollauf mit ihrem neuen Leben beschäftigt? »Wahrscheinlich jagen sie«, antwortete er steif. »Und das sollten wir auch tun. Ich will nicht schon wieder Käfer fressen.«

»Ich auch nicht!«, rief Schauer. »Vielleicht sollten wir uns aufteilen. Unsere Chancen verdoppeln.«

Geist spürte, wie ihn der Mut verließ. Doch dann schüttelte er sich entschlossen. Es brachte nichts, Trübsal zu blasen, er war eben kein Leopard, und Schauer wäre ohne ihn garantiert erfolgreicher.

»Gute Idee.« Dann fügte er mehr zu sich selbst hinzu: »Vielleicht finde ich ja heraus, wie ein Bär jagt.«

»Genau«, rief Schauer fröhlich und leckte ihm über die Schnauze. »Ich geh da lang und du da. Nachher treffen wir uns wieder hier und teilen die Beute. Wird schon schiefgehen. Verlauf dich bloß nicht!«

Geist nickte. Nachdem Schauer im Unterholz verschwunden war, sah er sich um und versuchte, sich zu orientieren. Doch für ihn sah alles gleich aus: Bäume, Felsen und wieder Bäume. Da würde er wohl seiner eigenen Geruchsspur folgen müssen, um zum Treffpunkt zurückzufinden. Trotz all der seltsamen fremden Gerüche und Geräusche traute er sich das zu.

Er lief los, bewegte sich vorsichtig schnuppernd vorwärts. Anders als auf den kargen Hängen des Weißkammgebirges witterte er innerhalb kürzester Zeit Beute. Bald stieß er auf eine weitere Spur und dann auf noch eine, die eine war vielleicht dieselbe oder zumindest sehr ähnlich. Kreuz und quer verliefen sie über den Waldboden. Verwirrt setzte er sich und kratzte sich an der Nase.

Dann rief er sich noch einmal alles in Erinnerung, was ihm Winter übers Jagen beigebracht hatte. Ihm tat es weh, an sie zu denken, doch er musste fressen. Wenn es Beutespuren gab, aber keine Beute, würde die Beute zurückkehren, hatte sie gesagt. Ein Leopard müsste sich nur verstecken und abwarten.

Das munterte ihn auf. Auf dem kahlen Berghang war es so gut wie unmöglich gewesen, doch hier im dichten Wald gab es zahllose Verstecke. Im nächsten Farngestrüpp legte er sich auf die Lauer.

Doch je länger er im Farn wartete, desto unruhiger wurde er. Mit dem Bauch lag er im Morast, Käfer krabbelten ihm über die Pfoten und den Rücken hoch. Eine Fliege schwirrte ihm um die Nase. Erst versuchte er, sie wegzupusten, dann, sie zu ignorieren, doch irgendwann wurde das Surren so laut, dass ihm der Kragen platzte.

»Hau ab!«, brüllte er und schlug um sich. Die Fliege flog davon, aber auch der Vogel, der sich gerade auf dem benachbarten Baum niedergelassen hatte.

Seufzend setzte er sich auf. Nachdem nun sämtliche Beute im Umkreis gewarnt war, brauchte er auch nicht länger im Versteck ausharren. Unbeholfen befreite er sich aus dem Farngestrüpp und schüttelte sich. Wenn so ein Bär jagte, stellte er sich als Bär auch nicht viel geschickter an.

Auf einmal nahm er ein eigenartiges Plätschern wahr. So klang es, wenn im Sommer das Eis schmolz und in Bächen die Berge hinunterfloss. Nur konnte er weit und breit kein Wasser sehen. Froh um die Ablenkung, folgte er dem Geräusch.

Nachdem er über moosige Felsen den Hügel hinabgestiegen war, wurde das Plätschern lauter und der Untergrund noch feuchter. Als er schließlich hinter einem dicken Baumstamm hervortrat, blieb er wie angewurzelt stehen. Vor ihm lag ein Bach, so wie die Bäche im Gebirge, bloß war dieser gewaltig.

Schritt für Schritt wagte er sich bis zum Ufer vor, denn er wollte nicht in diesen Monsterbach fallen. Auf der anderen Uferseite lagen wieder ein Wald, Felsen und Bäume.

Doch der Bach schien sich endlos zu beiden Seiten auszudehnen, gewaltige Wassermengen rauschten an ihm vorbei. Wie viel Wasser mochte es wohl sein? Wo floss es hin? Wenn er dem Wasser folgte, würde es irgendwann in den Felsen verschwinden wie die Gebirgsbäche?

Zögerlich tauchte er eine Pfote ins Wasser. Es war nicht so kalt wie die Schmelzbäche, aber es fühlte sich gut an. Plötzlich spürte er einen unbändigen Durst. Er beugte sich vorsichtig vor und trank. Es schmeckte klar und wunderbar. Er trank und trank, beugte sich immer tiefer, bis ihm das Wasser ins Gesicht spritzte und sich sein Fell vollsog.

»Du bist ja vielleicht durstig«, rief es von Weitem. »Bist du weit gelaufen, dass du so einen Durst hast?«

Geist fuhr herum, Wassertropfen spritzten. Wer hatte da mit ihm gesprochen? Er sah sich am Ufer um. Vergebens.

»Hier bin ich!«, rief es wieder. Da begriff Geist, dass die Stimme vom anderen Ufer des Monsterbachs kam. Drüben auf der gegenüberliegenden Seite ragte ein Fels ins Wasser, darauf saß eine Gestalt. Groß und rundlich.

Ein Bär.

Einen Moment lang brachte Geist keinen Ton heraus. In ihm tobten die widerstrebendsten Emotionen: Freude, Angst und Schuldgefühle. So einem Bären war er auch in der Höhle begegnet. Bei Tageslicht konnte er die schwarzen Fellzeichnungen genauer ausmachen. Um die Augen hatte der Bär große Ringe, und über den Rücken und die Vorderläufe zogen sich Streifen.

Ob er den Bären aus der Höhle kennt? Weiß er, dass ich ihn verletzt habe?

Doch er war den ganzen Tag gewandert und die Höhle lag meilenweit entfernt, und wie hätte der Bär auch das große Wasser überwinden sollen?

Die Neugier gewann Oberhand.

»Ich heiße Geist«, rief er zurück.

»Beim heiligen Drachen«, erwiderte der andere Bär und kratzte sich hinterm Ohr. »Ich glaube, du bist ein Panda! Ein schlanker, starker Panda und ganz weiß!«

»Was–was ist ein Panda?«, fragte Geist.

»Wir beide sind Pandas!«

Geist schaute ihn an und sah dann an sich herunter. Ihm fehlten die schwarzen Fellmarkierungen, außerdem war er muskulöser und nicht so dick wie der andere. Doch je länger er sich mit ihm verglich, desto mehr Gemeinsamkeiten entdeckte er. Die Ohren waren gleich geformt, die Schnauzen gleich lang.

»Ich bin ein Panda«, flüsterte er. Dann wiederholte er es lauter, bis er es schließlich über den Fluss brüllte: »Ein Panda! Ich bin ein Panda!« Dabei schlug er mit den Pfoten ins Wasser.

»Wusstest du das etwa nicht? Sahst du deshalb so traurig aus, als du ans Ufer kamst?«

Diese Fragen dämpften Geists Freude ein wenig. Schwerfällig setzte er sich. Irgendwie war das alles zu viel für ihn: das Wasser, die Bäume und jetzt auch noch dieser Panda, der so freundlich zu ihm war. Als wenn er es wert wäre, dass man sich mit ihm abgab.

»Ich komme von weit her«, sagte Geist. »Ich–ich habe meine Mutter verloren. Ich musste meine Wurfgeschwister zurücklassen, doch sie waren gar nicht meine richtigen Geschwister, und meine Mutter ist tot; und sie hatten ja alle recht, ich gehörte nicht dahin. Ich bin kein Leopard und …« Geist verstummte beschämt. Warum behelligte er diesen netten Panda am anderen Ufer nur mit solch unverständlichem Zeug? »Ich komme von weit her«, sagte er wieder.

»Das muss schlimm für dich gewesen sein«, entgegnete der Panda. »Aber ich freue mich, dass wir uns begegnet sind! Der Große Drache muss dich hergeführt haben. Und selbst wenn du dein Zuhause verloren hast, in mir hast du einen neuen Freund gefunden. Panda Geist, ich heiße Sonnenrot Schattenforst.«

Epilog

Sonnenrot Schattenforst ist ein Verräter.

Unruhig strich Schattenjäger zwischen den Bäumen umher und peitschte mit dem Schwanz, sodass Tannennadeln aufstoben. Auf der nahen Lichtung hatten sich die beiden Pandajungen und der Fuchsbär um die Bärin namens Pflaume geschart.

Sonnenrot Schattenforst ist am Leben, aber er ist böse geworden.

Das konnte er sich nicht erklären.

Trotzdem zweifelte er nicht an den Worten des zweiten Drillings. Der Drache hatte sie eindeutig zu ihrer Schwester über den unpassierbaren Fluss geschickt, um ihnen diese Botschaft zu übermitteln. Doch seit der Flut war so vieles geschehen, was er sich nicht erklären konnte.

Wo ist der dritte Drilling? Und warum hat es so lange gedauert, bis sich die Prophezeiung bewahrheitet hat?

Vor lauter Wut und Enttäuschung hätte er am liebsten laut gebrüllt und den Drachenberg angefaucht. Doch das würde die Pandas nur erschrecken, und sie sollten ihm doch vertrauen.

Schattenjäger kehrte auf die Lichtung zurück, wo Pflaume sich mühsam aufgerichtet hatte und mit Blättchens Hilfe die lila Blätter fraß. Regen saß daneben.

»Ich will euch gerne helfen«, sagte sie. »Aber meine Mutter heißt Pfingstrose. Nicht Orchidee. Und sie lebt. Auf der anderen Flussseite. Das ergibt doch alles keinen Sinn. Versteht ihr das denn nicht? Bloß weil wir beide weiße Ballen haben, müssen wir doch nicht gleich Schwestern sein.«

»Kennst du denn noch einen Panda mit solchen Ballen?«, fragte Blättchen herausfordernd. »Ich jedenfalls nicht!«

»Ähm … also … nee«, räumte Regen ein. »Aber deshalb glaube ich doch lange noch nicht, dass ich eine Drachenzunge bin …«

»Du wirst eine Drachenzunge werden«, meinte Schattenjäger. Als sie ihn bemerkte, richtete sie sich auf und sah ihn an. In ihrem Blick lag Angst, aber auch Entschlossenheit, als könnte sie es mit einem Tiger aufnehmen. »Ob du's nun glaubst oder nicht.«

Plötzlich zeigte auch Pflaume eine Art der Wiedererkennung, da ihr Fieber langsam runterging. Schattenjäger verneigte sich. Zu seinen Pfoten vernahm er ein leises Knurren. Flitzer. Unwillkürlich verzog er die Schnurrhaare zu einem Schmunzeln. Der Fuchsbär war winzig, dennoch knurrte er ihn an, obwohl ihm doch klar sein musste, dass Schattenjäger ihn unter anderen Umständen verschlingen würde.

Schön, dass sie so mutige und treue Freunde haben, auch wenn sie so klein sind. Noch ist es nicht vorbei, und bis dahin müssen alle tapfer sein.

Ihm war nicht wohl dabei, sie hier am Berghang allein zu lassen, doch er hatte keine Wahl.

»Blättchen Drachenzunge, ich muss aufbrechen«, sagte er.

Blättchen schaute auf. »Wohin willst du? Gehst du unseren Drilling suchen?«

»Ja, auch. Wenn Gefahr droht, macht euch auf zum Reißzahn-Gipfel. Und möge der Große Drache euch beschützen!«

Als er sich zum Gehen wandte, atmeten Flitzer und Regen erleichtert auf.

»Schattenjäger«, rief Blättchen. Er sah sich um. »Möge der Große Drache auch dich beschützen.«

Schattenjäger nickte kurz. Frohen Mutes sprang er über die Steine hinweg und verschwand zwischen den krummen Bäumen.

Sie lernt schnell.

Nicht ohne Grund hatte der Große Drache die Tiger als Wächter auserkoren, waren sie doch die wildesten Wesen im ganzen Bambusreich. Über jede Drachenzunge wachte ein Tiger, sorgte dafür, dass sie das Erwachsenenalter erreichten, und begleitete sie zur Höhle des Drachen, wo sie dann in den Vollbesitz ihrer Kräfte gelangten. Über Generationen hinweg war die Nachfolge immer schnell und reibungslos vonstattengegangen … bis jetzt.

Der Große Drache muss ja viel Vertrauen in mich haben, dachte er trocken, *dass er mir gleich drei Drachenzungen anvertraut, die ich ihm bringen soll, und dazu noch überall im Bambusreich verstreut.*

Oder sind es gar vier …?

Wie kam es, dass aus Sonnenrot Schattenforst ein Lügner geworden war, der seine Nachfolgerin ertränken wollte?

Auch wenn es ihm viel länger vorkam, war erst ein Jahr vergangen, seit er sich in der Nacht vor der Flut mit Sonnenrot am Fluss getroffen hatte. Sonnenrot war rastlos am Ufer auf und ab geschlichen und hatte solche Unruhe verbreitet, dass dem Tiger die Schnurrhaare gezittert hatten. Als Sonnenrot ihm eröffnet hatte, dass er bald sterben würde, hatte er es kaum fassen können, doch vor lauter Sorge um seine Nachfolge hatte Sonnenrot seinen Kummer und sein Mitgefühl gar nicht annehmen können. Von einer Prophezeiung hatte er gesprochen, dass Drillinge ihm nachfolgen würden. Immer wieder hatte er Schattenjäger angefleht, sie zu beschützen.

»Ganz gleich, was passiert, alter Freund«, sagte er, »versprich mir, dass du sie bis zu deinem letzten Atemzug beschützen wirst.«

Inzwischen hatte Sonnenrot seine Pläne offenbar geändert. Doch Schattenjäger hatte ihm das Versprechen gegeben und würde es auch halten.

Noch nie hat ein Wächter seine Drachenzunge im Stich gelassen. Da werde ich nicht der Erste sein.

Er würde Sonnenrots Verhalten auf den Grund gehen und die Drillinge zum Drachen bringen, damit ihr Schicksal seinen Lauf nehmen konnte.

Doch erst einmal musste er jagen. Schnuppernd reckte er die Schnauze dem funkelnden Sternenhimmel entgegen, sprang von seinem Ausguck und stürmte ins Herz des Bambusreichs.

Erin Hunters Begeisterung für wilde Tiere regt sie immer wieder zum Schreiben an. Mit großem Respekt für die Natur und noch größerem Vergnügen erfindet sie die fantastische Welt der Tiere in ihren Büchern. Erin Hunter ist bekannt für die Bestsellerreihen »Warrior Cats«, »Seekers«, »Survivor Dogs« und »Bravelands«.

BAMBUSREICH
WEIßKAMMGEBIRGE
GÄHNENDER SCHLUND
GROSSVATER GINKO
RANKFORST-LICHTUNG